星と龍

葉室　麟

朝日文庫

本書は二〇一九年十一月、小社より刊行されたものです。

目次

星と龍

一

薄暗く湿気でじめじめとした牢獄だった。

男は痛む膝をかかえてうずくまっていた。

土窓からこぼれるわずかな明かりに、たれさがった蓬髪《ほうはつ》の下から鋭い目がのぞき、高い鼻としっかりしたあごが浮かぶ。

「くそっ、わたしをどうするつもりなのだ。殺すならば、さっさと殺せばよいものを」

男はつぶやいた。

手鎖をはめられた両手を見る。爪がはがれ、血だらけになっているのは拷問を受けたからだ。首枷《くびかせ》で息苦しく立つこともままならない。

男が吐息をついたとき、牢番がやってきた。牢の戸を開けて、

「おい、出ろ」

と声をかけた。男はむっつりとして立ち上がる。

「何用ですか」

男が落ち着いた声で問うと、牢番は恭《うやうや》しく、

「皇帝陛下のお召しである」

と応じた。

男は嗤《わら》った。

「無知なことを申さぬがよい。モンゴルは蛮族ではないか。天命を受けた者だけが皇帝である。モンゴルに皇帝はおらぬ」

牢番は目を怒らせて、

「さようなことはない」

と叫ぶなり、棒で男の肩を叩いた。男は倒れそうになったが、足を踏ん張り、

「君子は非道に屈せぬぞ」

と叫んだ。その声を聞いて、数人の牢番が駆け寄り、男をなぐる蹴るした。男の意識が朦朧《もうろう》となり、倒れそうになると廊下を引きずって連れていった。

男は気を失った。

男の名は文天祥《ぶんてんしょう》という。

中国、南宋の宰相だった。字は履善《りぜん》。またの字を宋瑞《そうずい》という。号は文山である。吉《きっ》州廬陵《しゅうろりょう》の生まれだ。幼いころから俊秀で宝祐《ほうゆう》四年（一二五六）、進士試験に首席で合格して官吏の道を歩み始めた。

地方官を歴任したが、この間に時の権力者、賈似道《かじどう》に疎《うと》まれた。

賈似道は元軍が迫る国境地帯の軍事司令官だったが、元軍が憲宗《けんそう》モンケ・ハーンの急死で撤退しようとした際、追撃して戦果を挙げたことが皇帝から認められた。

凱旋すると宰相に任命され、皇帝の信任も厚く、十六年間にわたって賈似道は権勢の座にあった。やがて杭州西湖の北畔に私邸を賜り、

——半閑老人

と号して朝廷の政治はすべて私邸で決裁された。このころ、賈似道は元との戦いを回避しようとしていたため、愛国心に燃える文天祥を官途から追ったのだ。

徳祐《とくゆう》元年（一二七五）、元が再来し、宋軍が敗れると、賈似道は罪を得て漳州《しょうしゅう》に流され、殺された。

このとき、文天祥は故郷に隠遁《いんとん》していたが、元軍の南下を知ると、私財をなげうって義兵を集めた。文天祥はあくまで抗戦を主張した。

だが、朝廷には戦意がなく、文天祥は右丞相として和議の使者となった。しかし、元軍は和睦に応じず、文天祥は捕らえられた。

文天祥は元軍の本拠地である北方へ送られたが、途中で脱走し、福州で再起を図る南宋の朝廷に合流した。

その後、文天祥は各地を転戦して、元への抵抗を続けた。しかし、元軍は攻勢を強め、抵抗し続ける文天祥はまたもや捕らえられた。

南宋は崖山《がいざん》の海戦に敗れ、皇帝趙昺《ちょうへい》が入水して宋の祥興《しょうこう》二年（一二七九）、ついに滅亡した。南宋が亡んだ後、文天祥は元の都、大都（北京）に送られた。以後、幽閉は三年間に及んだ。

滅亡した南宋の文天祥がなぜ殺されなかったかというと、元の皇帝フビライは文天祥の節義と抵抗戦で見せた武略を尊重して用いようと思ったのである。

フビライは文天祥に、丞相の座を与えようとまでした。しかし、文天祥はこれをきっぱりと断っていた。

それだけに、フビライは意地になっていたのかもしれない。この日、牢獄にいた文天祥は宮殿の大広間へと連れてこられた。

文天祥はひとの騒《ざわ》めきを耳にして気を取り戻した。ゆっくり顔を上げると、元の宮殿らしいとわかった。着飾った男たちが居流れ、中央の玉座にはモンゴルの帽子と衣服に身を包んだ大柄な漢《おとこ》が座っている。

元の皇帝フビライだ。

文天祥はフビライを睨《にら》みながら、座り直した。フビライはゆったりとした声で、

「どうだ。文天祥、もはや、わたしに仕えぬか」

と言った。文天祥は毅然として首を横に振った。

「断る」

フビライは首をかしげた。

「なぜだ。もうそなたの祖国である南宋は亡んだのだぞ。邦が亡びたからには、誰に仕えようと構わぬではないか。朕《ちん》に仕えればそなたの経綸の才が生かせるのだぞ」

「わたしは天命を奉じる国に生まれた。蛮族に仕えるはわが天命ではない」

文天祥はきっぱりと言い切った。

「そうか――」

フビライは無表情にうなずいてから、

「この者の首を刎《は》ねよ」

と命じた。文天祥は警衛に腕をつかまれ、引き立てられながら、

「大元皇帝よ、元は八年前、海を越えて三万数千の軍勢を日本国に送ったが、勝利できず、撤退したというではないか。さらに、昨年には十四万の大軍をまたもや日本国に送ったが、上陸を阻まれるうちに大風が起こり、艦船ことごとく大風で海に消えたらしいな。元軍、無敗に非ず、無敵に非ず。わたしは首を刎ねられるとも、日本国に

生まれ変わり、元を亡ぼしてくれるぞ」
と言って、自作の詩『零丁洋《れいていよう》を過ぐ』を詠じた。

辛苦《しんく》遭逢《そうほう》　一經《いっけい》より起こる
干戈落落《かんからくらく》たり　四周星《ししゅうせい》
山河《さんか》破《は》砕《さい》　風絮《かぜじょ》を漂《ただよ》わし
身世飄揺《しんせいひょうよう》　雨萍《あめへい》を打つ
皇恐灘邊《こうきょうだんぺん》　皇恐を説《と》き
零丁洋裏《れいていようり》　零丁を嘆く
人生古《じんせいいにしえ》自《よ》り　誰か死無からん
丹心《たんしん》を留取して汗青《かんせい》を照らさん

苦労して学問を身につけ、進士に及第して仕官したが、国難にあって戦場に立ち、四年を過ごした。
山河は破れ、わが身は柳の花のように漂い、あたかも雨に打たれる浮き草のようだ。皇恐灘では、国家滅亡の恐れを説き、零丁洋では身の零丁ぶりを嘆くばかり。人生は昔から死なない者はいない。どうせ死ぬのなら、赤誠の真心を留め、歴史を照らそう。

文天祥の声は宮殿中に響き渡ったが、フビライは眉ひとつ動かさず、同情の念を示さなかった。間もなく文天祥は刑場に引き据えられた。

文天祥は首を差し出しながら、ふと、フビライに言い放った、

――日本国に生まれ変わる
という言葉が真になれば、面白いと思った。

首切り役人が大きな斧を振った。

笑みを浮かべた文天祥はそのまま闇へと落ちていった。

◇

楠木正成《くすのきまさしげ》は、はっとして目覚めた。

山の中である。日が暮れて闇が濃い。木の根元にうずくまり、目を閉じていた正成はいつの間にか夢の中にいたようだ。

柿《かき》色の帷子《かたびら》を着て、六方笠をかぶり、顔は黒い布で覆って目だけを出している。柄や鞘の塗りのはげた太刀を抱えている。

「どうした、兄者――」

傍らから野太い声がした。弟の正季《まさすえ》だった。

同じ柿色の帷子を着て、太刀とともにサイホウ杖（堅い木の棒）を持っている。顔に布を巻き、なぜか女物の笠をかぶっている。

「何でもない」

正成はさりげなく答えた。

「そんなことはあるまい。また、いつもの夢を見ていたのであろう。まったく、あの無風《むふう》という坊主はよけいなことを兄者に教えてくれた」

無風は正成が幼いころから学問を習いに通っていた河内の寺にいた僧だった。漂泊を常としている僧だったが、観相ができるという噂があった。

それを聞いた正成の父正遠《まさとお》入道が面白がって、銭を与え、正成の人相を鑑定させた。

すると、無風は、正成をじっと見つめて、

「王にはなれぬが、王を援ける相である。生涯にわたって夢を見続け、夢の中で死ぬだろう」

と言った。正遠入道は、思ったよりも縁起でもない観相を聞いて、

「とんだ、無駄をしたわ」

と無風を罵《ののし》った。だが、無風は平気な顔で、ひそかに正成を呼び寄せて、

「夢を見ることを怠ってはなりませんぞ。あなたの夢はかなうのです。あなたのためにはならぬが、天下万民のためになる夢ですぞ」

と言った。自分のためにはならぬが、天下万民のためになる夢とは何だろう、と正成は思った。

十五年前、正成が十三歳のときだった。無風はそれからしばらくして、姿を消した。正遠入道始め、誰もが無風の観相のことは忘れた。

だが、正成だけは覚えていた。それは、楠木一族が、

――悪党

と呼ばれる生き方をしていたからだ。

この時代、田畑は荘園領主である貴族のものだが、鎌倉幕府ができて以来、各地で田畑を鎌倉御家人の武士たちが実際に支配するようになってきた。

悪党は鎌倉御家人ではないものの、同じように武力を持つ階層で、荘園を食い荒らすようにわが物にしようとして、荘園領主との間に紛糾を起こしていた。

もともと楠木一族は駿河国入江荘の楠木村から出てきた。

鎌倉幕府の執権である北条得宗《ほうじようとくそう》家の被官だったが、地頭代として河内国に移ってきた。その後、周辺での争いを繰り返すうちに、戦に慣れた悪党として知られるようになったのだ。

それだけに、鎌倉御家人から見れば異端でもあった。

正成がそのことを悔しいと思ってきたのは、本来、生まれ持った性格が、

――正義

を好んだからかもしれない。

ひとと話すときに、顔を伏せたり、目をそらす生き方を正成はしたくなかった。そして、無風から聞いた、

――正しき人

のことを頭に刻んでいた。無風は若いころ、元の国に渡ったという。そして彼の国で南宋のころから伝えられていた学問を学んできた。それは、南宋の、

――朱熹《しゆき》

という学者が孔子の教えを自らの考えによってまとめた朱子学だった。朱子学には、この世の正しきことが示されているという。

無風はそんな話をして、さらに、南宋の王家に殉じた文天祥という人物のことを話した。文天祥の正しき生き方は正成の胸を震わせた。そしていつしか文天祥の最期を夢に見るようになったのだ。

このことを正季と話すとき、正成は、

「名詮自性《みようせんじしよう》、名前の通りだ。わたしは正しきことをなしたいのだ」

と言ってのけた。正季は頭を振って、

「わたしにはわからぬな。そんな夢のようなことばかりを言うゆえ、近在の者は兄者

のことを夢兵衛殿《ゆめひょうえ》などと呼んでいるのだぞ」

正成の幼名は多聞丸《たもんまる》、あるいは多聞兵衛だった。

「よいではないか。夢兵衛、わたしは好きな名だぞ」

正成はにこりと笑った。だが、正成たちがいまからしようとしていることは、

――夢兵衛
などという甘いことではない。

摂津国の土豪、渡辺右衛門尉《わたなべうえもんのじょう》を討とうというのだ。

北条得宗家の命による、という大義名分はあるものの、実際には渡辺が持つ領地や
財産を奪おうという、悪党働きだった。

正成はふと顔を上げた。

風が吹いた。

雨の匂いがする。

「間もなく雨になるぞ」

正成は雲に覆われ、星明かりが消えた夜空を見上げた。

「襲うのには都合がよいな」

「その通りだ」

正成がうなずくと、正季はおかしそうに、

「兄者は正義を好むわりに、戦では相手の隙を突こうとするな。正々堂々と戦わんでよいのか」

と言った。

「正々堂々の戦などはない。勝った戦が正義の戦だ」

正成は平然と答える。

「なるほどな」

冷やかすように応じる正季にかまわず、正成は周囲の闇に鋭い目を向けた。

「行くぞ——」

正成が声をかけると、まわりにひそんでいた一族の兵、十数人が動き出した。皆、柿帷子を着た異形の風体である。

足音を忍ばせて闇の中を歩む姿は悪鬼に似ていた。

二

楠木正成は渡辺右衛門尉の館への襲撃を、

——合戦

と唱えている。しかし、傍《はた》から見れば、夜盗が平穏に寝静まっていた武家屋敷を襲ったに過ぎない。

正成は館に近づくと、兵たちに松明《たいまつ》を用意させた。十数本の松明に火をつける。闇の中に禍々しい火が浮かび上がった。

「投じよ」

正成が命じると、兵たちは闇の中を走り、築地塀《ついじべい》を乗り越え、館の屋根や広縁に向かって松明を投げ込んだ。

煙がくすぶり、館の中で異変に気づいて起き出す者がいた。そのときには板戸を這って炎がまわり始めた。

正成は、築地塀の上で様子をうかがいながら、

「夜更けの張り番を置いておらぬとは、渡辺は迂闊《うかつ》な武士だな」

とつぶやいた。正季が低い笑い声をあげた。

「何事も兄者のように周到な者は世間にさほどおるまいよ」

正季の言葉を聞き流した正成は館の様子をうかがっていたが、

「火事だぞ」

「出会え」

と声があがると、

「いまだ――」

とひと声発して築地塀を飛び降りた。館に向かって走りながら太刀を抜いた。

館の屋根から炎があがり、あたりが赤く照らし出される。正成の声に応じて楠木の兵たちは、思い思いの武器を振りかざし、怒号して駆ける。いち早く、その先頭に立ったのは、正季だ。六尺を超える巨漢の正季はサイホウ杖を振り回し、館から刀を手に飛び出してきた渡辺の郎党、三人をたちまちなぎ倒した。

「皆、押し入れ、財物は奪い取り放題だぞ」

正成が大声で告げると、兵たちは喚声をあげて館に踏み入っていく。そんな兵たちが、わっと声をあげて退いた。

館の中から薙刀《なぎなた》を手にし、髪を振り乱した白い寝間着姿の髭面の漢が出てきた。

「渡辺右衛門である」

渡辺は名のると、斬りかかった楠木の兵、ふたりをたちまち薙刀で斬って捨てた。

渡辺は広縁の階から地面に下りて、

「わが館を襲ったのは、どこの悪党だ。名のれ」

と声高に言った。正季が渡辺に向かおうとするのを制して正成は前に出た。顔を覆っていた黒い布をはずして、色白でととのった顔を炎の赤い明かりにさらした。

「楠木多聞兵衛――」

正成が名のると、渡辺は顔をゆがめた。

「河内の楠木か。なぜ、わしを襲った」

「お主、摂津の荘園の代官を追放し、年貢米を奪い取ったそうではないか。鎌倉から見ればお主も悪党なのだ。ゆえに北条得宗家から討ち取れという命が下った。六波羅《ろくはら》探題《たんだい》がわしに命じたのだ」

諸国での悪党の猖獗《しょうけつ》に頭を悩ました鎌倉幕府は文保《ぶんぽう》三年（一三一九）、御家人の飯《いい》尾《お》為頼《ためより》、渋谷三郎、糟屋《かすや》次郎らを、

――悪党討伐使
として近畿、中国、四国地方に派遣した。討伐使は各国の守護代、地頭らの協力を得て、言うならば、

――悪党狩り
を行っていた。

「河内の悪党にわしを討たせるとは六波羅探題も愚かな。わしを邪魔にするあまり、懐に蝮《まむし》を入れるようなものではないか」

渡辺が嗤うと、正成はにこりとした。

「わしは蝮か。ならば蝮の牙を受けてみるがよい」

正成は跳躍して渡辺に斬りかかった。渡辺はこれに応じて薙刀を振るう。

がっ

がっ
太刀と薙刀の刃が何度か打ち合った。薙刀は振るうたびに速さを増して正成に襲いかかった。

正成はこれを太刀でしのいでいたが、不意に身を沈めて、渡辺の懐に飛び込んだ。

渡辺の首から血が迸《ほとばし》った。

正成は渡辺の首に斬りつけ、脇をすり抜けた。渡辺がどっと倒れた。

正成は振り向かず、館に目を遣った。大屋根から炎が龍のように上がり、火の粉が夜空に飛び散った。渡辺の郎党たちは楠木の兵に斬り立てられていく。やがて、ひときわ大きな炎が上がったかと思うと、屋根が轟音とともに崩れ落ちた。

正成は振り返って、

「引き揚げるぞ」

とよく通る声で告げた。正成が走りだすと同時に、正季はじめ楠木党の十数人は影のように従った。

渡辺右衛門尉が討ち取られたことで、渡辺党が握っていた荘園の利権は楠木党に移ることになる。楠木党は、悪党の討伐に悪党を使うという六波羅探題のやり方に巧みに取り入ったのだ。

(これでまた力を蓄えた)

正成は走りながら、胸の中でつぶやいた。しかし、その蓄えた力を何に使うのか。

それは、まだ正成にもわかってはいなかった。

元亨《げんこう》二年（一三二二）五月のことである。

正成はまだ二十八歳だった。


二日後――

正成は河内国、赤坂村の居館に戻った。

館では柿帷子は脱ぎ捨て、尋常な青の直垂《ひたたれ》姿に戻る。

異形の身なりで渡辺館を襲った荒々しさは身をひそめ、怜悧《れいり》で品の良い顔立ちの武士となった。

母屋に入り、父の正遠入道に摂津でのことを報告した。大柄で浅黒い顔の頰にうっすらと刀疵《かたなきず》が残る正遠入道は、自分の坊主頭をなでながら聞いていたが、正成が渡辺右衛門尉から、

――蝮
と罵られたと話すと、からから、と笑った。

「蝮か、それはよい。悪党としての名が広まれば、それだけ力を得るというものだ」

正遠入道はもともと鎌倉御家人だったが、名聞にこだわらず、おのれの利益となる

ものを求めて、楠木一族の勢力を築いてきた。

正遠入道は金剛山に分け入って水銀を発掘し、さらに椎茸を採り、絹などの寺社や貴族に高く売れるものも売って銭を稼いだ。

水銀は山中の奥深く坑道を掘って発掘した辰砂《しんしゃ》という鉱石を加熱して採取する。辰砂が発掘される一帯は赤土が多く、真っ赤であることから、

――火の谷
などとも呼ばれる。水銀は鍍金《めっき》のために使われる。奈良の大仏に金を塗布するために大量の水銀が使われた。

さらに絵の具や白粉にも使われるため、水銀がもたらす利益は莫大だった。しかも、正遠入道は採取した水銀を国内だけでなく、朝鮮や中国にも輸出していた。

このため赤坂村の楠木館には京から商人が足繁く通い、それらの商人から京の噂などを耳にするだけに、楠木一族は諸国の情勢についてもよく知っていた。

また、山中での水銀採取は山で暮らすひとびとや修験者とのつながりも深くし、楠木一族は山中から街道筋にかけても支配下に置くようになっていた。

正成が摂津での報告を終えると、正遠入道はうなずいて、

「次は紀伊の湯浅党の保田《やすだ》荘司《しょうじ》と大和の越智《おち》四郎《しろう》だな」

と言った。正成は微笑した。

「さようにございます。保田と越智も討ち取るよう、六波羅探題からすでに命じられております」

正遠入道は苦笑した。

「まことに便利使いしてくれるものだな」

「されど、討たれる側にまわるよりはましでしょう」

正成は言いながら、ふと首をかしげた。

「それにしても、得宗家はなぜ、かようにわれらを信じて悪党討伐を命じるのでございましょうか」

「わからぬのか。わしが鎌倉に出向いて銭をばらまいてきたからだ」

正遠入道はこともなげに言った。

「やはり、さようでしたか。されど、狡兎《こうと》死して走狗《そうく》烹《に》らる、と申します。近在の悪党を討伐した後、鎌倉が狙ってくるのは、われらかと思いますが、そのときはいかがなさいますか」

正遠入道はぽんと膝を叩いた。

「なるほど、そのことが言いたかったのか。そのような思案ならわしより、そなたの方が長《た》けておる。考えがあるなら言うてみよ」

正遠入道にうながされて、正成は口を開いた。

「されば、近在の悪党は街道を押さえ、わが楠木党が遠国に送ろうとする水銀を奪い取ろうといたしますゆえ、六波羅探題の命がなくとも討たねばならぬかと思います。されど、鎌倉の討手を引き受けねばならぬことになれば、味方をつくっておかねばなりません。そのために遠国の悪党と手を結んでおかねばならぬかと思います」

正成の言葉に耳を傾けていた正遠入道は訝《いぶか》しげに問うた。

「しかし、遠国の悪党ではいざというとき、駆けつけても間に合うまい」

「いえ、来てもらわなくともよいのです。それぞれが自らの地で蜂起すれば、鎌倉の討手は分散されます。たとえ遠く離れていてもともに戦っていることに変わりはございません」

「なるほど、鎌倉の討手はあちこちで火の手があがれば、手を焼いて、消し止めることができかねるな」

納得したように正遠入道はうなずいた。

「さようにございます」

「しかし、鎌倉相手に兵を挙げるほどの悪党はそうはざらにおるまい」

正遠入道が思案顔になると、正成はいい添えた。

「まずは、播磨《はりま》の赤松円心《あかまつえんしん》殿あたりでいかがかと思います」

「赤松か、名うての悪党だな」

赤松一族は播磨佐用荘《さようのしょう》の地頭職だった。円心は通称、次郎。名を則村《のりむら》という。円心は入道しての法名である。すでに四十四、五の壮年だが、武略に長け、播磨一円に名を轟《とどろ》かせていた。

はっは、と笑った正遠入道は、正成を鋭い目で見つめた。

「それで、どうしたいというのだ。赤松に会いにいくため播磨に出向きたいとでもいうのか」

「いえ、さようではございません。播磨のことも京に出ればわかりましょう。さらに赤松円心のほかにも諸国に頼りになる悪党はいるでしょうから、そのことも知るために、京に上りたいと存じます」

正成は手をつかえて頭を下げた。正遠入道は少し考えてから、

「わかった。そなたにも水銀を売りさばく道筋を知っておいてもらわねばならぬ。京に上るがよいが、それは紀伊の保田荘司と大和の越智四郎を討ってからのことだぞ。三人を討った報告を六波羅探題にしにいくのであれば、鎌倉にも言い訳が立つからな」

と言った。

「ありがたく存じます」

正成はおとなしげな顔で頭を下げた。

間もなく正成は母屋から自分の居館へ戻った。奥から正季の声がして、応じるように正成の妻の久子《ひさこ》が笑っているのが聞こえてきた。正成が板敷の広間に入ると、正季は振り向いた。

「兄者、父上との話は終わられたか」

うむ、とうなずいて正成はかたわらに座り、久子と向かい合った。

「父上から京に上るお許しをいただいた」

正成が言うと、久子は、にこやかに、

「それはようございました」

と喜んだ。久子は、楠木一族と親しい河内国甘南備《かんなび》、土豪南江正忠《みなみえまさただ》の妹である。兄に武芸や学問を教えられており、賢妻の評判が高かった。透き通るような白い肌をしており、目鼻立ちもくっきりとしている。

「いや、お許しが出たと言っても、紀伊の保田荘司と大和の越智四郎を討ち取ってからのことだ。その報告に六波羅探題に参るのならいいだろう、とのことだ」

正季が大口を開けて笑った。

「父上は抜け目がないな。さすがに水銀で長者になっただけのことはある」

正成はわずかに苦笑したが、

「とは言っても、保田と越智はいずれは討たねばならぬ相手だ。早く片付けて後顧の憂いを無くしておくほうがよいかもしれぬ」

とつぶやくように言った。

「それはもっともなことだな」

応じながら、正季は何事かうながすように久子をちらりと見た。

久子はうなずいて、正成に顔を向けて口を開く。

「お留守の間に観心寺《かんしんじ》から、何度か使いの者が参ってございます」

「観心寺から？」

正成は眉をひそめた。

観心寺は、楠木氏の菩提寺である。

正成は少年時代、観心寺の塔頭《たっちゅう》中院で龍覚《ろうかく》という学僧から仏法の手ほどきを受けた。

龍覚は正成の才能を見抜き、

「そなたは武士の子だ。いつまでも経文を読んでいてはならぬ」

と言って、このころ、河内に隠棲していた大江時親《おおえときちか》に師事させた。時親は幕府につかえて、政を行った大江広元《ひろもと》の曽孫である。比叡山で天台宗を学んでおり、武術も修業していた。

正成はそんな時親から大江家に伝わる学問を教えられた。さらに正成はこの塔頭中院で、旅の僧、無風から朱子学も学んだのである。

久子はあたりをうかがってから告げた。

「じつは、観心寺に無風というお坊様が来ておられるのだそうです」

「無風様が——」

正成は息を呑んだ。

三

正季がうかがうように正成を見た。

「兄者、無風殿に会いに行くつもりか」

正成は表情を変えずにうなずいた。

「かつての師が来ておられるのだ。会いに行かぬわけにはいかぬ」

うんざりした顔で正季はつぶやいた。

「兄者は、師だというが、わしらから見れば、ただの旅の人相見の坊主にすぎないぞ」

「だが、わたしにとっては師であってみればしかたのないことだろう」

正成は笑って言うと、久子に顔を向けた。

「せっかくなのだ、いまから観心寺に行って参るぞ」

正成が立ち上がろうとすると、正季が声をかけた。

「兄者、わしも行くぞ」

「そなたは、無風様の弟子ではあるまい」

「無論そうだが、これから楠木党を率いる兄者が妙な道に迷いこんでもらっては困るからな」

正季は笑った。正成は顔をしかめて、

「さように疑り深い者を師のもとに連れては行けぬ」

と言った。すると、久子が膝を進めて、

「わたくしからもお願いでございます。どうか正季殿をお連れください」

と言って頭を下げた。

正成は久子と正季をじろりと見た。

「そうか、さようなことを打ち合わせておったのか」

久子はにこりとした。

「申し訳ございませぬ。わたくしが正季殿にお頼みいたしたのでございます。殿は夢兵衛様でございますから、かたわらに夢を醒ますひとがついていたほうが良いと存じます」

「ならば、やむを得ぬな。正季、ついて参るがよい」

正成は苦笑して言い置き、表へと向かった。正季は久子と顔を見合わせ、にやりとするとち上がって正成の後に続いた。

正成と正季は騎馬で観心寺に向かった。

金剛山の麓にある観心寺は、大宝元年（七〇一）に役小角《えんのおづぬ》を開山とし建立された。当初は雲心寺と称していたが、弘法大師が訪れ、境内《けいだい》に北斗七星を勧請《かんじょう》し、観心寺と改めたという。真言宗の寺として加持祈禱《かじきとう》を行っている。

正成は観心寺で学問をするとともに、一里ほど離れた大江時親の草庵にも通って大江家に伝わる『孫子』や『六韜《りくとう》』『三略《さんりゃく》』などの兵書を読みふけった。少年のころから軍略に長け、十三歳で初陣した八尾氏との合戦でもおとなびた戦いぶりを見せた。

正成が馬から下りて山門に近づくと、門前にひとりの僧が立っているのが見えた。三十五、六の眉があがり、精悍《せいかん》な顔立ちで武芸で鍛えたのではないか、と思える屈強な体つきをしている。十五年前、正成の師であった、

――無風
である。

正成は石段を上がると、無風に頭を下げた。

「多聞丸でございます。おひさしゅうございます」

正成は微笑んだ。多聞丸とは、正成の幼名である。正成の母が大和の信貴山《しぎさん》の毘沙

門天に百日詣でて夢の知らせを受けて生んだため、幼名を多聞丸としたという。

無風はうなずく。

「いまは、多聞兵衛正成殿じゃそうな。ご立派になられたが、少年のころの面差《おもざ》しは残っておる」

正成をためつすがめつ眺めた無風はふと正季に顔を向け、

「そなたは七郎殿であろう。相変わらず、強情そうな顔をしておる」

と幼名を呼んでいった。

正季はうっそりと、

「よう覚えておいでじゃ」

とつぶやいた。

無風はそれに構わず、正成をうながして塔頭中院に入った。

奥の間には兜巾《ときん》をつけ、鈴懸《すずかけ》の衣を着た山伏がひとり、座っていた。

観心寺は役行者を開祖とするから山伏がいることに不思議はないが、山で荒行を積んでいるとは思えない、色白の上品な顔立ちの男である。

無風は山伏のかたわらに座りながら、

「これなるは、常陸坊《ひたちぼう》殿じゃ」

と素っ気なく引き合わせた。

正成は穏やかな表情で軽く頭を下げた。

「楠木多聞兵衛でござる」

山伏は微笑《ほほえ》んで、

「常陸坊でござる」

と名のった。

「嘘であろう」

正季は野太い声で言って常陸坊を睨み据えた。

「よさぬか、正季――」

正成は静かに言った。しかし、正季はなおも言葉を継いだ。

「われら、楠木党は水銀を採りに山中に入るゆえ、山の者とはなじみが深い。このあたりの山伏ならすべて知っておる。お主のような生白い山伏は見たことがない。山伏に化けたつもりかもしれんが、わしらの目はごまかせぬぞ」

正季がわめくように言うと、山伏は苦笑して無風に目を遣ってうなずいた。

無風は頭を軽く下げてから、

「七郎殿は相変わらず、礼儀知らずじゃな。しかし、さように見抜かれたからには、やむを得ぬ。こちらは、公家の日野《ひの》俊基《としもと》様だ。帝の命により、お忍びで諸国をめぐっておられる。それ以上の無礼は許さんぞ」

と重々しく告げた。

公家と聞いて、正季はぎょっとした顔になったが、正成は眉ひとつ動かさず、手をつかえ、頭を下げた。しかし、それ以上、何かを言おうとはしない。黙して俊基を見つめている。俊基は笑って、

「そなた、わたしがなぜかような身なりでおるのかを訊かぬのか」

と問うた。正成はまた手をつかえて、

「いましがた、帝の命により、諸国をめぐっておると無風様が言われました。それにて十分かと存じます」

無風はにやりとした。

「多聞兵衛殿はそれだけで、日野様が何をされているのかわかるのか」

正成は澄んだ目を無風に向けた。

「いまの帝は四年前、文保二年に践祚《せんそ》され、昨年、法皇様から、政務を委譲されるや親政を始められたと聞いております」

後宇多《ごうだ》天皇の第二皇子だった尊治《たかはる》親王は、延慶《えんけい》元年（一三〇八）、花園天皇の皇太子となり、文保二年（一三一八）二月に践祚、三月に即位した。

元亨《げんこう》元年（一三二一）十二月には後宇多法皇の院政を廃し、記録所を再興した。側近の公家、吉田定房や万里小路《までのこうじ》宣房《のぶふさ》、北畠親房《きたばたけちかふさ》らを登用して天皇親政を行おうとして

いた。
今年になって神社に属する神職である神人の本所への諸公事を免除する〈神人公事停止令〉や洛中《らくちゅう》の酒屋を天皇の支配下におく〈洛中酒鑪役賦課令《しゅろやくふかれい》〉などを発している。これには、神人や酒屋を天皇の供御人《くごにん》にしようという狙いがあった。このことを喜んだ花園上皇は、日記に、

――近日政道淳素に帰す。君すでに聖主たり

と記している。

「日野俊基様は帝の側近として御名を聞いております。されば、日野様が諸国をめぐっておられるのは、ご親政のため。有り体に申せば、いずれご親政の邪魔になる鎌倉に抗する力を持つ者を味方にするためでございましょう」

正成はさらりと言ってのけた。俊基はのけぞって大声で笑った。

「これは、驚いた。かほどに言い当てられるとは思わなかった」

無風が俊基に向かって頭を下げ、

「かようなる者と見込みましたゆえ、お引き合わせいたしたのでございます」

と言った。さらに、正成に顔を向けると、

「明察のほど、昔と変わらぬな。されど、その知恵はいかにして磨いたのだ」

「戦にございます。世の中の動きを知るは兵略の要ですから」

正成はひたと無風を見つめて、

――彼を知り己を知れば百戦殆《あやう》からず。彼を知らずして己を知れば、一勝一負す。彼を知らず己を知らざれば、戦う毎に必ず殆し
と言った。『孫子』の謀攻編にある言葉だ。

敵と味方について熟知していれば、たとえ百回戦っても負けることはない、しかし、敵を知らないで味方のことだけを知っているのでは、勝ち、負けを繰り返すだけで勝負がつかない、敵のことも味方のことも知らなければ必ず負ける、というのである。

俊基は大きくうなずいた。

「よくわかった。帝にはそなたの力が入用なのじゃ。ぜひとも力を貸してくれ」

しかし、正成はすぐに答えず、しばらく考えてから、

「帝は鎌倉にご謀反なさるおつもりでございますか」

とひややかに訊いた。

――馬鹿な

俊基は顔を朱に染めて怒鳴った。

「帝は一天万乗の君である。鎌倉は臣下に過ぎぬ。帝が親政を行われるのが、なぜ謀反なのだ」

無風が苦笑して口を挟んだ。

「多聞兵衛殿、そなたは宋学（朱子学）での尊王の大義を知っているはず。なぜに、さような言い方をするのだ」

正成は頭を下げた。

「さよう、宋学にては大義名分を重んじ、いずれが正しきかを明らかにいたします。されば、徳をもって天下を治める天子こそ正、武力をもって天下を制する覇者は邪《よこしま》でありましょう。わたしは正しきを好みますゆえ、尊王に大義ありと考えております」

宋は遊牧民族の金や元に圧迫され、ついには亡んだ国だけに、異民族の支配に対して自分たちこそ正統であるという意識が強烈だった。このため、

――大義名分

を唱え、国家を支配する正統を明らかにすることに力を注いだのである。

「それがわかっておられるなら、帝が親政を行われるのを鎌倉が妨げようとするのを退けるのに不審はないと思うが」

無風は落ち着いた眼差しを正成に向けた。

「それは、帝に私心無くばでございます」

俊基は目を瞠《みは》った。

「何という恐れ多いことを言うのだ。帝に私心などあろうはずがない」

「さて、どうでしょうか」

正成は怜悧な表情で口を閉じた。さすがに皇室に関わることだけに、これ以上、言うのを憚《はばか》ったのだ。

無風はからりと笑った。

「多聞兵衛殿には、いろいろな不審がおありのようだ。ならば、一度、京に上り、帝にお言葉を賜ってはどうであろう」

眉をひそめて正成は無風を見た。

「さようなことができましょうか。わたしは、河内の悪党にて、無位無官でございまするぞ」

無風は鋭い目になった。

「いま、幕府が最も手を焼いているのは諸国での悪党の蜂起だ。かつては十数人で荘園の年貢を奪うだけだったが、いまや五十騎、百騎の隊列を組み、城郭を構え、騎馬、弓矢を備えて幕府の討伐軍と堂々と渡り合い、退ける者もいると聞く。多聞兵衛殿がこれらの悪党を率いれば、幕府軍といえども恐れるに足らぬのではないか」

無風の言葉を聞いて、正成は苦笑した。

「なるほど、さように思われているのでございますか。ありがたき幸せではございますが、わたしはいま、得宗家の命により、悪党討伐を行っております。思し召しにすぐに従うわけには参りません」

俊基はがっかりしたように、

「そなた、悪党の討伐をいたしておるのか」

と言った。

「得宗家の命に従わねばわれらのような土豪は生きていけませぬ」

正成はさりげなく答える。俊基がさらに何か言おうとするのを無風が手で制した。

「いま、すぐには思し召しに従えぬと言われたな。それは、いずれは、ということではないのか」

無風に見つめられた正成の顔にゆっくりと笑みが浮かんだ。

「さようでございます」

正成がきっぱりと答えると正季があわてて、

「兄者、さようなことを申してよいのか」

と口を挟んだ。

正成は低い声で答える。

「無風様は、われら悪党がいずれは鎌倉に討伐されることを見通されている。われらが鎌倉に抗って生き抜くためには、帝のもとに馳せ参じるしかない、と言われているのだ」

「しかし、兄者、さようなことはどうなるかまだわからんではないか」

正季が言い募ると、正成は口を開いた。

「正季、すまぬな。どうも、わたしは、おのれの生涯で正しきことをなしたいという思いがあるのだ。だからこそ、夢兵衛なのかもしれぬ」

正成の言葉を聞いて、正季は、ああ、とうめいた。

「義姉《あね》上はこんなことになりはせぬかと思ってわしを兄者につけたのだぞ。頼りがいのない義弟じゃと叱られるぞ」

正季の嘆きに拘わらず、正成は俊基と無風に顔を向けた。

「われらは紀伊の保田荘司と大和の越智四郎を討たねば京に上れませぬ。ふたりを討った後に京に参りましょう」

俊基は破顔した。

「待っておる。早う帝に引き合わせたいものじゃ」

無風は合掌して言い添えた。

「これで、この国に正義が行われることになろう」

正成は不敵な笑みを浮かべた。

四

八月になった。

楠木正成は手勢二百を率いて紀伊国保田に向かった。六波羅探題に背いた豪族、保田荘司を討つためである。金剛山の西麓の赤坂村を出て紀見峠を越え、紀ノ川を渡り、高野山領の山中を抜けた。

摂津国の渡辺右衛門尉を討ったときは、正体を知られぬよう、柿帷子の悪党の姿だったが、紀伊国に向かうにあたっては腹巻をつけ、弓箭《きゅうせん》や薙刀を携えて武装していた。河内から紀伊国に入れば、保田に動きを察知され、奇襲はできないと考えたからだ。

日が照り付ける山道を騎馬で進む正成に、やはり騎馬の正季が声をかけた。

「兄者、もはや保田荘は近いぞ。おそらく保田は手ぐすねひいて待ち構えておろう。このまま進んでいいのか」

剣の形をした三鍬形《みつくわがた》の兜をかぶった正成は馬上で振り向かず、

「それゆえ、物見を出している。間もなく保田の動きはわかるだろう」

と言った。正成が言い終わらぬうちに、砂塵を蹴立てて前方の山道を三人の郎党が駆けてきた。いずれも烏帽子《えぼし》をかぶり、腹巻をつけている。

「お館様――」

郎党たちは跪《ひざまず》くと、

「怪しゅうございます。保田館には人影が見えませぬ」

「館のまわりも同様でございます」

「保田荘は恐ろしいほど静まり返っております」

と口々に告げた。

正季は首をひねった。

「どういうことだ。保田はわれらを恐れて逃げたのか」

正成は笑った。

「さようなはずはあるまい。おそらくまわりの山に兵を潜めたのだ。われらが館を襲えば取り囲むつもりだろう」

「では、どうする」

「山中に潜んだのなら、いぶり出すだけだ。そなたは山に火を放て、煙に追われて出てきた保田勢を討ち取れ」

正季は顔をしかめた。

「山火事を起こすのか。それでは村の者が迷惑するぞ」

「戦なのだ、やむを得ぬ。責めは正面から戦わず、山に隠れた保田にある」

正成はきっぱりと言った。正季はうなずいた。

「わかった。だが、わしが山に火を放つ間、兄者はどうするのだ」

「わたしは二十人ほど兵を率いて保田館を襲う」

「館には誰もおらぬというではないか」

正季は怪訝《けげん》な顔をして首をかしげた。

「館を焼くのだ。館から火の手があがれば、このあたりの者は保田が戦に負けたと思うだろう。さすればかき集めた人数も散るに違いない」

なるほどな、と正季がうなずいたときには、正成は手早く二十人の兵を率いて保田館に向かった。保田荘に入っても遮る者はない。館の門は大きく開かれていた。

正成は一瞬、目を光らせたが、そのまま馬腹を蹴って兵とともに館に乱入した。

館の広場で馬を輪乗りして館の様子をうかがっていた正成は、

「出てこい。保田荘司、隠れているのはわかっておるぞ」

と怒鳴った。正成の声と同時に、門が閉じられ、館の床下から保田の郎党と思しき腹巻をつけた男たちが出てきた。館の奥に潜んでいた武士たちも現れる。

総勢五十ほどである。いっせいに矢をつがえ、弓を構えた。

烏帽子、腹巻姿の大柄な男が奥の板戸を開けてぬっと出てきて広縁に立った。

「保田荘司、やはり潜んでいたか。物陰に隠れる鼠のようだな」

正成が嘲《あざけ》ると、保田は大声で笑った。

「河内の楠木多聞兵衛は悪知恵に長け、しかも豪胆だと聞いておる。館が無人と思えばわずかな手勢で自ら乗り込んでくるに違いないと睨んだのだ」

正成は苦笑した。

「なるほど物見が館の中を見定めなかったのは、わが方のしくじりだ。罠にはまったからには、潔く降伏するしかあるまい」

「降伏だと？」

保田が疑わしげに正成を睨んだ。

「いかにも降伏いたす」

正成はこともなげに言うと、太刀を引き抜き、地面に投げ捨てた。さらに兵たちを振り向いて、

「弓と薙刀を置け」

と命じた。兵たちが戸惑いながらも弓と薙刀を置いた。

「かくの通りだ。されば、わたしが降伏いたしたとわが弟に知らせねばならぬ。あ奴には山に火をかけるよう命じておる。山火事となれば村の者たちが困るであろうからな」

保田は舌打ちした。

「貴様らは山を焼き討ちしようというのか」

「さよう、潜んでおる兵をいぶり出さねばならぬゆえな」

と言った正成は、まず、あのあたりの山から焼くことになっておると山を指差しながら、さりげなく広縁に近づいた。そのとき、正成が指差した山から煙と火の手が上がった。

「やっ、まことに火を放ったぞ」

保田が歯嚙みした瞬間、正成は広縁に跳び上がった。素早く保田の後ろにまわって短刀を首筋に押し当てた。そのまま保田を引きずって地面に飛び降り、楠木党の兵たちの傍に立った。

「何をするか」

もがく保田を押さえつけ、短刀を構えたまま、

「降伏しようかと思ったが、気が変わった。このまま、去らせていただこう。お手前はそれまでの人質だ。館を出れば放してやるゆえ、おとなしくしておれ」

正成はよく通る声で言うと保田党の兵たちを睨みつけ、

「門を開けよ」

と怒鳴った。短刀を首筋に押し当てられた保田がうめくように、

「こ奴の言う通りにしろ」

と言った。保田の郎党があわてて門を開くと、正成は兵に馬を引かせ、地面に投げ捨てた太刀も拾わせてから、保田を引きずり、じりじりと門に向かった。

保田の郎党は弓を構えたまま、正成について動く。その間にも山では炎が広がり、煙に追われるようにして出てきた保田党に正季が率いる楠木党が攻めかかる喚声が聞こえてきた。

門を出た正成は馬に乗り、兵に手伝わせて保田を馬上に引きずり上げると、短刀を首筋に押し当てたまま、館を振り向いた。

「われらを追いたくば、追ってくるがよい。尋常に合戦いたしてくれるぞ」

正成は言うなり、馬腹を蹴って馬を走らせた。保田党の兵たちが追いかけたが、保田が人質だけに矢を射かけることができない。

炎があがる山中では正季が猛々しい勢いで保田党を打ち払っていた。

三町ほど進んだところで、正成は、

「悪党ならば、命に未練はあるまい。覚悟いたせ」

と言い放つなり保田の首を短刀で掻き切った。保田の首と胴体を突き落とした正成は、砂塵を巻き上げて馬を疾駆させた。

保田を討ったからには、もはや留まる理由がない、と河内を目指していた。保田荘司討伐の戦は終わったのである。

赤坂村の館に戻った正成は久子の介添えで腹巻を脱ぎ、直垂に着替えた。武具の端に血がついているのを見て久子は表情を曇らせた。

「殿、手を負われましたか」

久子に問われて、正成はなんでもないことのように、

「いや、保田荘司の血であろう」

と答えた。久子はうなずいてそれ以上は訊かない。

武家の女人は合戦で討ち取った敵将の首実検の際、死人の首を洗い、髻《くしけず》を梳ってとのえる役目を果たす。

いまさら敵の死に動揺することはないが、とはいってもひとの死は忌むべきである。

それだけに、たとえ敵でもひとの死を喜ぶべきではないと久子は思っていた。

そんな久子の思いを知ってか知らずか、正成は、

「次は大和国の越智四郎を討たねばならぬ」

とつぶやくように言った。

久子は座って手をつかえた。

「ご武運をお祈りいたしております」

「わが武運を祈るということは敵の不運を願うということだな」

正成は微笑して言った。

「殿、それは申されますな」

久子は当惑して口をつぐんだ。

「わかっておる。武家の世渡りは、酷いものだ。地獄は必定であろう。されど、それが武家の生き抜く道であればやむを得ぬ。わたしは前に進まねばならぬ」

「わかっております」

久子はひたと正成を見つめた。

「わたしが正しきをなしたいと言うのは、道楽のようにも聞こえようが、地獄は必定の武士として生きねばならぬゆえでもある。せめて、この世を正しき姿になすことで、ひととして生まれた仏恩に報いたいのだ」

正成は懇々と言った。久子は目を閉じて、考え、しばらくして瞼を上げた。

「殿のお心、よくわかりましてございます。仏恩に報いれば、たとえ修羅《しゅら》の戦を繰り返そうとも九族、救われましょう。一日も早く京へ参られませ」

「そうか、久子なればわかってくれると思っていたぞ」

正成はからりと笑った。

正成は保田荘司の討伐に続いて、休む間もなく越智四郎を討つため大和国に向かった。

一ヵ月後——

秋が深まっていた。

紅葉に彩られた越智山を目指して進む楠木党三百は、やがて街道で六波羅探題、北条範貞《のりさだ》の命を受けて越智討伐に向かう軍勢と行き合った。その数、およそ六千の大軍だった。

薙刀を手に馬を進めていた正季は街道を長々と隊列で進んでいく六波羅勢を見て、

「兄者、われらはあのような者たちの後詰につくのか」

と不満げに言った。

「まあ、そう言うな。越智四郎は名うての豪の者だ。斎藤《さいとう》勢を軽々と打ち破ったというぞ。此度も六波羅勢相手にどのような戦いぶりをするか見させてもらおう」

正成は馬に揺られながら楽しそうに言った。

「そう言うが、兄者、なぜ得宗家が越智を討とうとしているか知っておるか。執権北条高時《たかとき》が飼っている犬の餌のためだぞ」

正季は憤慨を隠さなかった。

十四歳で十四代執権となった北条高時は暴慢で田楽や闘犬などの遊興に淫している

と伝えられていた。越智に対して所領の根成柿《ねなりがき》を召し上げたが、代替地は与えず、さらに闘犬の飼料を賦課してきた。越智は憤り、根成柿に駐留した六波羅代官を討ち取り、年貢も差し押さえた。さらに館のある越智山への道を塞ぎ、一族郎党を率いて霧越山に籠った。山城には逆茂木《さかもぎ》を引きまわして難攻不落の備えをした。

これに対し、六波羅探題は御家人の斎藤太郎左衛門利行《たろうざえもんとしゆき》に一千騎を与えて討伐に向かわせた。しかし越智党はこれを山中で待ち伏せして奇襲し、斎藤勢を巧みに退けた。その後、小串三郎左衛門範行《おぐしさぶろうざえもんのりゆき》が二千騎を率いて攻めたが、やはり山中で奇襲され、あっけなく敗退した。業を煮やした六波羅探題は近国から六千の兵を集めて討伐に向かわせた。大将はまたしても小串三郎左衛門だった。

正成はかねて六波羅探題に出動を命じられており、此度ようやく越智に向かうことになったのだ。

正季はなおも、犬の餌だぞ、われらはそのために戦うのだぞ、と大声で不平を言ったが、正成は取り合わない。

だが、山間の道にさしかかったところで、正成は馬を止め、あたりを見まわした。小高い場所で、道を行く六波羅勢が見下ろせる。

「どうした、兄者――」

正季が馬を寄せてくる。正成は鋭い目で道沿いの林に目を遣りながら、

「越智が兵を伏せて置くのによさそうな地形だ。六波羅勢は何度も奇襲に敗れていながら、何の用心もしておらぬようだ。大軍を頼みにしておるのだろうが危ないな」

と言った。正季は馬の上で伸びあがってまわりを見まわした。

「なるほど、兄者の言う通りだ、これは危うい」

正季が言い終わらぬうちに矢が放たれる音が響いた。林の樹上から六波羅勢に向かって雨のように矢が撃ち込まれた。密集していた六波羅勢は浮足立って混乱した。

そこへ林の中から越智勢が突撃して襲いかかった。林の中からは、喚声が轟き、旗がいっせいに掲げられた。

軍勢の中央にいた小串は大軍が襲ってきたと思い、あわてて、

「退けっ」

と怒鳴った。このため六波羅勢はたがいにぶつかりながら退いていく。

正成は越智勢の動きを冷静に見つめていた。

越智党は百人ほどしかいないと見て取る。

「正季、越智党は手勢が思いのほか少ない。ここで討ち取るぞ」

正成は言い放つなり、馬腹を蹴って馬を走らせた。道を駆け下りると、六波羅勢を追撃する越智党の前に割って入った。

「河内の楠木多聞兵衛である」

正成は怒号するなり、越智勢に斬り込んだ。正季ら楠木党三百騎がこれに続く。

逃げる六波羅勢を追って、心が驕っていた越智勢は突然、攻めかかった楠木党に追い散らされた。なおも踏みとどまろうとした越智四郎の首を駆け寄った正季が薙刀で刎ねた。

その様を見て、正成は、

「これで、ようやく京に上り、帝に会えるな」

と嘯《うそぶ》いた。

五

元亨三年（一三二三）正月——

楠木正成は弟の正季と郎党三人を供に京に上った。

烏帽子、直垂姿で太刀を佩いていた。これまでに摂津国の渡辺右衛門尉、紀伊国の保田荘司、大和国の越智四郎という三人の悪党を討ったことを報告し、あわよくば恩賞に与るためだった。

だが、このことで正成は冷めており、

「〈悪党狩り〉に恩賞は出ぬゆえ、そのつもりでおれ」

と正季にも言い含めていた。

「なんだ。それでは無駄な骨折りではないか」

正季は不満を漏らしたが、正成たちにとっては、六波羅から睨まれず、悪党として生き延びることが何よりの利益だった。しかも、保田や渡辺が持っていた鉱山や馬借の利権などはすべて楠木党が握っていたから、ふたりを討ったことでの利益は十分に得ていたのである。

六波羅探題もまた、そのことを知っているから楠木党に悪党討伐を命じても恩賞のことは口にしないのだった。京に上った日、旅宿で荷を置いた正成たちは、この日、市がどこで開かれているかを訊いて、三条に出かけた。

このころ市は常に開かれているわけではなく、三の日、五の日など日を決めて開かれる。正成が市に向かったのは、父親の正遠入道から、

「京に上ったら市に行って、鬼灯《ほおずき》という商人に会え、鬼灯は宋銭を持っている。これから水銀の商売を広げていくのには宋銭がいる。鬼灯から手に入れるのだ」

と言われていたからだ。まずは、その鬼灯に会わねばならなかった。

「しかし、兄者、京に上ったのは帝に拝謁するためではないのか。かように市中をうろうろしていてよいのか」

正季が訝しげに言った。正成は観心寺で無風と日野俊基と会い、京に出てくれれば帝

に拝謁させると言われたときはいまにも上洛しそうな勢いだった。

しかし、その後、保田荘司らを討ってからは忘れたように過ごし、年が明けると突然、京に上ると言い出したのだ。

正成は、はは、と笑った。

「たいしたわけはない。ただ、物には売り時というものがあろう。何となくあわてぬがよいと思ったのだ」

正季はううむとうなった。

「兄者は正しきことをなしたいが口癖だが、その癖、戦でも何でもひとの裏をかこうとするところがあるな。妙なひとだ」

ため息をつきながら正季は言った。だが、そのとき、正成はすでに市の往来に入り、連雀《れんじゃく》商人や桂女《かつらめ》、僧侶が行き交う中を歩いていた。その歩みがふと止まった。

正季があたりをうかがいつつ、

「どうした、兄者――」

と訊いた。正成は太刀に手をかけながら、

「殺気だ。誰かがわれらを狙っておるぞ」

「なんだと。何者だ」

「わからぬが、渡辺や保田の残党かもしれぬ。かようなところで襲われたら防ぎようがないゆえ、まず散るぞ。夜に旅宿で集まる」

正成が郎党たちに言ったとき、風を切る音がした。

正成は首をすくめて身をかわし、

「礫《つぶて》だ。印地《いんじ》打ちにかける気だ。逃げるぞ」

と言うなり駆け出した。正季や郎党たちもそれぞれ散った。

印地打ちは、大勢が二手に分かれ、石を投げ合う合戦で京ではしばしば行われ、幕府の制止もきかず死傷者も多く出た。

逃げる正成に向かって、さらに礫が飛んできた。頭をかすめ、肩に当たった。だが、正成は踏みとどまって闘おうとはしなかった。

印地打ちを仕掛ける者はしばしば大人数で、四方八方から礫を投じられれば逃げようがなく、たちまちのうちに全身に礫を受け傷だらけになって息絶えてしまうのだ。

正成は市の見世の間を抜けて走ったが、なおも礫は追ってくる。やむを得ず、見世に跳び込み、筵《むしろ》をはねのけ、屋根を支える柱を倒して通りぬけた。それでもなおも追ってくる足音がすると、近くの染め物屋に跳び込んだ。土間に並んだ大甕《おおがめ》の間に腰を下ろして隠れた。

すると追ってきた足音がしだいに遠ざかっていくのがわかった。

正成はしばらく蹲《うずくま》っていたがひとの気配がしなくなると立ち上がった。

「随分としつこかったな」

つぶやきながら、ふと傍らの甕に目を遣った。上に大きな木の蓋がかぶせてある。染め物屋らしいから藍でも入っているのかと思って、何げなく蓋を開けた。すると、
正成は息を呑んだ。

甕の中にはぎっしりと宋銭が詰まっていたからだ。他の甕の蓋も開けてみた。やはり、宋銭が詰まり、むせるような金物の臭いがした。

正成はまわりを見まわした。甕は八個ある。これだけで何万の銭があるのではないか。

正成が目をこらして甕を見つめていると、

「盗賊――」

という女の声がした。

正成はあわてずゆっくりと振り向いた。

水色の小袖を着て頭から口元にかけて領巾《ひれ》を巻きつけて覆い、目だけを出した女が立っていた。

「盗賊の癖に逃げないのですね」

女がひややかに言うと正成は甕に手を突っ込み、銭をすくい上げた。

「これだけの宋銭をどうしたのだ。貴様こそ盗賊ではないのか」

「河内の悪党に盗賊呼ばわりされる覚えはありません」

女は薄く笑った。正成は首をかしげた。

「わたしを知っているのか」

「楠木正成殿――」

正成は手の中の宋銭をちらりと見てから甕に落とした。

「そなたは鬼灯殿か」

正成は鋭い視線で女を見つめた。

「さようでございます」

鬼灯が答えると、正成はつっと近づいた。そしていきなり鬼灯が頭巾にしていた領巾をむしり取った。

まだ若い色白でととのった顔が現れた。しかし、正成は鬼灯の顔は見ようとせず、領巾の裏側を指先でさわってたしかめた。

「やはり、石を包んでいた跡があるぞ。女人は領巾で包んで印地打ちをすると聞いたが、まことなのだな。なぜわたしを狙った」

「京に上りながら、なぜうろうろしているのか心底をたしかめよと、ある方に言われたのです」

「ある方とは誰だ」

鬼灯はにこりと笑って答える。

「無風様――」

「そうか、やはり無風様はわたしを見張っておられたのか」

「それを承知でたしかめようとされましたか」

鬼灯は畏怖《いふ》するように言った。

「いや、そうでもない。ただ、わたしは相手の動きを見てから動くほうが好きなのだ。そのほうがどうするか出方を選べるからな」

正成はあっさりと言った。そして、あらためて甕を見まわして、

「これらの宋銭は無風様のものなのか」

と訊いた。

「無風様が預かられておりますが、まことの持ち主は平家でございます」

「平家だと――」

正成は息を呑んだ。源平の合戦により、瀬戸内海の壇ノ浦で平家が亡んでから幾久しい。いまでは平家の名を口にするひとも少なかった。

「わが国に宋銭を大量に流入させたのは平忠盛《たいらのただもり》様、清盛《きよもり》様親子であることはご存じでございましょう」

平家は宋との交易に熱心で忠盛は京都で越前守《えちぜんのかみ》として在任中に日宋交易が莫大な利

益を産むことに目をつけた。

その後、瀬戸内海の海賊を征伐した忠盛は瀬戸内の海賊を支配下においてしだいに日宋交易に乗り出し、陶磁器、絹織物、書籍、文具、香料、薬品、絵などを輸入した。

忠盛の息子、清盛が武士政権の樹立に成功したのは、忠盛が築いた日宋交易での財力があったからだ。

平家が権力を握ると宋銭が大量に流入した。しかし、平家の没落とともに宋銭の値打ちは下がり、一時は使用されなくなった。

しかし、その後も宋、元の商人たちとの民間での交易は続いており、悪党の中には商業を基盤とする者もいたことから、しだいに宋銭が用いられるようになっていた。

正成はあらためて甕を見まわした。

「これほどの宋銭があれば、大きな商売をして金儲けができるな」

つぶやくように正成が言うと鬼灯は頭を振った。

「これらの宋銭は商売には使いません」

商売に使わないと聞いて正成は首をかしげた。

「では、何のために使うのだ」

鬼灯は甕に近づいて両手で宋銭をすくい上げて、

「鎌倉を倒すために使います」

と透き通った声で言った。

「なるほど、平家の宋銭で源氏の鎌倉を倒すというのか」

正成が感心したように言うと、鬼灯はおかしそうに笑った。

「何を言われますか。鎌倉の執権、北条は源氏ではありません。坂東平氏です。平氏の裏切り者を平家の宋銭で亡ぼすのです」

鬼灯はうっとりして言った。正成はそんな鬼灯の横顔を見つめた。

「そのために帝と組んだというわけなのだな」

「組むなどとは畏れ多うございます。平家の恨みを晴らすためおすがりしたのです」

「それで、わたしをわざわざ礫で追い込んで、この宋銭を見せたというわけか」

「はい、これほどの宋銭があれば、どれだけでも戦えましょう」

鬼灯は正成をうかがい見た。

「わたしなら、鎌倉の兵をすべて引き受けたとしても勝ってみせる」

正成が言い切ると、薄く日差しが差し込んでいた入口から、笑いながら無風が入ってきた。

「やはり、楠木正成はたのもしいな。これならば帝へ引き合わせる甲斐があるというものだ」

無風はあっさりと言った。

「なぜかように手の込んだことをされるのです。来いと言われればどこへでも参りましたのに」

「さすれば、あの頑固者の弟もついて参るであろう。帝の前に迂闊にひとを連れていくわけにはいかんのだ」

無風は笑って言うと、今夜、帝の御前に出ることになるぞ、と言い添えた。

「まことでございますか」

正成はさすがに緊張した。

「そのかわり、帝のもとへ着くまで目隠しをさせてもらうぞ。鎌倉に帝の動きを知られてはならんのだ」

承知しました、とうなずいた正成が、

「今夜、戻らねば正季が案じまするな」

とさりげなく告げた。

「大丈夫だ。わたしから文を届けておく。それでも兄思いの七郎殿はやきもきするであろうが、それぐらいは我慢してもらわねばならぬ」

無風は何でもないことのように言った。

正成はこの日、夜になるまで鬼灯の染め物屋の土間で待った。

やがて陽が落ちたと思しきころ、鬼灯が燭台に灯りをともし、領巾で正成に目隠しした。

領巾からかすかに鬼灯の肌の匂いがした。

正成は目を覆われ、鬼灯に手を引かれて歩いた。

爪先でまさぐりつつ、随分と歩いたと思ったら、鬱蒼《うっそう》と杉がそびえる林の中にいた。林を抜けると、古びた堂があった。窓から燭台の黄色い灯りが漏れている。鬼灯に誘われるまま、正成は戸を開けて中に入った。

むせかえるほど香煙《こうえん》が漂い、燭台は何本もともって明々と堂内を照らしている。酒宴が行われているようだが、その様が正成を驚かせた。

男女が入り乱れ、しかもほとんどの者が半裸なのだ。

後醍醐天皇は幕府討伐の密議を行う際は無礼講にした。このため参加者は衣冠をつけず、裸形に近い姿で、美妓《びぎ》をはべらせ、酒を酌み交わしたという。

『花園天皇宸記』には、

——結衆会合乱遊、或は衣冠を着ず、殆裸形、飲茶之会これあり

とある。参加者は、

花山院師賢《かざんいんもろかた》
四条隆資《しじょうたかすけ》
洞院実世《とういんさねよ》
日野俊基
僧遊雅《ゆうが》
足助重成《あすけしげなり》
多治見国長《たじみくになが》

などだった。正成が思わぬ光景に戸惑っていると鬼灯がぴたりと身を寄せて奥へと誘った。

鬼灯の肌の熱さが衣を通して伝わってくる。裸形のひとびとの向こうにひとりだけ衣冠をつけた人物の黒々とした影が見えた。

ぱっと火の粉が散った。黒い影の人物は背を向けて護摩《ごま》を焚《た》いているようだ。

後醍醐天皇である。

六

正成は、護摩を焚いているのが、帝なのだ、とまわりの者がかしずく様子から察した。

しかし、恐れ入って平伏はせず、爛《らん》と光る目で後醍醐天皇の背中を見つめた。

オン　ギャク　ギャク　ウン　ハッタ
オン　ギャク　ギャク　ウン　ソワカ
後醍醐天皇が唱える真言が堂内に響き渡り、床がかすかに揺れている。

護摩壇の向こうには火炎を背に降魔《ごうま》の三鈷《さんこ》剣《けん》と羂索《けんさく》を持ち、憤怒《ふんぬ》の相で青黒い体の不動明王像が安置されている。

護摩壇の炎に不動明王像は赤く照らされ、水晶が入れられた目が爛《らん》と光り、いまにも動き出しそうだった。

後醍醐天皇の声がさらに高くなったとき、堂内のあちこちから、怪しげなうめき声や吐息が漏れ聞こえてきた。

公家たちは烏帽子をかぶらず、髻《もとどり》を切ったざんばら髪で法師は下着だけの白衣である。

男たちはそれぞれ若い女に酌をさせ、膝にのせ、あるいはかき抱いている。

女たちの衣は雪のような膚が透けて見える生絹《すずし》の単《ひとえ》である。薄暗い堂の中であたかも白蛇のように女たちが蠢《うごめ》いていた。

正成は眉をひそめた。

男女和合の像である大聖歓喜天《だいしょうかんぎてん》を祀《まつ》り、悪人の悪行を駆除する、

——悪人悪行速疾退散
の効験がある真言の祈禱のことは聞いていた。大聖歓喜天は異様な形をしている。頭が象で体が男女の人間なのだ。男女がからみあい房事をなしている様子を示しているという。

正成の目の前で行われているのは、その祈禱なのだろうか。だとすれば、

——淫祠邪教
ではないか。まさか帝がそのような呪法を行うとは思えない。

天命を受け、徳を現すのが天子である。たとえ相手が幕府であろうとも邪《よこしま》な呪法を行う者が天子であるはずがない。堂の中での男女の交合はむしろ帝の呪法を妨げるものだ。

帝が祈禱をしていることを知って淫夢をもたらして祈禱を乱している者がいるのではないか。

(悪霊が忍び込んでいるに相違なし。払わねばならぬ)

そう思った正成は、両手を合わせると九字護身法の印を結んで真言を唱えた。

――臨、兵、闘、者、皆、陣、列、在、前

臨める兵、闘う者、皆陣をはり列をつくって、前に在りという意味の九つの文字から成る真言で、邪気を払う呪法である。

河内に近い、伊賀の者たちは、後に忍びの術と呼ばれることになる山伏兵法を身に着けている。

伊賀の者たちは、隠形《おんぎょう》して身の回りに結界を張る際に指で印を結び九字を切る。邪気を払い、悪霊が忍び寄るのを防ぐのだ。

正成が九字を切り、真言を唱えた時、後醍醐天皇はまた護摩札を火にくべた。とたんに炎が天井に届くほど立ち上り、同時に護摩壇から稲光のような白光が発した。

堂内は白日に曝《さら》されたように明るくなった。半裸でもつれあっていた男女が、はっとわれに返り、体を離して衣をまとった。

後醍醐天皇は真言を唱えるのをやめ、ゆっくりと振り返った。

「悪霊を払い、朕の祈禱を助けた者がいる。誰じゃ」

よく通る甲高い声だった。

後醍醐天皇は色白の端正な面差しで目が細く、鼻が高く頬が豊かであごがはり、鼻の下からあごにかけて長いひげを生やしている。

正成は黙って平伏した。

「河内の楠木正成と申す悪党にございます」

落ち着いた声がした。

正成が声の方角に目を遣ると堂内の無礼講の中で、ひとりだけ烏帽子をつけ直衣《のうし》姿の日野俊基がいた。酒を飲んでいないらしく端然としたたたずまいだった。

後醍醐天皇は目を細めて正成を見つめた。

「そなたが楠木か」

正成は手をつかえ、平伏した。

「さようにございます」

一言だけで、後は何も口にできなかった。後醍醐天皇には、神々しいほどの気魄があるのを正成は感じとった。向かい合っているだけで、なぜか体が熱くなってくるような気がした。

(やはり、帝は神におわす——)

正成は胸中でつぶやいた。

同時に無礼講に集まった公家や僧侶は酒に酔うより先にまず後醍醐天皇の神気に

酔っていたのかもしれない、という気がした。

「悪党というものは良きものだな」

後醍醐天皇は意外な言葉を口にした。正成は思わず顔を上げて、

「なにゆえ、悪党を良きものと思し召されるのでございましょうか」

後醍醐天皇は、ほほ、と笑った。

「言うまでもない。悪党とは、鎌倉に背く武士のことであろう。朕も鎌倉に叛《そむ》こうと思うゆえ、帝でありながら、悪党でもあるということになる」

後醍醐天皇の言葉に正成は身を震わせた。

悪党とは何か。山賊であり、海賊、強盗でもあるが鎌倉幕府にまつろわぬ在地領主、新興商人、有力農民らの集団の総称である。

鎌倉幕府は得宗北条家が権力を握り、意に添う御家人が地頭となり、それ以外の者は弾き出された。

もともと鎌倉幕府は朝廷に対し、在地領主である武家が開拓した土地を自ら支配することを認めさせた。しかし、得宗北条家が権勢を得ると、北条家になびかないものは自らの所領を守れなくなった。

このことは、天皇もまた同様で、〈承久の変〉で敗れた後鳥羽上皇が隠岐《おき》の島に流されて以降、帝も幕府の意向をうかがわねばならなくなった。その発端は、文永九年

（一二七二）、後嵯峨法皇が後継を定めずに世を去ったことにあった。

後嵯峨法皇は〈承久の変〉の際、父の土御門上皇が幕府寄りだったことから、幕府に支持されて永く「治天の君」の座にあった。その後嵯峨法皇が崩御すると、亀山天皇と後深草《ごふかくさ》上皇のふたつの血筋が天皇の位について争い、対立が続いた。亀山天皇の系統は嵯峨の大覚寺《だいかくじ》を拠点としたため、

——大覚寺統

と呼ばれた。一方の後深草上皇方の系統は、里内裏《さとだいり》の持明院《じみょういん》御所を拠点として、

——持明院統

と称された。大覚寺統も持明院統もそれぞれ皇位につくために幕府に働きかけた。

この結果、文保《ぶんぽう》元年（一三一七）に、

——文保の和談

という幕府の裁定が行われ、ふたつの系統から皇位に交互につくことになったが双方に不満が残った。

後醍醐天皇は大覚寺統だったが、いずれ持明院統に譲らねばならないため、わが子を皇位につけることができないことを残念に思った。

このころ、後醍醐天皇始め朝廷の公家たちの間では、宋学が盛んに学ばれていた。宋学とは、すなわち、南宋の朱熹《しゅき》が開いた朱子学のことである。

南宋は騎馬民族の金に圧迫され、その後、中国を支配した元によって滅ぼされた。このため、朱熹は徳をもって天下を治める天子こそが、騎馬民族の覇道に勝る正当な君主であるとした。

後醍醐天皇は宋学に共鳴した。鎌倉幕府は宋を圧迫した金や元と同じだと思ったのだ。それは、わが国は天子によって徳で治める政が行われなければならない、という信念につながった。

このため元応《げんおう》二年（一三二〇）に儒家である日野資朝《ひのすけとも》を蔵人頭《くろうどのとう》に任命し、儒学の素養がある日野俊基、吉田冬方《よしだふゆかた》ら公家の子弟を側近とした。

『花園天皇宸記』には、この時期のことを、

――近日朝臣多く儒教をもって立身す

と記している。自らが天子であるからには、幕府の専横を許してはならない、と後醍醐天皇は思うようになっていた。

後醍醐天皇が理想とした過去の時代は、王朝の最盛期であったとされる醍醐、村上天皇の延喜、天暦年間である。このため、死後におくられる諡号《しごう》をあらかじめ、

――後醍醐

と定めた。延喜、天暦の世を再興しようという意志の表明だった。

後醍醐天皇は正成を見据えて、

「そなたは蝦夷《えみし》の乱について聞いておるか」

と訊ねた。このころ、奥羽《おうう》では大きな騒乱が起きていた。

奥羽で強大な勢力を持つ安東氏の季長《すえなが》と従兄弟の季久《すえひさ》の間で起きた所領をめぐる骨肉の争いが発端だった。

ところが執権北条高時は田楽や闘犬にうつつを抜かして遊興にふけっており、かわって政務を行っていた内管領《ないかんれい》の長崎高資《ながさきたかすけ》は、私欲にふけり、安東季長と季久の双方から賄賂を受け取り、それぞれに都合のいい裁可を与えた。このため所領争いはさらに激しくなったのである。

安東氏は鎌倉幕府から蝦夷沙汰代官職に任じられ、蝦夷地（現北海道）など北方の地の支配を任されていた。安東一族の乱に乗じて、それまで支配されていたアイヌが蜂起し、戦乱が続いていた。

「大乱であると聞き及んでおります」

正成は頭を下げて答えた。後醍醐天皇は鷹揚にうなずいた。

「鎌倉は本来、蝦夷を討つ、征夷大将軍の府だ。それなのに、蝦夷の乱が起きて治められぬでは、使命を果たしておるとは言えぬ。執権北条高時は田楽、闘犬三昧の日を送り、もはや政を見ようとはせぬというぞ」

「仰せのように聞いております」

正成は顔を上げて答えた。

「ならば、そなたに頼みがある」

後醍醐天皇は正成の目を覗き込んだ。嘘を許さない、澄んだ眼差しだった。

正成は息を呑んだ。後醍醐天皇は鎌倉を討つつもりなのだ。その時には蜂起せよと言われるのだ、とわかった。

「しばらくお待ちくださいませ」

正成は頭をいったん下げてから、日野俊基に目を遣った。

「先ほど、帝の祈禱を妨げる怪しき気配がありました。六波羅に通じる者がこの中にいると思われませぬか」

俊基は一瞬、正成を睨んだが、やがて思い直したように後醍醐天皇に向き直った。

「さようかもしれません。六波羅はいま帝の動きを懸命に探っております」

俊基に言われて後醍醐天皇は首をかしげた。

「そうか、六波羅の耳があるところでは話せぬというのだな」

正成は平伏した。堂の中のあちこちから視線が注がれているのを感じる。

（敵であろうか、味方であろうか——）

いや、その両方であろう、と思った。後醍醐天皇はゆったりとした笑みを浮かべて、

「また、会うこともあろう。そのおりに返事を聞かせてもらおう。朕の頼みが何なのか、そなたはよくわかっているのであろうからな」

と言った。

正成が平伏すると、後醍醐天皇は再び護摩壇に向き直り、真言を唱え、護摩を焚き始めた。先ほどまで淫らな様子でもつれあっていた堂内の男女がいまは座り直し、合掌して後醍醐天皇に合わせて真言を唱えている。

俊基にうながされて、正成は堂を出た。そこに無風が待っていた。

「また、目隠しをさせてもらうぞ」

無風は目隠しの布を正成の顔に巻いた。正成はされるままに立っていたが、堂内から響く真言に心がざわめくのを感じた。いまから、何かが始まるのだ、と思った。

この日の夜を正成は鬼灯の染め物屋の奥で過ごした。勧められるままに酒を飲み、床に入った。寝入ったころ、かぐわしい匂いがする女が衾《ふすま》の中に寄り添ってきた。

(誰であろう、鬼灯か。それとも夜伽《よとぎ》を命じられた女か——)

わからなかったが、ためらわずに抱いた。後醍醐天皇から言葉をかけられて熱くなった血を冷まさなければならないと思った。

抱き寄せると女はしなやかな腕を正成の首に巻きつけてきた。ふと、堂で見た褊の単を着た女たちを思い浮かべた。ひょっとしたら、この女はあの堂にいたのではないか。だとすると、後醍醐天皇の祈願を淫夢によって破ろうとする女のひとりだということになる。

女の肌に香煙の臭いが染みついているような気がした。

(だが、そうであってもかまわぬ。たとえ、どのような女子であってもわたしを誑《たら》すことはできぬ)

正成は闇の中で不敵な笑みを浮かべた。女があえかな声を出すのを聞くうちに、闇に落ちて静かに眠った。

翌朝、白い日差しが窓から差し込むころに目覚めるとすでに女の姿はなかった。

七

昨夜の女は、何者であったか、と考えつつ、正成は起き出した。

太刀を手に奥の部屋を出て、昨日、鬼灯と出会った土間に続く板敷に行った。すると、宋銭が入った甕を覗き込むようにしてひとりの大柄な武士が立っているのが見えた。

烏帽子をかぶり直垂を着た四十四、五歳の男だ。赤銅色に日焼けして筋骨はたくましそうだった。

男は太い腕を甕に差し入れ、ざくりとつかみ出した宋銭を片手に持った布袋に入れた。

一度だけではない。何度も繰り返して宋銭を布袋に入れていく。その様を見て、正成は、

(欲深な男だ——)

と思った。だが、男は堂々と振る舞っており、盗賊ではないようだ。

また、男は甕に手を入れて宋銭をすくい取った。正成は思わず、

「もうそれぐらいにしておいたらどうだ。甕が空になってはこの家の者も困ろう」

と声をかけた。男は振り向いてじろりと正成を睨んだ。太い黒々とした眉の下で団《どん》栗眼《ぐりまなこ》が爛と光った。鼻が太く、あごがはって、あたかも猛獣のような顔だった。

「この銭はもらってよいという決まりになっておる」

男は大口を開けて、吠えるように言った。

「まことか」

正成が試すように言うと、男はにやりと笑った。

「お主はいずこかの悪党であろう。この家に泊まったということは、鬼灯の馳走を受

けたということだな。ならば、一味同心ということになる。この銭も持っていけ、と言われることになろう」

「一味同心か――」

　正成がつぶやくと、男はさらに問うた。

「帝には拝謁したか。帝は近頃、悪党に声をかけているそうな」

　正成は答えず、黙ってうなずいた。

「ならば、鎌倉を討つ味方になると約定いたしたか」

　言葉を発せず、正成は頭を横に振った。男はうなずいて、

「それがよい。まだ、早いからな」

と言った。男の言葉に正成は興味を抱いた。

「まだ、早いとはどういうことであろう」

「帝のまわりには六波羅の目や耳となっている者たちが張り付いておる。今は、どのような思い立ちをしても六波羅に筒抜けだからな。おそらく密告する者が出る。帝は何度かしくじるだろう。わしらが出るのはその後がよいからな。そのほうがありがたみが増すというものだ」

　男はひややかに笑った。正成は鋭い目で男を見つめた。

「まことにさようでございますな。赤松殿――」

「ほう、よくわしだとわかったな」

男は破顔した。播磨の悪党として名高い、

――赤松円心
である。袋に宋銭を詰め終わった円心は板敷に上がってくると、どっかと座った。

「お主は、河内の楠木多聞兵衛であろう」

円心は正成をじろりと睨んだ。

「わたしのことをご存じでしたか」

「知っているとも。同じ悪党であった摂津の渡辺右衛門尉、紀伊の保田荘司と大和の越智四郎を殺して六波羅探題に媚を売る、悪党の風上におけぬ古狐のような男だと噂に聞いたぞ」

円心はずけずけと言った。正成は表情を変えず、穏やかに、

「蝮と言われたこともありますな」

と言い添えた。円心は首をかしげて正成を見つめた。

「変わった男だな。古狐の知恵と蝮の牙を持っているようだが、それだけではあるまい。何とのう、奇妙なところがある」

「奇妙なところでござるか」

「ああ、そうだ。なにやら世間とかけ離れたところで生きているようだ。わしは欲だ

けで生きているからよくわかる。お主には欲はなかろう。いや、世間とは違う大欲があるのかもしれんが」

「大欲ですか」

「そうだ。たとえば、天下を覆したいという大欲だ」

円心はじろりと正成を見た。

正成はにこりとして、円心にむかって掌を差し出した。

「なんだ」

円心は嫌な顔をした。

「宋銭を少々、お貸しください」

「欲しければ甕からとってこい。これはわしの銭だ」

円心は宋銭の入った布袋を握りしめた。

「話をわかりやすくするために使うだけです。すぐに戻します」

「まことだろうな」

円心は渋々、布袋から十数枚の宋銭を出して正成に渡した。

正成は受け取った宋銭の一枚をやや離したところに置いて、

「これが鎌倉――」

と言った。さらに、これが、帝と言いながら、もう一枚を置く。そのそばに、六波羅探題とつぶやいて一枚を置いた。
「ほう――」
円心が興味深げに見つめる。正成は、帝と六波羅探題であるとした宋銭の横に、
播磨
但馬《たじま》
丹波
因幡《いなば》
伯耆《ほうき》
と地名をあげながら、縦に五枚の宋銭を並べた。
「これらの国々の悪党は赤松殿の息がかかっておりましょう」
正成はちらりと円心を見た。円心はにやりと笑った。
「伯耆の名和《なわ》湊の海賊、名和長年《ながとし》とはかねて盟約を交わしている。たしかに播磨から伯耆にかけての悪党はわしのひと声で動くだろうな」
円心が言うと、正成はまた宋銭を並べ始めた。鎌倉と帝、六波羅探題だ、とした宋銭の間に、
摂津
河内

和泉
大和
伊賀
と言いながら、やはり五枚の宋銭を縦に並べた。
「これらの国の悪党はわが楠木党が従えております。すなわち、赤松殿が播磨から伯耆へかけての悪党を糾合すれば西国からの年貢は京に入らなくなります。そして、わたしが鎌倉から六波羅へ送られた援軍を遮断すれば、六波羅探題は立ち枯れて、京は帝のものとなります」
「だが、鎌倉はどうするのだ。放っておけば、いずれ力を蓄えて〈承久の変〉のように大軍を催して京へ攻め上ってくるぞ」
円心はじろりと正成を睨んだ。
「かつての鎌倉ならばそうでしょう。しかし、いまの鎌倉は執権の北条得宗家の専横が極まり、さらに内管領の長崎高資が権勢を振るっております」
鎌倉幕府の将軍は源実朝《みなもとのさねとも》が暗殺されて以降、京より宮家や摂関家の子弟を招いて将軍の座に据えており、宮将軍、摂家将軍と呼ばれていた。
このころは九代目の守邦《もりくに》親王である。守邦親王は延慶《えんきょう》元年（一三〇八）、わずか八歳で将軍となり、在位すでに十余年となる。

北条氏が権力を握り続けるための傀儡将軍だった。それだけに、将軍の座につけない源氏の者たちには不満が強いはずだ、と正成は見ていた。

「鎌倉は昔、源氏の府でしたが、いまは坂東平氏である北条家が我が物顔に振る舞っております。これを喜ばぬ源氏が帝のお味方に馳せ参じると存ずる」

「そううまくいくかな」

首をひねりつつも、円心は坂東の源氏を思い浮かべる顔になった。

「東国の源氏と言えば、足利《あしかが》か新田《にった》か――」

円心はあごに手をやりながらつぶやいた。正成はうなずいて、鎌倉だとした宋銭のそばに、足利、新田と言いながら二枚の宋銭を置いた。

円心は二枚の宋銭を見つめるうち、頰に朱を上らせた。

「なるほど、そなたはなかなかの軍略家だな」

「さほどではござらぬ」

「いや、唐の国の軍師として名高い、諸葛孔明もかくやと思うぞ」

円心はおだてるように言いながら、正成が板敷に置いた宋銭をせっせと拾い集めて布袋に入れていった。

よほどに欲深で吝嗇《りんしょく》な性のようだ、と思って正成は苦笑した。

宋銭を布袋に納めた円心は鼻をひくつかせた。

「お主、鬼灯の匂いがするぞ。さては、昨夜、寝所をともにしたか」

羨ましそうに円心は言った。

「さて、さような覚えはござらんが」

正成は平然と言った。しかし、円心はくっくと笑った。

「お主は鬼謀の軍略家のようだが、嘘は下手だ。それに情がこまやかで心が熱いようだ。さような男は情で身を亡ぼすゆえ、気をつけたがよい」

「わたしは女子に誑かされたりはせぬ男だと思っておりますが」

「だまされると言っておるのではない。情が濃いゆえ、相手の嘘を信じた振りをして自らを死地に追い込むのだ。何も女子のことばかりを言っておるのではないぞ――」

円心はじっと正成の目を見つめた。

「女子のことでなければ何のことでござろう」

一瞬、真顔になった円心は、

「帝だ――」

と小声で言った。そのとき、

「おふたりで何の話をしておられますのか」

という鬼灯の声がした。正成と円心が振り向くと緋色の小袖を着た鬼灯が板敷に入ってきた。

鬼灯はさりげなく円心の傍らに座った。円心がそれ以上のことを言わないよう、口封じしたのではないか、と正成は思った。鬼灯は円心の膝前にある宋銭が入った布袋に目を遣った。円心はそっと、布袋を背後に隠しながら、

「鬼灯よ、かような歌を知っておるか」

と言って和歌を口にした。

おほならば　かもかもせむを　かしこみと　振りたき袖を　忍びてあるかも

奈良朝のころの公卿で和歌でも知られる大伴旅人《おおとものたびと》が赴任先の筑紫《つくし》から奈良の都へ戻ろうとした際、児島《こしま》という遊女が涙を流して見送った。児島が別れを惜しんで口にしたのが、『万葉集』に収められたこの歌だという。

あなたが普通の方でしたら、どうとでも振る舞いましょうが、恐れ多いので、袖を振りたい思いを堪え忍んでいるのですよ、という歌である。

鬼灯は微笑んで首をかしげた。

「なぜ、そのような和歌のことを口にされるのです。わたしは遊女ではありませんのに」

円心は澄ました顔で言った。

「なに、遊女でなくとも楠木殿との後朝《きぬぎぬ》の別れはつらかろうと思ったのだ」

鬼灯はゆっくりと頭を振った。

「何のことかわかりません。わたしと楠木様の間には何もありませんのに――」

「ほう、そうなのか」

円心は好色そうな目で正成と鬼灯を交互に見た。

正成は端然として口を閉ざしている。鬼灯はさりげなく話を継いだ。

「源平の争いのころ、壇ノ浦合戦で海に身を投じた平家の官女が生き延びて遊女になったと言います。あるいはわたしも遊女にならねばならない身の上だったかもしれませんが、そうならずにすんだのは、あの宋銭があったからでございます」

正成はちらりと鬼灯の白い顔に目を遣った。

「平家の官女は商人となって生き延びてきたというのか」

「さようです。だからこそ、鎌倉を憎む気持ちも代々、伝えて参ったのでございます」

鬼灯が答えると、円心は大声で笑った。

「まことに女人の恨みは恐ろしいものよ」

つぶやくように言った円心は宋銭の入った布袋を抱えて立ち上がった。そして、正成に顔を向けて、

「先ほど言いかけたのは、女子だけではない、帝にも思いをかけてはならぬ、という

ことだ。いまの帝は魔王だ。ともに鎌倉を討つのはよいが、思いをかければ亡びるぞ」

と思いがけず寂びた声で言った。

鬼灯は目を細めて、

「赤松様、お言葉が過ぎまする」

と言った。円心は、

――怖や、怖や
と言いつつ、土間に下り、外へ出ていった。

「わたしも行くとしよう」

正成も立ち上がった。鬼灯は正成に寄り添うように立つと、囁き声で言った。

「帝にお味方くださいませ。さすれば、この家の宋銭だけでなく、すべて楠木様のものでございます」

「宋銭だけでなくとは、そなたもわたしのものになるということか」

正成の問いに鬼灯は答えず、じっと見つめ返した。正成は微笑んで、

「わたしは天意に従うのみだ」

と言い残して土間に下り、円心に続いて出ていった。

鬼灯は物思いにふけるかのように静かに佇《たたず》んで正成を見送った。

八

正成が旅宿に戻ると、正季が苦い顔で待ち受けていた。

「兄者、どこへ行っていたのだ。無風殿から兄者を借りるとだけ告げる文が来たので案じておったぞ」

正季がまくしたてると、正成は平然と答えた。

「帝に拝謁してきた」

「なんと」

正季は目を瞠《みは》った。

「帝は妖しげな堂で護摩を焚かれていた。鎌倉追討を念じておられたのではあるまいか。まわりには、無礼講で集まった男や女がいた。帝の護摩を邪魔しようとした者がいたゆえ、おそらく六波羅の密偵が紛れ込んでいたのであろう」

「では、兄者が帝に拝謁したことは六波羅に知られたのか」

正季は眉を曇らせた。

「おそらくな。それゆえ、此度《こたび》はせっかく上洛したが、六波羅には顔を出さずに帰ろう」

正成が淡々と言うと正季はあわてて言葉を添えた。

「それでは六波羅が怒るではないか」

「いや、帝に会った悪党がわたしかどうか六波羅も確証は得られまい。そんなときに、のこのこ顔を出せば、京に来て帝に拝謁したと自ら告げにいくようなものだ」

正成は笑った。正季は腕を組んで考え込んだが、ため息とともに、

「せっかく摂津国の渡辺右衛門尉、紀伊国の保田荘司、大和国の越智四郎を討ったというのに、恩賞をもらいそこねるのか」

「しかたがあるまい。もともと、六波羅の恩賞などあてにはならぬと言ったはずだぞ」

「そうは言ってもなあ」

なおも惜しそうな正季の肩を正成はどんと叩いた。

「案じることはないぞ。わたしは帝を奉じて鎌倉を討ち、悪党の世をつくることを決めた」

正成は目を光らせて言った。正季はあわててまわりを見まわした。

幸い、あたりにひとはいない。

正季は額の汗をぬぐいながら、

「兄者、いきなり無茶を言うな。われらだけではとても鎌倉は倒せんぞ」

「だから、諸国の悪党と手を組む。昨夜、泊まった家で播磨の赤松円心と会った。な

かなかしたたかな悪党だ。あのような悪党と手を組めば鎌倉に一泡吹かせることは難しくはあるまい」

「かといって、一泡吹かせるだけなら、帝の鎌倉への鬱憤《うっぷん》晴らしに使われるだけだぞ」

「そうかもしれんが、悪党の世をつくるという夢に賭けてみるのも面白いとは思わぬか」

　正成は不敵な笑みを浮かべた。正季はうんざりした顔で、

「夢に賭けるのか。やはり夢兵衛殿だな」

　と言った。

「いかぬか」

　正成は正季を見すえた。正季はゆっくりと頭を振った。

「いや、面白い。兄者は夢に賭けろ、わしは兄者という悪党に賭けてみよう」

　正成はうなずく。

「ならば、さっそく京を発とう」

「河内に帰るのだな」

「いや、河内に戻れば父上や久子の目がうるさいゆえ、このまま伊賀に行く」

「伊賀へ何をしに行くのだ」

　正季は訝しげに訊いた。

「服部元成《はっとりもとなり》殿に会いに行く。これからは鎌倉や諸国の様子を知らねばならぬゆえ、服部殿に手を貸してもらいたいのだ」

服部元成は、伊賀国浅宇田荘預所を務めていた上島景盛《うえしまかげもり》の子で伊賀国の大族である服部氏を継いでいた。

正成の妹、すえが元成に嫁しており縁戚にあたる。元成は正成と年齢がさほど変わらず、これまで親しくしてきていた。

「なるほど〈七道《しちどう》の者〉を雇おうというのか」

正季の目が鋭くなった。

律令制下において、地方は五畿七道に区画されていた。すなわち、山城、大和、摂津、河内、和泉の五ヵ国と、東海、東山、北陸、山陰、山陽、南海、西海の七道である。

この七道を漂泊する傀儡《くぐつ》の民がいた。これらの民を〈七道の者〉と呼ぶのだ。『大乗院寺社雑事記』では、〈七道の者〉として、

猿楽

アルキ白拍子

アルキ御子

金タタキ

鉢タタキ
アルキ横行
猿飼
などをあげている。この中でも伊賀国は、隣国の大和国とともに猿楽が盛んに行われていた。
猿楽の初めは物真似の芸だとされるが、その後、散楽《さんがく》の流れをくむ軽業《かるわざ》や手品、曲芸、呪術まがいの芸まで行うようになった。
演者は、農民や僧侶だったが、やがて職業集団も成立していった。滑稽《こっけい》な寸劇を行うほか、
――呪師《まじないし》
と呼ばれる呪術者たちの影響を受けた儀式を芸能と融合させて行うようになっていた。
服部家は祖先が神官であったことから〈七道の者〉を庇護《ひご》してきていた。屋敷には常に猿楽師たち十数人の〈七道の者〉がいた。
正成はこれらの〈七道の者〉を使って諸国の動向を探ろうとしていたのだ。
正成はこの日、京を出て、翌日の昼過ぎには伊賀国に入って服部屋敷を訪ねた。

山道を抜けていくにしたがい、どことなく風景が翳《かげ》りを帯びてくる気がする。伊賀の土豪は、山伏や軽業の技量を持つ猿楽師たちから学んで独特の兵術を修業していると言われていた。

その秘術で大名や寺社に雇われて敵の動静の探索や護衛などの任につくことがあるという。このため、

——軍術兵道を稽古し、わけて惻隠術を習ひてこれを長練す

などと言われていた。

服部屋敷の門前に立つと屋敷内は静まり返っている。正季が門を叩いて、

——お頼み申す

と声をあげた。しかし、中から応答はない。

「兄者、誰もおらぬのかな」

正季が首をかしげると、正成は口を開いた。

「おそらく無言の行をしているのだろう。わたしたちが来たとわかれば門を開けるだろう」

正成の言葉が終わらぬうちに門がゆっくりと両側に開かれた。

直垂姿の小柄な武士が待ち受けており、にこやかな表情で頭を下げた。

「楠木殿、ようお見えになられました」

武士は、服部元成だった。平凡でひとのよさそうな丸顔をしている。

正成は頭を下げて、

「ちと頼みたいことがあってやってきた」

と言った。元成はうなずくと、さあ、上がられませと勧めた。

正成と正季が奥の間に入って座ると、元成は前に座った。

「して、ご用件は」

元成はさりげなく訊いた。正成は懐から布袋を取り出して元成の前に置いた。ずしりと重そうな布袋だった。

「宋銭だ。これにて、ひとを雇いたい。鎌倉や諸国に出向いて、そこで何が起きているかをわたしに知らせて欲しい」

正成の言葉を微笑みながら聞いた元成は、布袋に手を伸ばしてつかむと、ゆっくり振って重さをたしかめた。

「これほどの宋銭、いかがされましたか」

元成はたしかめるように訊いた。

「これはもともとわたしが持っていたものだ。これ以上は持たぬが、京で金主を見つけた。これほどの宋銭なら毎月、届けることができるぞ」

正成はあっさりと言った。

「ほう、そのような銭を諸国の話を聞くことに使われますか」

「わたしは幼名を毘沙門天にちなんで多聞丸と称した。何でも多くのことを聞きたいのでござる」

正成は冗談めかして言った。元成はしばらく考えてから、

「ちょうどよい者たちがおります。その者たちを雇っていただきましょう」

元成は懐から鈴を取り出して、

――ちりん
と鳴らした。すると今まで誰もいなかった広縁にふたりの若い男女が座っていた。

ふたりとも色白でととのった顔立ちの美男美女だった。

男は直垂、烏帽子姿で女は緋色の着物だった。

「鬼若《おにわか》と鈴虫《すずむし》と申す、夫婦の猿楽師でござる」

元成が紹介するとふたりは広縁に手をつかえて深々と頭を下げた。男が、

「鬼若でございます」

と若々しく張りのある声で言うと、女も、

「鈴虫でございます」

と可憐な声で言った。

正成はじろりとふたりを見遣った。

「猿楽師だそうだが、なぜ男が女のなりをして、女が男のなりをしているのだ」

言われたふたりが、はっとして顔を上げると、元成がはっは、と声をあげて笑った。

「さすがに楠木殿の目はごまかせませんな」

元成はふたりに向かって、

「どうやら、術は破れたようだ。そのままでは楠木殿に失礼だ。なりを変えよ」

と命じた。

鬼若と鈴虫は立ち上がると広縁と座敷を仕切る一枚の板戸の両側に向かい合うようにして立った。

そしてゆっくりと歩み寄る。

座敷の正成たちからは一枚の板戸に隠されてふたりの姿が見えなくなった。

ふたりがそれぞれ板戸の陰から出てきたときには、着物や髪型などもすべて相手と取り換えたように変わっていた。

「ほう、これはたいしたものだ」

正季は感心して大声で褒めた。

ふたりはまたそろって広縁に座り、頭を下げた。

正成は鬼若と鈴虫をじっと見つめた。

「今日からわたしがそなたたちを宋銭で雇って主人となる。これからは目くらましで主人を試すような真似は許さんぞ」

正成の厳しい声に鬼若は平伏して、

「わかりましてございます」

と答えた。鈴虫も、

「決していたしませぬ」

と言い添えた。その声はいましがたまでの男と女の声そのままだった。

正成は苦笑した。

「そなたらは声まで写すことができるのか」

すると、元成が身じろぎして、

「さようでございます」

と言った。その声は鈴虫そっくりだった。

「服部殿――」

正成があきれたように見つめると元成は笑いながら言った。

「これしきのこと、伊賀では誰でもできますぞ」

その声は鬼若のものだった。

正成は間もなく服部屋敷を辞去して河内へと向かった。

楠木邸に着いたころにはすっかり夜になっていた。

途中で用意した松明をかかげた三人の郎党が門を開けさせて入ると、

「お館様のお帰りである」

と大声で告げた。

正成が玄関に行くと、久子が迎えに出てきた。

久子はなんとなく微笑を浮かべている。

京でのことを察したのではないかと思った正成は、

「京から伊賀にまわったゆえ、遅くなった」

と言った。

「存じております」

久子は落ち着いて答える。

「ほう、どうして知っているのだ」

正成が訊くと久子は、にこりとした。

「無風様に教えていただきました。無風様ともうひとりお客が待っておられます」

誰だろう、まさか鬼灯ではあるまいな、と思いつつ、正成がうかがうように見ると、
久子は、

「お公家の日野俊基様でございます。何でも鎌倉に下られるとのことでございます」

と答えた。

「鎌倉へか——」

正成は、後醍醐天皇の動きは思ったよりも早いようだ、と思った。

それにしても、無礼講の場に密偵らしい者が入り込んでいると承知で動くとは、あまりに豪胆なことだった。正成は奥へ向かいながら、

（これは危ういかもしれぬ。迂闊には動けぬな）

と思った。赤松円心が言った、

「帝は何度かしくじるだろう。わしらが出るのはその後がよいからな。そのほうがありがたみが増すというものだ」

という言葉を思い出していた。

正成はゆっくりと廊下を歩いた。いつの間にか足音を消している。

九

正成が足音を消したのに気づいて後に続く正季はわざと足音を大きくした。

正成が座敷にそっと近づき、無風と俊基の話をもれ聞こうとしていると思ったからである。

正成は後醍醐天皇を奉じ、鎌倉を討つ決意のようだが、朝廷の公家たちを信用するつもりはないのだ、と正季は察した。

音も無く近づいた正成は板戸のそばで耳を澄ませた。すると、座敷でひそひそと話す声が聞こえる。

俊基らしい声が、

――足利
――新田
と武家の姓を口にした。足利と新田は鎌倉御家人の中でも源氏の名流である。

「彼らが与してくれれば事はなるのだが」

俊基が言うと、無風の声が遮った。

「日野様、そのお話はここではおやめになったほうが」

「まずいか」

俊基の声にはうかがう気配があった。無風は答えない。おそらく言わないほうがい い、と目で伝えたのだろう。

（そういうことか――）

正成の目が光った。

後醍醐天皇は正成のような悪党を味方にしようと手を伸ばす一方で鎌倉御家人の中

から寝返り者を作り出そうとしているのだ。

たしかに悪党の蜂起によって世の中を混乱させ、それに乗じて朝廷に寝返る武家が出るならば、鎌倉を亡ぼすことができるに違いない。もしも鎌倉幕府を裏切る武家がいるとすれば、これまで執権として勢力を張ってきた北条に抑え込まれてきた源氏だろう。

しかし鎌倉幕府は源氏の頭領、源頼朝がつくり、頼家、実朝と三代まで源氏将軍だったのだ。源氏が鎌倉を裏切るとすれば、自らが鎌倉の主になるためではないのか。

そのことが後醍醐天皇にはわからないのだろうか。

(危ういな――)

正成が眉をひそめたとき、どすどすと足音を響かせて正季がそばに来た。正成はちらりと正季を見て微笑を浮かべてから片膝をついて板戸に手をかけ、

「ご免、多聞兵衛でござる」

と告げてから開けた。

観心寺で会ったときと同じ山伏姿の俊基は正成を見て嬉しげな笑顔になった。その顔を見て、

(わたしが帝に拝謁したからには、もはや、味方になったとお思いか。甘うございますぞ)

と正成は思った。

同時に老獪《ろうかい》そうな赤松円心を思い出した。後醍醐天皇は諸国の悪党を味方に引き入れたいと思っているようだが、円心始め、悪党は皆、したたかで一筋縄ではいかない。

帝は思い違いをされている、と胸の中でつぶやきながら正成は俊基の前に座った。

正季も後ろに控える。かたわらで無風が皮肉な目で正成を見つめている。正成が座敷の話をひそかに聞いたことを察しているのかもしれない。

だが、正成は素知らぬ顔で俊基に向かい、手をつかえ頭を下げた後、

「ようこそ、お出でくださいました。今日は何の御用向きでございましょうか」

と率直に訊いた。俊基は一瞬、鼻白み、無風を見た。

無風が俊基に代わってゆっくりと口を開いた。

「帝は多聞兵衛殿のことを大層、お気に召された。これから頼みとされたいとの仰せである」

「ありがたき幸せでございます」

正成は平伏した。正季もやむなく正成にならって手をつかえ頭を下げる。

「それで楠木殿に頼みがある」

俊基が親しげな口調で言った。

正成はにこやかな笑みを浮かべたが、一度、拝謁したからには使われて当然、とい

う扱いだな、と思った。

天子ならばこそだと思った。それでも、できることならしなければなるまいが、できぬことならお断りするしかない、と腹を決めた。

「わたしは帝の命により鎌倉へ下らねばならぬ。だが、何分にも諸国に悪党が蜂起しており、物騒だ。そこで戦上手の楠木殿に護衛を頼みたいのだ」

俊基の言葉を聞いて正成は考え込んだ。

後醍醐天皇は、俊基を鎌倉に下らせ、寝返りそうな御家人を探そうとしているのだろう。だが、そのような御家人は、悪党を好まないに決まっている。

（ひょっとすると、わたしの敵になるかもしれない武士だ）

そんな御家人を探す護衛役など馬鹿馬鹿しすぎると思った。だが、一方で鎌倉の様子については知りたかった。

どのような人物がいて、何を考えているのか。鎌倉でいま一番の力を持っているのは誰なのか。それを知らなければ戦うことはできない。

正季が咳払いして、

「兄者、お受けできぬのなら早く申し上げたがよいぞ」

と言った。早く断ってしまえ、と言いたいのだ。

正成は手をつかえ、

「十日ほどお待ちいただけましょうか」

と言った。

俊基は顔を輝かせた。

「おお、来てくれるか。ならば、十日でも二十日でも待つぞ」

無風が膝を乗り出した。

「多聞兵衛殿、なぜ十日と限られるのだ」

「旅に出るとなれば家のことでやっておかねばならぬことがございます。また、帝に拝謁したおり、密偵が堂内におりました。日野様を見張っている六波羅の手の者がいるようなら、その者をまず始末しなければならぬでしょう。その日数が欲しゅうございます」

正成が淡々と言うと無風が深々とうなずいた。

「さすがに多聞兵衛殿じゃ。後顧の憂いを無くして鎌倉へ向かおうというのだな」

正成は微笑んだ。

「さようにいたさねば鎌倉から生きて戻ることはできますまい」

俊基も緊張した面持ちで応じる。

「おお、その用心深さはうらやましい。やはり、楠木殿を頼ってよかったぞ。帝にもこのことを必ず申し上げよう」

正成は黙って手をつかえ頭を下げた。正季はそんな正成を見つめたが、口は開かず、同様に平伏した。


無風と俊基が観心寺へ戻ると、正成は正季とともに父の正遠入道のもとに行った。

正遠入道は座敷に入ってきた正成をじろりと見て、

「公家の日野俊基様が無風とともに来たそうだな」

と言った。正成はゆったりと正遠入道の前に座った。

「父上はお会いになりませんでしたか」

「そなたに会いにきたのだ。会わずともよかろう。六波羅の目もうるさいことだしな」

正成はうなずいて口を開いた。

「日野様は鎌倉へ下るゆえ、わたしに警護をして欲しいとのことです」

「何のために日野様は鎌倉に行かれるのだ」

正遠入道はうかがうように正成を見た。

「鎌倉討伐のためでしょう」

正成が淡々と言うと正遠入道は目を瞠った。

「なんと帝は鎌倉を討つおつもりなのか」

「さようにございます」

落ち着き払って答える正成を正遠入道は苦々しげに見つめた。

「そなた、帝に同心いたすつもりか」

「父上、鎌倉は諸国の悪党を討伐しております。われら楠木党は六波羅の命を奉じ、近在の悪党を討つことで生き延びて参りましたが、ほぼ討ち果たしました。鎌倉が次に狙うのはわれらです。生き延びるためには鎌倉を亡ぼすしかありません」

「それで帝の命に従うのか」

正遠入道はうかぬ顔で言った。

「さようにございます」

静かに正成は答える。正遠入道は、ごほん、と咳払いしてから、正季に顔を向けた。

「正季はどうなのだ。正成と同じ考えか」

正季は笑った。

「わしは得物をとっての闘いなら兄者に引けをとるとは思わぬが智慧ではとてもかなわぬ。何ごとも兄者の智慧に従うまでです」

そうか、とうなずいた正遠入道は正成を鋭い眼で見つめた。

「わしが懸念しておるのは、そなたは正しきことをなしたい、などと奇妙なことを申す、その正しきこととやらが、智慧の鏡を曇らすのではないかということだ」

正成は微笑した。

「父上、わたしは宋学を学びました。宋学によれば、この世を治めるには、王道と覇道があります。天子が徳によって世を鎮めるのが王道であり、武に長けた者が力によって世を従えるのが覇道であります」

「そのことは何度もそなたから聞かされたぞ」

正遠入道はうんざりした顔になった。正成はかまわず、話を続ける。

「宋国を亡ぼした元は弓馬に長けた覇道の国でございます。それゆえ、わが国に攻め寄せた元寇の際、宋と交わり、王道の何たるかを知っていた鎌倉は元に従わず、天子を奉じて打ち破りました。されど、いまの鎌倉は、自らの権勢に酔い、天子を敬うことを忘れ、われら悪党を力で亡ぼそうとしております。王道を忘れた覇道の府でございます」

「そういうことになるかな」

正遠入道はあきらめたように言った。

「それゆえ、われらは帝のもとに馳せ参じるしかないのだ、とわたしは思っております」

正成が言い終えると、正季が言葉を添えた。

「父上、いずれにしても帝が鎌倉を斃《たお》そうと思えば、兄者の神算鬼謀《しんさんきぼう》がいることになる。ここはわれら楠木党を帝に高く売りつける好機だぞ。われらを討とうとする鎌倉につくか、用いようとする帝につくかは考えるまでもないことではないか」

正季に言われて、正遠入道は不承不承、うなずいた。

「まあ、やってみることだ。だが、楠木党の闘いは生き延びるためのものだぞ。そのことを忘れるな」

正遠入道が威厳を見せて言うと、正成と正季は、

「承知仕った――」

と答えて頭を下げた。


正成は鎌倉旅立ちの支度をしつつ日を過ごした。観心寺と楠木館のまわりに六波羅の密偵らしい者の姿は見えなかった。だが、七日目になって楠木館をひとりの武士が訪れた。三人の従者を連れている。

堀新左衛門と名のった武士は、

「六波羅探題よりの使者である」

と告げた。正遠入道は広間で堀と会った。堀の従者は中庭に控えた。

堀は平伏する正遠入道に、

「近頃、この館に公家の日野俊基様が立ち寄られたということだが、何用であったのか」

と糾《ただ》した。正遠入道は首をひねった。

「存じませぬな」

堀は目を怒らせた。

「この館に日野様が入ったのをたしかめた者がいるのだ。隠し立ては許さぬ」

正遠入道はじろりと堀を見すえた。

「許さぬだと」

正遠入道の言葉つきが険悪になった。堀はたじろぎながらも、

「これは六波羅探題様のお調べであるぞ。逆らえばただではすまさぬ」

堀がなおも言い募ると、正遠入道は嗤った。

「わが楠木館の四里四方に入った者は常に見張られていると知らぬのか」

「なんだと」

堀は青ざめた。

「お主は六波羅探題の使者ではなく、日野様をつけてきた密偵であろう。観心寺を見張っていても動きがないゆえ、われらから日野様がどこへ行くのか訊き出そうとしておるのだ」

正遠入道がひややかに言ってのけると、堀はかたわらの太刀を引き寄せつつ、

「雑言《ぞうごん》、許さぬぞ」

と押し殺した声で言った。

「許さぬのはこちらの方だ。楠木館を探りに来た密偵で生きて逃れた者はおらぬ」

正遠入道が言うなり、堀は立ち上がって、広縁に駆け出ると、中庭に飛び降りた。

従者たちに、

「逃げろ」

と声をかけた。しかし、そのときには中庭にいた正季が薙刀を手に駆け寄り、抜刀した従者三人をたちまち斬って捨てた。

「おのれ――」

堀が太刀を抜き、逃げようとする前に正成が立ちふさがった。

「退けっ」

堀が斬りかかるのをかわした正成は一太刀で斬り伏せた。

「兄者――」

正季がそばによると、正成は太刀を鞘に納めつつ、

「鎌倉との戦、先陣を切ったのはわれらということになるな」

とつぶやいた。

十

楠木館に大和猿楽の一座がやってきた。
猿楽は猿女《さるめ》の祖（天鈿女命《アメノウズメノミコト》）が天岩戸の前で演じた神楽がその起源とされる。
聖徳太子が天下安全のため、諸人快楽のためその中の六十六章を秦河勝《はたのかわかつ》に与えた。
このとき神楽の神の字の偏をとり除き、申楽と名づけたとされる。このころ大和一円には大小の猿楽座が存在した。中でも、
円満井《えんまんい》座
坂戸《さかど》座
外山《とび》座
結崎《ゆうざき》座
の四座が大きく、興福寺所属の猿楽として、薪猿楽や春日若宮神社の祭などで演じていた。
大和猿楽は、物真似から始まったとされ、〈鬼能〉のような激しい動きの舞を特徴としていた。
楠木館に来たのは、乙金太夫の一座で座員は十数人いたが、その中に正成が伊賀で

雇った鬼若と鈴虫が潜りこんでいた。

正成は鎌倉に下るにあたってかねて親しい乙金太夫に同行を頼んだのだ。丸々と肥えて丸顔の目がぎょろりとした乙金太夫は楠木館に入るなり、

「多聞兵衛様、おひさしゅうございます」

と声をあげた。出迎えた正成がにこやかに応じる。

「このたびは、無理を言ってすまなかったな」

「何の、鎌倉には一度、参りたいと思っておりました。なにしろ執権の北条高時様《ほうじょうたかとき》は大の田楽好きだそうで、それならば、われらの猿楽も喜んでいただけると存じます。ちょうどようございました」

北条高時は第九代執権、北条貞時《さだとき》の三男として生まれ、正和《しょうわ》五年（一三一六）、十四歳で執権となった。

このため執権として政務をとることができず、舅《しゅうと》の安達時顕《あだちときあき》や内管領の長崎高資が実権を握るようになった。

高時は政から遠くなり飾り物の執権職となった。高時は成長してからも政務に就かず享楽にふけっていた。

田楽は農民が田植えの前に豊作を祈った田遊びから発達したと言われる。高時は田楽を好み、田楽一座を呼んで、毎夜遊び戯れた。

さらに大名たちに田楽法師を一人ずつ預けて贅沢な衣装を作らせた。田楽を見物しながらの酒宴を開き、田楽の出来が良ければ直垂や大口袴《おおくちばかま》を脱いで褒美として投げ渡した。

このため、宴席に連なる大名たちも高時に媚《こ》びて同じように直垂などを脱いで投げたため、うずたかく、山のように積み上げられたという。

そうか、とうなずいた正成は、

「鬼若と鈴虫はどうだ。うまくやっていけそうか」

と声をひそめて訊いた。乙金太夫は首を大きく縦に振った。

「伊賀の衆はもともと猿楽をする者も多いですし、あのふたりもまったくの素人ではありません。それに、何と言ってもふたりとも美しゅうございますので、一座としては助かります。鈴虫には白拍子《しらびょうし》の舞をさせようかと思っておりますよ」

「ほう、ならばよかった」

満足げに正成は言った。正成と正季、それに楠木党の郎党、弥三と八弥は、日野俊基、無風とともに乙金太夫の一座の後先を行くことになっている。

楠木館に俊基と無風が来ると正成たちも山伏の姿になった。俊基はにこりとして、

「猿楽の一座とともに鎌倉へ下れば、途中、退屈せずにすみそうだな」

と公家らしく、のんびりしたことを言った。

　正成は頭を下げただけで何も言わない。俊基は館の広場で荷造りしている一座の者たちを見ていたが、ふと、

「さすがに大和猿楽には見目よき男女がいるな」

とつぶやいた。俊基の眼差しの先には鬼若と鈴虫がいた。鬼若は筒袖に短袴、鈴虫は萌黄の小袖だが、ととのった顔立ちは一座の中でも際立っていた。

　鬼若と鈴虫のことだと察した正成はふたりを俊基の前に呼んだ。ふたりがすぐに来て跪くと、正成は、

「この者たちは、それがしの目となり、耳となる者たちにございますれば、お見知り置きを願います」

　と言った。俊基は顔を輝かせた。

「そうなのか。このふたりなら、わたしの傍に置きたいようなものだな」

　正成は素知らぬ顔で俊基に取り合わず、無風に向かって、

「猿楽一座と忍びの者とともに鎌倉に下ります。かような陣立てでよろしゅうございますか」

　と言った。無風はうなずいて口を開いた。

「戦のことはまかせるしかあるまい。わたしは鎌倉では多聞兵衛殿にある方を引き合わせようと思っておる」

「わたしに会わせたいひとと言われますと」

正成は首をかしげる。

「わが師であり、夢兵衛殿にとっても、夢の師となるであろう」

「夢の師ですか」

「そうだ。多聞兵衛殿が見るべき夢はどのようなものか、その方ならば教えてくださるであろう。楽しみにしておけ」

無風はからりと笑った。

そういえば、無風が僧侶としてどのような修行をしてきたのか、聞いていなかったことを正成は思い出した。

正成と無風は俊基をそっちのけで話している。鬼若と鈴虫は乙金一座の荷造りを手伝いに戻っていった。

京から鎌倉への街道は〈鎌倉往還〉などと呼ばれる。京と鎌倉の間を急使は四日で達するが、普通の旅人は鈴鹿越えで十四日かかると『海道記』にある。

また、公家の藤原為家《ふじわらのためいえ》の側室、阿仏尼《あぶつに》が弘安《こうあん》二年(一二七九)、相続問題を鎌倉幕府に訴えるため、京から鎌倉まで旅した際の紀行文、『十六夜《いざよい》日記』によると、美濃の杭瀬川《くいせがわ》を経ていく道筋で十日間余だという。

歌人として高名な西行法師も文治《ぶんじ》二年（一一八六）、六十九歳の時、東大寺の大仏殿建立のための沙金（砂金）勧進の旅で奥州、平泉《ひらいずみ》へ向かう途中、鎌倉に寄っている。西行は鎌倉で源頼朝と会い、旅の趣を話して理解を求めた。頼朝はかつて北面の武士だった西行に歌道や弓馬について尋ねた。西行は歌についてはほとんど話さなかったが流鏑馬《やぶさめ》については、夜遅くまで語り合ったという。西行が東国に下ったとき、街道はまだあまり開かれておらず、未開の地に向かう心細い旅だったようだ。

駿河から遠江《とうとうみ》に入ったあたりの牧之原台地を越える小夜の中山峠は箱根、鈴鹿峠と共に街道の難所だった。西行は中山峠で、

年たけて　また越ゆべしと　思ひきや　いのちなりけり　小夜の中山

と詠っている。

正成たちの一行は途中の豪族館で猿楽を興行しつつ泊まりを重ねていった。猿楽師たちが演じる合間、正成たちが祈禱を行い、その組み合わせが豪族たちを面白がらせた。やがて十五日ほどで鎌倉に入った。

源頼朝が鎌倉入りしたのは、治承《じしよう》四年（一一八〇）のことだった。鎌倉はかねて源氏ゆかりの地である。河内源氏の祖源頼信《よりのぶ》の嫡子、頼義《よりよし》は長元《ちようげん》四年（一〇三一）、父頼信とともに、

——平忠常《たいらのただつね》の乱

を平定した。このとき平直方《なおかた》の娘を妻とし、直方の鎌倉の屋敷を譲り受けて以来、鎌倉を東国支配の拠点とした。また、永承《えいしよう》六年（一〇五一）に起きた、

——前九年の役

で安倍《あべ》頼時《よりとき》、貞任《さだとう》らを征伐した後、源氏の守り神である京都の石清水八幡宮を由比郷鶴岡に勧請した。また頼朝の父、義朝は扇ヶ谷（亀ヶ谷）の壽福寺《じゆふくじ》付近に屋敷を構えた。

頼朝は鶴岡八幡宮を小林郷の北山に遷《うつ》して新たに建立した。さらに鶴岡八幡宮を中心として鎌倉の町づくりを行い、社殿から由比が浜まで参道を造り、道路を整備した。これにより、それまで漁師の外は住むものもない村だった鎌倉は瓦葺きの家々や門扉が軒を並べた。

三方を山に囲まれた鎌倉へ入る道は、

——鎌倉七口

と呼ばれる。『吾妻鏡』によれば、ケワイ坂（化粧坂）、六浦《むつら》道《みち》、名越坂、山内道路

（亀ヶ谷坂、巨福呂坂《こぶくろざか》）、小坪坂、稲村路などである。

七口から鎌倉に入ると、家々が階段状に重なり、袋の中に物を入れたようにひしめいていた。また、由比ガ浜には数百艘の船が綱で繋がれるにぎわいぶりだった。

正成たちはひとの行き来が多い、若宮大路《わかみやおおじ》に入った。

正季があたりを見回して、

「なんと、鎌倉は初めて来たが、京に劣らぬにぎわいじゃな」

と大声で言った。正成は人ごみに目を遣りつつ、

「武家の覇府だ。これぐらいはあってもらわねば困る」

と応じた。傍らの俊基がひややかに、

「われら公家から見れば、憎い町だがな」

と吐き捨てるように言った。

「なるほどさようでございましょうな」

正成は苦笑しながら乙金太夫たちの後についていく。今夜は鎌倉の寺に泊まることにしていた。

そのとき、人ごみでざわめきが広がった。

「なんじゃろう」

正季が伸びあがってみると、人ごみが二つに割れて、朱房がついて金銀をちりばめ

た綱を首に巻き、錦を背にかけられた子牛ほどの大きな犬が出てきた。綱を下人が引っ張っているが、犬は下人を引きずるように進んでくる。

無風が苦々しげに、

「闘犬じゃな」

とつぶやいた。高時が田楽とともに淫するほど好んだのが、

——闘犬
である。鎌倉では月に十二度、

——犬合せの日
として闘犬が行われた。北条館の庭には北条一族、大名が集まり、堂上や庭に座って闘犬を見物した。二頭の犬を噛み合わせ、いずれが勝つかと興じるのだ。高時は強い犬を求めて諸国へ触れを出して、年貢として犬を納めさせるなどした。

このため、御家人たちも高時の機嫌をとろうと、犬を十数匹飼っては、闘犬にふさわしい犬を鎌倉へ送り届けた。鎌倉には四、五千匹もの犬がいるとされていた。

高時の犬が大路を行くときは武士も農民も跪いて見送らねばならない。

大きな犬が近づいてくると、まわりの者たちは武家も農民もいっせいに跪いた。

それを見て乙金太夫たち猿楽一座も地面に跪き、頭を下げた。

馬鹿馬鹿しいと思いながらも、正成たちも跪いて犬を見送ろうとした。だが、犬は

何を思ったのか、跪いた俊基に近づいていく。

犬引きの下人は面白がる様子で犬が俊基に近づくままにする。犬はそばに寄ると、赤い舌を出して、俊基の顔をぺろりとなめた。

——うわっ
俊基は思わず、後退《あとずさ》った。すると犬は気に入らなかったのか、ううっ、とうなりながら、さらに俊基に近づく。俊基がおびえて、さらに下がると、犬がひと声吠えて飛びかかろうとした。危ないと思った正成が俊基をかばおうとしたとき、
ひゅっ
と風を切る音がして犬が何かに打ち据えられた。

驚いた犬があたりを睨むと青い直垂姿の十八、九歳の若い武士が鞭を手に前に出てきた。

「いかんなあ、たとえ北条家の犬であっても、もっと行儀よくせねば」

武士は鞭で肩を叩きながら言った。犬引きの下人が、

「こら、北条様の犬に無礼を働くか」

と怒鳴った。

「無礼はそちらだろう」

武士が悠然と言うと、下人はわざと犬の綱を放した。とたんに、犬は武士に飛びか

かった。だが、白刃が一閃した。

犬の首が刎ねられて血潮を引きながら、人ごみに飛んだ。

ひとびとから悲鳴が聞こえると、武士は抜く手も見せずに犬を斬り捨てた太刀をゆっくりと鞘に納めた。すると、郎党らしい屈強な男たちがそばによって来て、

「若殿様、面倒なことになりますぞ」

と心配げに言った。武士は笑った。

「案じるな。旅の者がやったことにすればよい」

のう、そうであろう、と下人に話しかける武士はふくよかで色白な顔立ちで目鼻立ちもととのい、身分ありげに見えた。下人はおびえた目で武士を見つめた。

武士には、身に着いた威厳があるようだ。

無風がそっと正成に近づき、

「足利又太郎《またたろう》殿じゃ」

と囁いた。

後の足利尊氏《たかうじ》である。

正成はじっと又太郎を見つめた。

十一

足利又太郎は、足利貞氏《さだうじ》の次男である。母は上杉頼重《うえすぎよりしげ》の娘、妻は鎌倉幕府執権北条（赤橋）守時の妹登子だ。

三代将軍実朝が暗殺されて以降、足利氏は清和源氏の嫡流として鎌倉の御家人の間で重んじられてきた。

その実力は北条氏と肩を並べるほどで、北条氏と代々婚姻を重ねてきた。しかし、北条氏の権勢欲は止まるところを知らず、執権北条氏の専制が強まると、足利氏はしだいに圧迫を受けるようになった。

このため又太郎の祖父家時のころから足利氏はひそかに源氏再興の志を抱くようになっていた。

又太郎が北条高時の犬を斬って捨てるという無謀をあえてしたのは、そんな足利氏の鬱勃《うっぼつ》たる北条氏への不満があってのことだった。

又太郎は郎党を振り向いて、

「その犬引き、どこぞへ連れていけ。犬を斬った通りすがりの乱暴者を捕らえようと後を追ったのだ。鎌倉から出てもはや戻ってはこないだろう。さもなければ命は無いからな」

と笑みながら言った。

犬引きの下人は又太郎の言葉を聞いて、

「おっしゃる通りにいたします。なにとぞ、命ばかりはお助けを」

と地面に頭をこすりつけた。

「おお、取らぬとも。わたしはさような酷い真似はしたくもないし、されたくもないのだ」

又太郎は屈託なげに言った。そして地面に尻餅をついたままの俊基に近づき、

「のう、山伏殿もさようでござろう。わたしは山伏殿を助けたのだ。よもや、裏切りなどはされまい」

となめらかな口調で諭すように言った。

俊基はあわてて、うなずいた。

「もちろんです。決してさようなことはいたしませぬ」

山伏の身なりに拘わらず、やわらかな物言いを聞いて、又太郎は片方の眉をあげた。

「妙だな、山伏ならば山野に起き伏しているはずだが、この山伏殿はたき込めた香の匂いがいたすぞ。さては、京から参られたか」

又太郎がつぶやくように言った瞬間、正成は腰の太刀を抜いて斬りかかった。又太

郎はすばやく体をかわすと、袖を翻《ひるがえ》して太刀を抜いた。斬りつける正成の太刀を又太郎の太刀が払う。

がっ

がっ

と刃が打ち合う音が響いた。正成が太刀を振り上げると又太郎は、じっと正成の目を見つめた。

「妙な山伏だ。わたしをまことに斬るつもりはないな。なにを試そうとしているのだ」

問いかけるように又太郎が言うと、正成は太刀を鞘に納め、片膝ついて頭を下げた。

「ご無礼いたしました。われらは京のさる方の祈願成就のため東国に下って参りました。ひとに知られては、祈願がかないませぬゆえ、太刀を打ち合うことによって、魔を払ってございます」

正成の言葉を聞いて、足利の郎党たちが激昂した。

「おのれ、口達者な山伏め」

「若殿、だまされてはなりませぬ。こやつは若殿を殺めようとしたのです」

「この場にて斬り捨てましょう」

郎党たちは、太刀の柄に手をかけて正成に詰め寄ろうとした。

「まあ、待て――」

又太郎はふわりと言って太刀を鞘に納める。

「この山伏の申すこと、もっともだ。わたしもたったいま犬を斬った魔を払ってもらった気がするぞ」

又太郎は言いながら俊基に顔を向けた。

「京のお方がどなたかは存ぜぬが、かような奇縁で山伏殿と出会うたからには、その方の祈願、ぜひとも果たされることをわたしも望んでおりますぞ」

意味ありげに言う又太郎の顔を俊基は見つめた。

「まことでございますか」

「わたしは偽りというものをかつて口にしたことがない」

又太郎はふふ、と笑うと背を向けて、

「面白き田楽はここまでじゃ。館に戻るぞ」

と郎党たちに朗らかな声で言って歩き出した。

郎党たちがあわてて後からついていく。

無風は正成に近づき、

「いかがじゃな。足利の若者の器量は――」

と訊いた。

「さて、わかりませぬな。途方もない大器のようでもあり、ただの底が抜けた酒甕《さけがめ》かもしれませぬ」

「ほう、底が抜けた酒甕か」

無風は面白そうに笑った。

「はい、あたり一面に酒をまき散らし、ひとを酔わせますが、酔いがさめてみれば、すべては夢幻と消えておるかもしれません」

後に又太郎こと足利尊氏は、

――一に心が強く、二に慈悲心があり、三に御心広大にして物惜《ものおしみ》の気なく
などと称されたが、若いころから正体のわからないところがあった。

「なるほどな」

無風がうなずくのにかまわず、正成は、

「さて、参るぞ。うかうかしていては日が暮れる、明日は北条館で猿楽を興行する手はずになっているはずだな」

と乙金太夫に声をかけた。乙金太夫は、甲高い声で、

――さようにて候
と答えた。

この日、乙金一座は、鎌倉の寺に泊まった。

翌日、北条館に赴き、猿楽を興行した。館の広縁で高時始め、北条一族や主だった御家人たちが居流れて酒食に興じながら見物しようという趣向だった。

館の中庭に設えられた舞台で乙金一座が舞を始めると高時たちは酒を飲み、騒がしくなった。その中で、高時が、

――新田、新田
と甲高い声で何度も呼んだ。その声に応じて末席から小柄な武士が出てきた。俊敏そうな体つきで、目が鋭く、鷹を思わせた。

しかし、武士は高時に対し、はいつくばって、あたかも家来のように振る舞っている。

舞台の傍らに控えた正季が小柄な武士に目を遣りつつ、吐き捨てるように言った。

「へいこらしおって、武門の誇りはないのか」

正成は微笑んだ。

「しかし、あの武士には鬱勃《うつぼつ》たる不満があるぞ。何を言われても頭を低くするが、内心で憤っているのではないかな。不器用な男のようだ」

無風がうなずく。

「あの武士は新田小太郎義貞《こたろうよしさだ》、源氏の血筋としては足利氏に劣らぬが、北条に気に入られず、いまだ官位ももらえずにいるのだ」

義貞は上野国新田荘を拠点とする豪族新田氏の惣領だが、小太郎という通称だけで、官名すらもたぬほど鎌倉幕府からは冷遇されている一御家人だった。

「なるほど、それゆえ、懸命に執権に媚びているというわけか。源氏といえどもいまの鎌倉では苦労するのだな」

正成は感心したように言った。

「さようだが、いまの鎌倉は北条氏よりも内管領の長崎高資の方が力がある。そのあたりの見極めができておらぬようだ」

無風は高時のそばで盃を傾けている壮年の男をあごで差した。

黒々とした眉を持ち、目が細く猛禽のような尖った顔をした黒い直垂姿の男が高資のようだ。

高資は通称を新左衛門尉という。文保年間（一三一七—一九）ごろ、父の円喜《えんき》入道から内管領職を譲られた。その後、幕政の実権を掌握していたが、奥州の安東氏に訴訟が起こった際、賂を受け取って裁断したことから、

——理アルヲ非トシ
と非難されるなど、横暴だった。高資の失態により、奥羽の騒動は長引いた。

このため、御家人の中には高資への不満もしだいに高まっていた。

高資は新田義貞には目もくれず、猿楽を見物していたが、不意に片手をあげて家来を差し招いた。

家来が小腰をかがめて近づくと、高資は何事か言いつけた。

家来はかしこまって下がっていった。

舞台ではなおも乙金一座の舞が続いていた。物真似から始まった滑稽味のある舞である。高時たちは、大口を開けて笑った。

そのとき、装束を着た田楽の一座がぞろぞろと中庭に出てきた。

乙金一座が戸惑っていると、高資が立ち上がって、

「本日は、〈立合能〉といたす。猿楽と田楽の一座でもっとも上手の舞を見せよ。勝ちたる者は今後も鎌倉での興行を差し許す。負けた者はただちに追放といたす」

と大声で告げた。

このころ、猿楽や田楽などで舞の出来を競う、〈立合能〉が娯楽としてしばしば行われるようになっていた。

高資から〈立合能〉を行うと告げられて乙金太夫は呆然とした。正成は傍らによって、

「どうした。田楽との〈立合能〉は分が悪いのか」

乙金太夫はため息をついた。

「分が悪いどころではございません。田楽一座がわしら大和猿楽を入れまいと内管領様に頼み込んだに決まっております。こちらがどのような舞の上手を出しても勝負はあらかじめ決まっておりますよ」

「なるほど、そうか――」

正成はしばらく考えてから、乙金太夫の耳に口を近づけた。

「かようにいたしてはどうだ」

正成の話を聞くにつれ、乙金太夫の顔が輝いた。

「なるほど、それは面白うございますな。どうせ、鎌倉を追い出されるなら、それぐらいの面当てはしてやりましょう」

乙金太夫はにやりと笑った。


間もなく田楽の舞が始まった。厳かな神に捧げる舞である。

酒に酔った高時もうっとりと見惚《みと》れ、舞が終わると、

「でかした。よき舞じゃ」

と大声で褒めた。

誰の目にもこの舞に猿楽の滑稽な舞が勝てるとは思えなかった。だが、乙金太夫が

舞台に立って、

「ただいまより、白拍子の舞をご覧いただきます」

と述べたとき、見物席がどよめいた。

舞台の端から扇をもち、水干《すいかん》に立烏帽子、白鞘巻の刀を差した男装の女人がしずしずと現れた。正成が一座に潜り込ませた伊賀忍びの、

――鈴虫

である。

白拍子は『平家物語』にも登場する舞女である。平清盛の寵愛を得た、

祇王《ぎおう》

祇女《ぎじょ》

仏御前《ほとけごぜん》

などや、後鳥羽上皇の寵姫、

亀菊《かめぎく》

の名が知られている。鈴虫の白拍子姿は美しかったが、さらに歌い出すと見物の御家人たちはあっと息を呑んだ。

――吉野山　嶺の白雪　踏み分けて　入りにし人の　跡ぞ恋しき

と歌いつつ舞い、さらに、

——しづやしづ　賤のをだまき　繰り返し　昔を今に　なすよしもがな

と鈴虫の澄んだ歌声は続いた。

高時は呆けたように、鈴虫を見つめる。高資は苦々しい顔になって、

「おのれ、源氏の亡霊か」

と吐き捨てるように言った。

鈴虫が舞ったのは、かつて源義経《よしつね》の愛妾だった白拍子、静御前《しずかごぜん》が捕らえられて鎌倉に連れてこられた際、鶴岡八幡宮で舞い、歌った曲だからだ。

静御前は文治《ぶんじ》元年（一一八五）十一月、義経が兄頼朝に背いて京都より逃亡した時に随行した。

だが、吉野山中で義経主従とはぐれ、京に戻る途中捕らえられた。義経の行方について尋問された静御前は口を開かなかった。

このため、鎌倉に護送されたが、なおも何も言わない。そして頼朝と北条政子《まさこ》夫妻の前で舞うことになった。

義経を慕わしく思えども、いまや過去に戻る術もない、と嘆く歌は頼朝を怒らせた。だが政子が同情したため一命は助かった。しかし、鎌倉で男子を出産すると、義経の子であることを理由に海に投じられた。

悲運を嘆いた静御前は京に戻ったが、その後の消息はわからない。

鈴虫が舞ったのは、そんな静御前の舞だった。

御家人たちがざわめく中、新田義貞は口を一文字に引き結び、鈴虫の舞を食い入るように見ていた。

十二

すでに夕刻である。篝火《かがりび》が焚かれ、舞台のまわりを赤く照らしている。

〈立合能〉の勝者は田楽一座になるのだろうと正成たちは思っていた。

ところが、演舞が終わった後、長崎高資が立ち上がると、高時が片手を上げて制した。

「待て、勝ったのは大和猿楽じゃぞ」

突然、高時に言われて高資は驚いた。

「なぜにござりますか。執権様が好んでおられる田楽の方ができがよろしゅうございましたぞ」

うろたえて言う高資に高時は顔を向け、盃をあおりながら、

「わからぬか。猿楽の白拍子の舞がわしは気に入ったのだ」

「白拍子でございますか」

高資は鼻白んだ。

「そうだ。あの女子、あたかも源義経公の愛妾であった静御前を思わせる。それゆえ、今宵の夜伽《よとぎ》を命じる」

高時は熟柿臭い息を吐きながら言った。高資はうんざりした顔になった。

「さようなことなら、ただちに猿楽の太夫にわたしから命じておきましょう。〈立合能〉の判定をお気になさることはございませんぞ」

高資は言外に叱責する気配を漂わせて言った。

高時は盃を干すと、大きく吐息をついた。

「いや、仮にも義経公の愛妾と見なした女子を閨《ねや》に入れるのだぞ。それなりに褒美を遣わさねばわが名折れとなるというものだ」

「さようなことはございますまい。猿楽風情には銭でも多めにやっておけばすむことでございます」

高資は苦々しげに言うと、田楽の勝ちを宣しようとした。しかし、なおも高時は言

葉を発した。

「待てと言うておるであろう。長崎、わしは内管領たるそなたに政はすべてまかしておるぞ。それなのに、たかが〈立合能〉のことでも、わが意を通さぬつもりか」

高時の剣幕に高資は驚いて平伏した。

「決してさようなつもりは毛頭ございませぬ。ただ、執権様ともあろう御方が猿楽師たち下賤《げせん》の者に煩《わずら》わされるのは恐れ多いと思ったばかりでございます」

「そうか、ならばわしの好きにさせよ」

高時はあっさりと言ってのけた。

高資は苦い顔をしたが、何も言わず、郎党を呼んで、猿楽が〈立合能〉の勝者であると乙金太夫に伝えさせた。

中庭に設えた舞台の端でこのことを伝えられた乙金太夫は、

「これは、これは、驚きいって候」

と甲高い声をあげつつ、正成の傍らに寄った。

「どうやら、勝ちはわれらにございます」

乙金太夫が囁くと正成の目が光った。

「ほう、それは驚いたな。どういう風の吹き回しだ」

「執権様は鈴虫の舞がお気に召したご様子でした。おそらく、白拍子姿の鈴虫を弄びたいとのお心でございましょう」

乙金太夫はにやりと笑った。

「なるほどな」

正成はあごをなでて考え込んだ。乙金太夫はうかがうように正成を見た。傍らに寄ってきた正季が胡散臭《うさんくさ》げに正成を見た。

「兄者、話は聞こえたぞ。執権には逆らえぬ。まさか、不穏なことを考えているのではあるまいな」

正成はちらりと正季を見て微笑んだ。

「さすがに正季だ。よくわかるな」

正季は頭を振った。

「ここは鎌倉だぞ。迂闊なことをすれば逃げられぬぞ」

「つまり、逃げられればよいということか」

白い歯を見せて笑った正成は鈴虫と鬼若を呼び寄せた。ふたりは正成のもとに走り寄ると跪《ひざまず》いた。

正成は〈立合能〉には勝ったが、そのかわり、鈴虫を高時の閨に差し出すことになりそうだ、と告げた。

「どうだ。それでもよいか」

正成がたしかめるように訊くと鈴虫はせつなげに顔を伏せた。

鬼若が顔を上げて、決然とした様子で言った。

「われらは伊賀の忍びでございますから、女は誰の閨にでも入ります。しかし、鈴虫はわたしの女房です。そんなことをさせるのは我慢なりません」

正成は面白そうに鬼若を見つめた。

「さようなことを言えば、忍びの頭領から咎めを受けよう」

「はい、そうなりましょう」

鬼若はきっぱりと答えた。

「ならば、どうするのだ」

「鈴虫とともに遠国に逃げます」

鬼若は正成に挑みかかるような強い目を向けた。鈴虫も顔を上げて鬼若と同じように正成を見つめている。

正成は暮れなずむ空をあおいでからからと笑った。

「逃げるとは気に入った。それは、われら悪党のもっとも得意とするところだ。そなたたちが、その気なら、この鎌倉からともに逃げてやろう」

「まことでございますか」

鬼若と鈴虫が異口同音に言うと、正成は正季と乙金太夫を振り向いた。

「聞いたであろう。今宵、鎌倉から逃げ出すぞ。支度をしてくれ。日野様と無風様にはわたしから申し上げる。おそらく否やは言われまい」

正季は、

――兄者
と何か言いかけたが、鬼若と鈴虫の顔をちらりと見て、

「わかった。逃げるとするか」

と言ってため息をついた。乙金太夫は大きく頭を縦に振った。

「それがよろしゅうございます。われらはどうやら、内管領の長崎様の機嫌を損じたようです。今宵はともかく長居をすればろくなことはありませんから」

さばさばした口調で言った乙金太夫は鬼若と鈴虫を、さあ、荷造りをしてしまうぞ、とうながして正成の前から去った。

正成は、すでに北条館の宿舎に入っていた俊基と無風のもとに、正季とともに行った。

今夜のうちに鎌倉を脱け出すと、正成が話すと、俊基は驚かずに、

「おお、わたしもそれがよいと思っていた。鎌倉で見るべきものはすでに見たからな」

と言った。正成は微笑した。

「何をご覧になられましたか」

正成に訊かれて、俊基は身を乗り出して答えた。

「足利又太郎の奔放さを見た。やはり北条に抗して立ち上がるのは源氏の足利であろう。それに比べて同じ源氏でも新田義貞は北条に鞠躬如《きつきゆうじよ》として従っておった。あれでは頼りにならぬ」

正成は首をかしげた。たしかに足利又太郎の奔放さはほんものだろうが、それだけに北条に抗うにしても、それはおのれを縛る者を嫌い、帝にすら背く謀反気があるということではないか。さらに新田義貞は、正成の目には北条に従いつつも内心には、ただならぬ叛骨があるようにも見えた。

（いずれも油断のならぬ漢たちだが、日野様の目にはそうは見えなかったようだ）

正成はあえて何も言わなかった。すると、無風が身を寄せて正成に囁いた。

「鎌倉を立ち退くのはかまわぬ。しかし、わたしが引き合わせたい方がいることは忘れておらぬであろうな」

「承知いたしております。その方は鎌倉におられるのですか」

正成は怜悧な目で無風を見つめた。

「いや、去年までは相模三浦郡横須賀におられたが、いまは上総千町荘《ちまちのしよう》に庵をかまえておられる」

「上総ですか――」

無風は思いがけないところに正成を連れていこうとしているようだ。

この夜――

高時は館の寝所で酒器を傾け、ひとりで酒を飲みつつ、鈴虫が訪れるのを待っていた。

広縁に接した戸は開け放ち、夜空の青白い月を眺めていた。

(名月とは言えぬが、鎌倉の月はあんなものだ)

高時は酒をあおった。

内管領、長崎高資の専横が極まって久しい。高時は田楽と闘犬に日を送ってきた。執権とは名ばかりで、ただの木偶《でく》だ、と自らを思いなしてきた。

それで、悪いというほどの性根もいまは持ち合わせていない。ただ、どこかで自分を責め苛むところがある。そんな思いを酒で紛らわし、女との享楽の淵に身を沈めるのだ。

時折り、にやにやと笑みを漏らすのは、閨で鈴虫にどのような振る舞いをしようかと思い描くからである。

やがて、広縁をしずしずと歩いてくる足音が近づいてきた。

寝所から見ていると青白い月を背に、烏帽子をかぶり、腰に太刀を吊った白拍子が広縁に立った。

「おお、よく参った。早や、これへ——」

高時がうながすと、白拍子はゆっくりと座敷に入り、高時の前に坐した。色白でととのった美しい顔である。高時は、

「酌をいたせ」

と盃を差し出した。白拍子はうなずいて酒器を手にした。片膝を立て、高時に身を寄せて酒を注ごうとする。

その時、月光が白拍子の横顔を照らした。

高時はどきりとした。

それまで、美しい女人だった白拍子の顔が精悍な武士の顔に変わっているのだ。

「これは、どうしたことだ」

高時は目を瞠ってうめいた。白拍子は、くっくっと笑うと、酒器を持った手を高時の頭上に差し伸べた。

酒器を斜めにすると、酒が高時の顔にたらたら、とかかった。

「何をするのだ」

酒を浴びせられながら、高時が怒鳴った。白拍子は、

「鎌倉の執権であろうとも何事も思うにはまかせませぬぞ」

とひややかに言うと、酒を残らず高時にかけて酒器を床に置いた。

「ご無礼いたした」

悠然と寝所を出ていく白拍子の顔は、

――正成
だった。正成は鬼若の術により、女人に変じていたのだ。

あっけにとられて正成を見送った高時は、不意にはっは、と笑い始めた。何がおかしいのか、けたたましく笑う。自分が狐狸のようなものに騙されたことがおかしかったのだ。

執権などと肩ひじ張っていても所詮こんなものだ、と思った。

だとすると、内管領として高時をしのぐことに腐心している高資もたいしたことはないのだ。そう思うと、腹の底からおかしくなってきた。

広縁の途中まで来た正成は身を躍らせて庭に下りた。さらに白拍子の衣装を脱ぎ捨てつつ、館の塀に向かった。

塀までくると、はずみをつけて跳び上がった。正成の体を鬼若と鈴虫が支えた。

「執権に酒を振る舞うてやったわ」

正成は愉快そうに言うと塀から道へ飛び降りた。そこに俊基や無風、正季が乙金太夫たち猿楽一座とともに待っていた。

「行くぞ」

正成はひと声、発して走り出した。やがて大路に出ると、背後から、

――待てっ
と声がして松明を持った武士たちが十数人、駆けてくるのがわかった。正成は、ちらりと振り向いた。

「長崎高資の手の者だろう。われらを見張っていたな」

正成がつぶやくと、正季が押し殺した声で、

「面倒だ。蹴散らしてこようか」

と言った。正成が答えないうちに、闇の中から数人の武士が走り出て、追手に斬りかかった。いずれも顔を布で覆っている。

「何者だ」

追手が悲鳴のような声をあげた。だが、頭巾の武士たちはたちまち、追手を斬り倒していった。

追手がすべて斬り伏せられ、倒れたのを見て、武士のひとりが正成たちを振り向いた。

「追手はわれらが引き受ける。安んじて逃げよ」

と言い放った。正成は立ち止まって武士に近づいて問うた。

「なぜわれらを助けるのだ」

「北条の暴虐が許せぬまでのこと」

武士は凛乎《りんこ》として言ってのけた。その声に正成は聞き覚えがあった。

「やはり、北条を討つのは源氏でござるか」

正成が言うと、武士は放胆にも頭巾をとった。

月光に照らされた武士は、

──新田義貞
だった。義貞は、

「鎌倉七口は北条館に異変があればすぐさま封じられる。由比ガ浜に出て船を奪い、海から逃げるしか鎌倉を出る方策はないぞ」

と告げた。山伏姿の俊基が一歩前に出た。

「お助けいただきかたじけない。わたしは京から参った──」

俊基が名のろうとしたとき、義貞は手で制した。

「察しておりますゆえ、言われますな。いずれ、お指図に従う日も参りましょう」

義貞は明るく言い放つのだった。

十三

精悍な表情を見せる新田義貞に俊基は、

「わたしは不明にして、新田殿が北条に媚びておられるように見ておりました」

「媚びておりますよ。いまの鎌倉では北条の機嫌を損じては生きていけぬ。されど、われら源氏には、もともと鎌倉の主は源氏であるという気概がござる」

俊基は大きくうなずいて、

「さてこそ、さすがは源氏でございますな。足利又太郎殿も北条に屈しておられぬ様子でした。まことに嬉しいかぎりでございます」

と言った。義貞は苦笑した。

「足利のことは申されますな。われら源氏は骨肉相食んだゆえ、保元、平治の乱で平家に後れをとり、鎌倉にて征夷大将軍となった後も北条の専横を許しております。同族争う源氏の宿弊から新田と足利も逃れてはおりませぬゆえ」

義貞は足利を快く思っていないようだ。俊基がそのことを気にしたらしく、

「新田と足利が力を合わせて戦うということはないのであろうか」

と訊いた。義貞は、はは、と笑った。

「源氏は競わせるべし。さすれば、争ってお味方になりましょう。その後、どうするかはその時、お考えになって然るべしでござる」

俊基が戸惑いの色を浮かべると無風が口をはさんだ。

「されど、新田様も足利様もともに教えを仰ぐ方がおられるのではありませんか」

「われらがともに教えを仰ぐ――」

義貞は首をかしげたが、はっとしたように、

「あの御方か――」

とつぶやいた。そして、無風に顔を向けて、

「言われることはわかる気がする。あの御方ならば、執権殿すら、その教えに従おう。だが、それだけに、武士は迷いますぞ」

「迷われる？」

無風は目を瞠った。

「さよう、武士は現世の利についてこそ、強いのだ。正しき道を歩もうとすれば亡びかねぬ」

義貞が言い切ったとき、松明をかかげた武士たちが大路を駆け寄ってくるのが見えた。義貞はちらりと武士たちに目を遣って、

「新手が来た。これ以上、北条家の家人を斬るわけにはいかぬ。ここまででござる」

と言うと顔を黒い布で覆った。正成はうなずいて、

「ありがたく存ずる」

とだけ言って頭を下げた。義貞は、郎党たちに、

――退け
と声をかけて走り出した。正成たちも義貞と左右に分かれて闇の中を走った。


義貞の勧めに従い、由比ガ浜に出た正成たちは夜釣りの支度をしていた漁師に金を払って三隻の舟を手に入れるとそれぞれに分かれて乗った。

正成と俊基、無風、さらに正季、鬼若と鈴虫たちは由比ガ浜から海上を南に向かい、三浦半島をまわり、波が静まるのを待って房総へと渡った。


無風は舟の上で、正成に言った。

「此度、日野様が鎌倉に下られたのは、坂東の源氏の動静を知るとともにある方に会うためだ」

「それが、わたしに会わせようと言われたひとですな。それに足利も新田もさらには執権北条高時さえもが教えを仰ぐという」

正成は潮風に吹かれながら答えた。

「さよう」

「それは、どなたなのですか」

正成はわずかな星明かりの中で無風を見据えて訊いた。

潮騒が響いてくる。

「わが師、夢窓疎石《むそうそせき》様だ」

無風は潮鳴りに負けないように声を高くした。

夢窓という名が正成の耳に響いた。正成も夢窓疎石の名は聞いていた。

——夢の窓
という名は、しばしば不思議な夢を見て夢兵衛とあだ名されている正成の胸を高鳴らせるのだった。

夢窓疎石は、建治《けんじ》元年（一二七五）、佐々木朝綱の子として伊勢に生まれた。この年、四十九歳。

夢窓が幼いころ、一族の争いが起きたため、一家は甲斐に移り住んだ。長じた夢窓は真言宗の僧として得度した。だが、その後、京都で建仁寺の無隠円範《むいんえんぱん》のもとに入門、禅宗を学んだ。さらに、夢窓は建長寺で来朝僧、一山一寧《いっさんいちねい》に参じた。しかし、官寺の虚飾や集団生活での煩わしさを嫌って一山のもとを離れた。文保二年（一三一八）には上洛して北山に寓居した。このころに夢窓の名声は高まり、帰依する者が相次いだ。その中には執権北条高時の母である覚海円成尼《かくかいえんじょう》もいた。覚海尼は夢窓のもとに使者を派遣して東国に下るよう求めた。夢窓は覚海尼からの熱心な招聘《しょうへい》をもだしがたく、鎌倉に戻ったが、間もなく相模三浦郡横須賀に隠棲、さらに上総千町荘の退耕庵《たいこうあん》に移っていた。

なぜ夢窓がこれほど、ひとびとから帰依を受けたかと言えば、禅に優れているだけでなく、天台密教に深い知識があり、さらに観音信仰や弥勒信仰にも通じていることがあげられた。

後醍醐天皇は武家が帰依する夢窓を自らのもとに引き寄せたいと考えたのかもしれない。

正成たちは夜明けとともに陸に上がり、さらに上総へと向かった。

途中、無風が知る地元の長者の屋敷で一泊したとき、正成は明け方に夢を見た。唐の国の若い農民の夢である。名を、

——岳飛《がくひ》

という。岳飛はある村で母親とふたりで暮らしていた。亡き父に厳しい教育を受けていた岳飛は、若くして様々な書を読み、槍、弓矢、剣、拳法などの武術を身につけていた。

宋の時代で北方の異民族、金がたびたび侵入し、国が危うかった。

岳飛は二十を過ぎると異民族と戦う義勇軍に参加した。この時、岳飛の母は、忠義を尽くし、国に報いるという父の教えを忘れないようにと、岳飛の背中に、

——尽忠報国

と刺青を刻んだ。この刺青を背負った岳飛は戦乱の中で軍才を発揮する。岳飛はたちまち、一軍を指揮するようになった。義勇軍を率いた岳飛は、十万の大軍で南下する金軍と戦って六度にわたって勝利を収め、救国の英雄となった。このため、民衆からの人気も凄まじく、南宋の皇帝からは、

——精忠岳飛

の旗を与えられた。

荒野を騎馬で軍勢を率いて駆け抜ける岳飛の姿はまさに英雄そのものだった。

正成は、異国の英雄の夢を見て目覚めた。背中に汗をかいている。背中に手をやったのは、岳飛が尽忠報国と背中に彫られたとき、同じような痛みを背に感じたからだ。

（まさか、そんなはずはないな）

正成は寝床に起き上がって呆然とした。夢に見た岳飛は、正成がかくありたいと思っている武将そのものの姿だった。だが、岳飛は戦って、それからどうなったのだろう。

（南宋の大将軍として生涯をまっとうしたのだろうか、それとも——）

正成は起き出すと広縁に出た。

皆、寝静まっていたが、ふと見ると、無風が庭に佇んで月を眺めている。

「無風様、いかがされました」

正成が声をかけると、無風は振り向いた。

「多聞兵衛殿こそ、どうしたのだ。寝られぬのか」

無風は微笑んで訊いた。

「夢を見ました」

「ほう、どのような夢を――」

「岳飛という唐の国の英傑の夢です。敵国の侵略から母国を守って戦い、英雄となっておりました」

なるほど、と無風はうなずいた。そして正成を鋭い目で見た。

「多聞兵衛殿は岳飛になりたいと思われたか」

正成は少し考えてから大きくうなずいた。

「岳飛の背には尽忠報国の刺青がありました。国を守って戦うのは武士の本懐でしょう」

「なるほど、それが多聞兵衛殿の夢か」

正成は首をひねった。

「夢と言えば夢かもしれませんが、そうとも言えない気もしますな」

「ほう、何であろうか」

無風は面白げに正成を見遣った。正成は笑った。

「夢ではなく、宿命ではないかと思うのですよ」

無風は答えずに夜空を見上げた。

「これからの世は皆が夢を見る。夢魔の世になるかもしれんな」

「夢魔の世――」

「そうだ。帝は帝の夢を、足利は足利の夢、新田は新田の夢、そして多聞兵衛殿は多聞兵衛殿の夢を」

「なぜさようなことになるのですか」

「わからぬな。世の中がどうなっていくのかわからず、それぞれが夢を見るしかないからかもしれぬ。そのことを夢窓様に訊きたいと思っておる」

「さようですか」

正成は夜空を眺めた。世の中の行く末がわからないという無風の言葉は何となく腑に落ちた。自分たちのような悪党はこれまでの世に収まりきらず、これからどうしたらいいのかもわからないでいる。悪党だけでなく、今の世で生き迷っている者は皆、それぞれの夢を見るしかない。そんな夢を真っ先に見ようとしているのが、後醍醐天皇かもしれない。

　星が流れた。

　明るく輝く流星である。

「あの星はどこへ行くのだろうか」

　正成はひとりごちた。

　無風は何も答えないで、正成にならって流星を見遣った。


　二日後――

　正成たちは上総千町荘に入った。野辺の道をたどっていくと、やがて小さな庵の前に出た。

　無風が訪いを告げると、夢窓の弟子らしい若い僧侶が出てきた。無風が、

「夢窓様にお目にかかりたい」

　と告げると、若い僧は困ったように、

「師僧はただいま座禅窟におられます」

　と答えた。夢窓は日頃、近くの山の洞窟で座禅をしているのだという。

「さようか、ではそちらへ参りましょう」

　無風はうなずいて、若い僧から洞窟への道筋を教えてもらった。座禅窟は庵からほ

どない丘陵の中腹にあった。無風は丘を登りつつ、

「さて、師僧も物好きなことだ。かようなところでなくとも、北条家がいくらでも禅堂を建ててくれるであろうに」

とつぶやいた。無風のつぶやきを耳にした正季が、

「まことにそうだ。どれほど偉い坊様かは知らぬが、帰依する者の迷惑も考えてもらいたいものじゃ」

と声をあげた。鬼若と鈴虫が笑うと正成は苦笑した。

「夢窓様は天下の高僧だ。めったなことは言うものではない」

正成に言われて、正季は、ふんと鼻を鳴らした。同時に俊基も額に汗を浮かべて歩きながら、

「しかし、かような山中の洞窟で座禅をされるとは思いもよらぬ御方だな」

と愚痴めいた言いかたをした。すると、無風が笑って、

「さように申されますと夢窓様に聞こえますぞ」

と言いながら丘陵の岩のあたりを指さした。そこには洞窟の暗い穴がぽっかりと空いている。座禅窟の入口は狭く、人ひとりがやっと入れるほどの大きさに見えた。無風は入口に近づき、跪いて洞窟の中をうかがった。正成たちも覗き込む。天井の中央が高くなっており、奥壁には、

――金毛窟

と三文字の刻銘がある。薄暗い洞窟の中に僧侶が座禅している姿が影のように見えた。無風は呼吸を計るように黙って影を見つめていたが、しばらくして声を発した。

「師の御坊、無風にございます。都より、帝のお使いをお連れいたしました」

しかし、影は微動だにしない。

俊基が膝をついてにじり寄り、

「日野俊基にございます。帝のお言葉をお伝えしに参りましたぞ」

と恐る恐る声をかけた。しかし、なおも影は俊基を黙殺するかのように動かない。

「これは、どうにもならんぞ」

正季があきれたように言ったとき、正成は鈴虫に向かって、

「静御前の歌を――」

と命じた。鈴虫は驚きながらも洞窟の前に進み出て、

――しづやしづ　賤のをだまき　繰り返し　昔を今に　なすよしもがな

と舞いつつ、歌った。すると、洞窟の中から笑い声がした。

ゆっくりと夢窓が出てくると、眼光鋭く、正成を一瞥して、

「ほう、龍がやってきたか」

とつぶやいた。正成はなぜか全身が痺れるのを感じた。

十四

正成を見るなり、夢窓が、

「龍がやってきたか」

とつぶやいたことは無風を驚かせた。

「尊師、楠木殿は優れた武士でございますが、龍であるとはいかなる謂《いわ》れでございましょうか」

無風に訊かれて、夢窓は洞窟の刻銘を指さした。

「金毛窟とは、禅語からきておる」

夢窓に言われて無風は、

――金毛獅子奮威出窟
とつぶやいた。金毛の獅子とはふさふさした金色の鬣《たてがみ》の獅子ということで悟境《ごきょう》に達した禅者をたとえている。金毛獅子奮威出窟、とは獅子が威を奮って窟を出づ、すなわち禅の修行を終えた禅者が、衆生済度の誓願を果たすべく世間に打って出ることを

表している。禅の究極は、この世やひとを、

――無
であると悟達することである。しかし、すべては無であると知ったうえで、生きていくためには、一大勇猛心がいる。無の中でひとは生きる気力を失うからだ。無の中で生きる。その境地はあたかも金毛の獅子のごときものなのだ。このため、禅の高僧は獅子であるとされる。

夢窓は落ち着いた声で、

「龍吟ずれば雲起こり、虎嘯けば風生ず、とも言うではないか。金毛の獅子たらんとするわが座禅の修行を妨げる者は、龍かあるいは虎しかおるまい。座禅窟より出てみれば、龍の貌を持つ漢がいたゆえにわたしを呼び出した者を龍であると見たのだ」

と言った。正成は夢窓の前に跪いた。

「座禅を妨げいたしまして申し訳ございませんでした。ぜひともお教えいただきたいことがあって参りました」

「ほう、何を教えてもらいたいのだ」

「夢についてでございます」

「ほう、夢についてか」

「さよう、わたしは唐の国の漢たちの夢をしばしば見ます。その漢たちは強大な敵に

向かってかなわぬ戦をしているようでございます」

「なるほどな」

「わたしは悪党ゆえ、負ける戦をするつもりはございません。それなのに、なぜさような夢を見るのかを知りたいのでございます」

正成が頭を下げて言うと夢窓は莞爾《かんじ》と笑った。

「善哉《よきかな》、善哉――」

夢窓はさらに俊基に目を転じて、

「帝からの御使者でございましょう。庵にてお話をうかがいます」

と丁重に頭を下げた。夢窓はそのまま正成たちを退耕庵に連れていった。庵で向かい合った俊基は、

「実は都にて延暦寺や園城寺、東寺の学僧が禅宗との宗論を朝廷に願い出ているのでございます」

と声を低くして告げた。

「宗論でございますか」

夢窓は表情を変えずにつぶやいた。

鎌倉で北条得宗家始め禅宗に帰依する武士が相次いだことから、南都北嶺の旧仏教側は禅宗を抑えなければという機運が高まっていた。そのため、教えの優劣を競う宗

論を行おうと考えたのだ。

「さよう、帝はぜひとも夢窓様にお出でいただきたいとの思し召しでござる」

俊基は熱心に言った。しかし、夢窓は頭を横に振る。

「せっかくの帝の思し召しなれど、拙僧は近頃、病がちにて都へ上ることは、到底かないませぬ」

とあっさり答えた。俊基は表情に焦りの色を浮かべた。

「しかれども、比叡山の学僧たちを論破できるのは夢窓様をおいておられぬと帝はお考えなのです」

「拙僧でなくとも、ひとはおりましょう」

夢窓にさらりと言われて俊基は言葉に詰まった。

このときから二年後、正中《しょうちゅう》二年（一三二五）には、禁裏の清涼殿《せいりょうでん》にて、

——正中の宗論
が行われる。この宗論では比叡山の法印、玄慧《げんえ》など九人が旧仏教側として臨み、禅宗側からは南禅寺の通翁鏡円《つうおうきょうえん》と大徳寺の宗峰妙超《しゅうほうみょうちょう》が出た。

通翁は、宗論にあたって、

「問答に負けた者は相手の弟子になることにしよう」

と提案し、南都北嶺の僧たちはこれを受け入れた。通翁自ら七日にわたる宗論を行っ

た。

　この結果、禅宗側の勝利となった。しかし、通翁の疲労は甚だしく、宗論からの帰路、体調が急に悪化し、亡くなった。このため南都北嶺側に暗殺されたのではないか、などと噂されることになる。

　宗論がこれほど凄まじいものになることを夢窓は予想したからこそ病を理由に上洛を拒んだのだろう。

　夢窓の意志が固いことを察した無風は、俊基にうなずいて見せると、

「尊師、楠木殿の問いにはいかがお答えなさいますか」

と話柄を変えた。夢窓は無風の機転をよしとするかのようにうなずくと、正成に目を向けた。

「そなたが、なぜ夢を見るのかと言えば、それは天命があるゆえじゃ」

　正成は夢窓を見つめた。

「天命でございますか」

「さよう、帝もさように思うておられよう」

「帝の天命とは何でございましょうか」

　正成は首をかしげた。

「真の天子たらんとされているのだ」

夢窓は厳《おごそ》かに言った。

「それはいかなることでございましょうか」

正成は息を呑んだ。夢窓は目を鋭くして話した。

「わたしが、建長寺の一山一寧師のもとで禅を修行いたしたことを知っているだろう。一山師は元の国から来られた来朝僧であったが、それだけではない。一山師は、元の皇帝の使者としてわが国に朝貢を求めてこられたのだ」

「なんと——」

元の世祖、フビライは文永・弘安の役が失敗に終わっても、日本への遠征をあきらめなかった。前二回の遠征は高麗軍や江南軍などによって行われたが、次には中央政府の直属部隊である元軍を派遣するつもりだった。最強の遠征軍が来るとの情報を得ていた鎌倉幕府も九州方面に警戒態勢を敷いていた。しかしこのころ、チンギス・ハンの兄弟の子孫である東方三王家の一つ、オッチギン家のナヤンに反逆の気配があった。このためフビライは日本遠征の余裕がなくなった。フビライは、群臣と日本への遠征をどうするかを協議した。すると、臣下の中で、

「日本ではわが国から渡った禅宗に帰依する者が多くなっていると聞いております。それゆえ、高徳の禅僧を使者として渡海させ、朝貢するよう求めてはいかがでしょうか」

と進言する者があった。

これを聞いたフビライは親族の反乱に備えるため軍を日本へ遠征させることにためらいがあっただけに、

「よし、わが威徳をもって日本をなびかせよう」

と、わが国の弘安六年（一二八三）、日本へ使者を送った。

使者に選ばれたのは補陀落山観音寺《ふだらくさんかんのんじ》の住持、愚渓如智《ぐけい》だった。だが、愚渓は途中、暴風雨に遭って日本への使者の役目を果たせなかった。このため二度目の使者として愚渓と参政王積翁を遣わした。一行は対馬まで達したが船員が反乱を起こしたため、やむなく帰国した。このころ、フビライが死去した。永仁《えいにん》二年（一二九四）、フビライの後を継いだ成宗、テムルは、再び日本の属国化を図って愚渓に三度目の使者を命じた。しかし、愚渓は老齢を以て日本への使者を辞したため、一山一寧が使者として推挙された。一山は台州臨海県の胡氏《こし》の生まれだった。初め、天台を学んだが後に禅宗に転じた。一山が推挙され、わが国へ赴くことになった。

正安《しょうあん》元年（一二九九）、一山は無事、博多に到着することができた。

このとき、一山は元軍の再来を恐れる鎌倉幕府によって伊豆の修禅寺にいったん幽閉された。しかしその後、一山が高僧であることが伝わると、元寇で戦った北条時宗の子の九代執権、北条貞時が帰依し、建長寺住持に任じられたのである。貞時は元の

第三回の来寇を恐れ、元軍退散の祈願のために永仁《えいにん》四年（一二九六）に覚園寺を創建していた。ところで、このころ元では二代目、オゴタイ・ハンの孫であるハイドゥが大軍を率いて中央アジアに攻め込む反乱を起こしており、日本遠征を断念せざるを得なかった。

一山一寧が鎌倉幕府から優遇されたことで、以後、日元交易が盛んに行われるようになったのである。

正和二年（一三一三）、後宇多法皇の招請によって南禅寺住持となり上洛した。後宇多法皇から厚い尊崇を受けた一山一寧は、文保元年（一三一七）十月、南禅寺で没した。七十一歳だった。

「わたしは一山師に元の使者としての役目を果たしたと思われているのかとお訊ねしたことがある」

夢窓は言いかけて口を閉ざし、正成を見つめた。

「一山様は使者としての役目は果たせたと仰せになられたのですな」

正成は考えながら言った。

「その通りだ。執権、北条貞時様がどのようなお考えであったかはわからぬ。しかし、少なくとも朝貢を求めた使者に帰依したからには、元には朝貢の意を示したと受け取られたであろうな」

「あるいは北条貞時様は、一山一寧様を建長寺の住持とすることで穏やかにすべてを収められたということかもしれません」

「だが、それをよしとされぬ御方がおわす」

「帝でございますか」

　正成は深々とうなずいた。

「そうだ。一山師は元の使者としての役目を果たしただけではなかった。一山師は仏教だけでなく、儒学、詩文に長じておられ、特に朱子学については朱子の新註を伝えて、わが国の朱子学の祖となられた」

「帝は宋学を学ばれたと聞いております」

「宋学は天子が徳によってこの世を治める王道の世こそが真で、武力による覇道の世は偽りであるとしている。それゆえ、覇道である元や鎌倉の幕府は偽りであると帝は考えておられる」

　わかるか、という目で夢窓は正成を見た。かたわらの俊基が身じろぎして口を開いた。

「かつて執権北条時宗は、元を覇道の国として、帝を奉じて戦い、国難を防いだ。しかし、いまの北条はひそかに元に屈し、天子を尊ぶことを忘れた覇道の走狗となり果てている。それゆえ、帝はお怒りなのだ」

俊基が言い募ると、夢窓はゆっくりと手を上げた。

「そのことは申されますな。わが国が実は元に膝を屈しているなどということは、あからさまにしてはならぬことでございますぞ」

夢窓に諭されて俊基は口をつぐんだ。

すると、正成は、はは、と笑った。

夢窓は興味深げに正成を見た。

「おかしいか」

正成はひとしきり笑った後、

「おかしゅうございます。われらは武士が元寇を退け、この国を守ったと思っておりましたが、ひそかに膝を屈し、馴れ合いのうちに、自らがどのような国で暮らしておるのかも知らずにいたようでございます」

と言い放った。

「わたしは北条貞時様のなされたことは間違いだとは思わぬぞ。いたずらに異国との戦を起こしてよいというものではない」

夢窓はきっぱりと言った。

「わたしもさように存じます。しかし、自らが何者であるかは自らが決めねばならぬのも道理でございましょう。帝は自ら真の天子である道を歩もうとされておられます。

ならば、わたしも、おのれの悪党としての道を歩むばかりにございます」

正成が言い切ると、夢窓はかっと目を見開いて大喝した。

「什麼生《そもさん》、悪党とは何ぞや」

あたりが震動するほどの声だった。

正成は目を光らせて答える。

「説破《せっぱ》、ひとの極みなり」

夢窓は身を乗り出した。

「悪党はひとの極みじゃと。では、ひととは何か。極みとは何か。この世にひとがあろうか。極みがあろうか」

立て続けに言われても正成は姿勢を崩さない。

「ある――」

と投げつけるように言った。夢窓はからからと笑った。

「あるじゃと、無いものがあろうか。いや、無もまた無いのだ。世迷言をまだ言うか」

夢窓はさらに膝を進めて正成に迫った。すると正成はかたわらに置いた太刀を手にとり、片膝をあげて、

「ひとは夢を見る。だが、夢はひとを見ることはできぬ。よって夢はあるのだ」

とひときわ高く言った。

「できたわ」

夢窓は膝をあらためると合掌した。

正成は太刀を置き、大きく息をついた。

いまの問答で自分が何を答えたのかよくわからなかった。

ただ、自分は夢を生きるのだろう、と思うばかりだった。

十五

正成が鎌倉に行ってから一年後——

元亨四年（一三二四）九月十九日、京の町で異変が起きた。いわゆる、

——正中の変
である。夜半、六波羅探題の兵が美濃国の土岐《とき》頼兼《よりかね》の三条堀川の屋敷と多治見国長の錦小路高倉の屋敷を急襲した。松明を持った兵たちが、夜の町を走り、突如、屋敷を囲んだのである。兵たちは門を打ち破って屋敷内に押し入り、あわてて防戦する家人たちを斬り伏せていった。だが、頼兼と国長の姿は見えず、

「捜せ、捜せ——」

「逃がすな」

兵たちは怒号して屋敷内を荒らしまわった。このとき、六波羅探題が動員した兵力は在京の鎌倉御家人と四十八ヵ所の篝屋《かがりや》に詰める篝屋武士と呼ばれる御家人たちだった。篝屋武士は京都に常駐する代わりに大番役などを免除され、篝屋料所《りょうしょ》と呼ばれる所領を手当として与えられて京都市中の警固にあたっていた。指揮をしたのは六波羅北方探題、北条範貞《ほうじょうのりさだ》の被官人、小串範行と山本時綱《やまもとときつな》だった。

六波羅探題では、後醍醐天皇が九月二十三日に倒幕の決起の兵をあげるという情報を得ていた。北野祭当日の混雑で、六波羅の兵士が警備にあたるため、六波羅勢が手薄になる隙をねらって、

――帝のご謀反

が企まれているというのだ。

急襲した際、頼兼と国長は屋敷にはいなかった。だが、篝屋武士は、あたりを捜索していて、頼兼と国長がそれぞれ潜んでいた屋敷を探り当てた。頼兼が潜んでいた屋敷に篝屋武士が踏み込むと、頼兼は大薙刀をひっさげて出てきた。

「六波羅の手の者か。なぜ、わしを襲うぞ」

頼兼は大薙刀を構えて怒鳴った。これに対して、小串範行が太刀を抜き放ち、

「謀反の疑いである」

と大声で言った。頼兼は嗤った。

「何が謀反か。わしは帝の命をかしこまって承っただけだ。謀反というなら、六波羅こそが帝への謀反を企んでいるのだろう」

と大声を発すると大薙刀を振るった。だが、篝屋武士たちは頼兼が名門の血筋であることを斟酌《しんしゃく》せずに襲いかかり、たちまち惨殺した。一方、国長もまた隠れていた屋敷で篝屋武士によって誅殺された。

六波羅探題は、

——無礼講

の参加者についてはほぼ把握していた。『花園天皇宸記』によれば遊雅法師という僧侶が無礼講に加わった者の名を自ら書き記した紙を、落書として六波羅探題の門前に落としたという。さらに智暁という僧侶は禁裏に入り浸るように出入りし、武家とも交際していたから、無礼講に集まっていた者が誰なのかはことごとく六波羅に把握されていたのだ。

六波羅探題の手は公家の日野俊基と同族でやはり宋学（朱子学）を学び、後醍醐天皇の側近だった日野資朝にも及んだ。ふたりとも山伏に変装して東国をまわり、武士を訪ねていたのだ。

特に資朝は多治見国長に、

「鎌倉は政を行うべきではない。朝廷の威は盛んで鎌倉は下り坂である。わたしは帝から倒幕の勅命をすでに受けておりますぞ」

と放言していた。側近たちの捕縛が相次いだが、後醍醐天皇は動揺しなかった。祈願所で護摩を焚いて祈願を行った。護摩壇の炎が大きくなり、火の粉が散った。近臣がまわりで低頭すると後醍醐天皇は、

「関東に告文《こうもん》を出すぞ」

と毅然として言った。

「告文でございますか」

近臣の万里小路《までのこうじ》宣房が恐る恐る顔をあげて訊くと、後醍醐天皇は大きく頭を縦に振った。

「そうだ。鎌倉は戎夷《じゅうい》である。天下の政を行うなどあってはならぬことだ。そうであるのに朕に謀反の疑いがあるなどと称しているそうな。謀反とは何事ぞ。このこと鎌倉に糾さねばならぬ」

後醍醐天皇は憤りを露わに言った。

十月には日野俊基と資朝は鎌倉に送られ取り調べられた。後醍醐天皇は万里小路宣房を勅使として鎌倉に送った。告文は幕府への異心がないことを誓うものだとされた。だが、その内容は、関東を「夷」と呼び、幕府の天下支配を否定するものであった。しかも告文は漢文体の「詔」ではなく、和文体の「宣」でもなく宋朝の文章に似てい

た。

後醍醐天皇は、この国でもし謀反を企む者がいるのであれば、

――法にまかせて尋ね沙汰すべし

と強い調子で述べた。もし、後醍醐天皇が陰謀の主だというのであれば、誅伐してみろと開き直るかのようですらあった。宋学により、天子の徳によって天下は治められるべきだとして覇道の鎌倉幕府に天子を裁くことなどできない、と宣言したのである。

鎌倉幕府は後醍醐天皇の態度を苦々しく思ったが、あえて咎《とが》めなかった。ひとつには、日野俊基と資朝が、すべてを背負い、

「帝はご存じなきことである」

と言い張ったためだった。

翌年六月――

正成は京に出た。

鬼灯から、六波羅探題の追及が厳しくなっているので、隠匿している平家の宋銭を

河内に運んで欲しいと、京の情勢を探索していた鬼若を通じて言ってきたからだ。正成はすぐに正季と郎党十人、鬼若を連れて京に入った。昼下がりに鬼灯の染め物屋に入ると、店の板敷で無風が話していた。正季と郎党たちは土間に控えた。正季は土間の隅に置かれた宋銭が詰まった甕をじろじろと見ている。

「ご無沙汰でござった」

正成が板敷に座ってさりげなく挨拶すると、無風はにこりとした。

「やっと京に出てきてくれたな。やはり、銭の匂いをちらつかせねば悪党は動いてくれぬようだ」

「〈正中の変〉の巻き添えは食いたくないと思いましたが、義にもとりましたでしょうか」

正成は平然と訊いた。

「いや、無礼講での密議は粗漏に過ぎるとわたしも思っていた。六波羅探題に嗅ぎつけられるのは当たり前だった。多聞兵衛殿だけではない。赤松円心殿も姿を見せなくなった」

「それが悪党というものでございます。危ういと思えば避けます」

正成は平然と言った。鬼灯が笑いながら言葉を発した。

「まことにさようですが、銭を手に入れるためなら危ういことをするのをためらわないのも悪党でございますね。先日、赤松円心様が、いずれ平家の宋銭のありかを六波羅探題に嗅ぎつけられるゆえ、わしが預かろうと言われて、宋銭を詰め込んだ甕を運んでいかれました」

「ほう、赤松殿が――」

正成は円心の顔を思い浮かべた。無風は皮肉な笑みを浮かべて、

「赤松殿がそうなら、多聞兵衛殿も宋銭で動くと思い、京の様子を探っていた鬼若につなぎをつけさせたのだ」

「さようなことであろうと思いました。ということは、日野俊基様の処分が決まったのですな」

「そうだ、そのことを多聞兵衛殿に一刻も早く伝えたくてな」

「いかがなりました」

正成は表情を変えずに訊いた。

「俊基様は咎めなく間もなく京に戻られるが、資朝様は佐渡へ流される」

「流罪でございますか」

正成は眉をひそめた。

「資朝様は、多治見国長様に倒幕について口にされたゆえ、逃れようがなかったのだ」

「なるほど。それで、帝はどのように思し召しておられますか」

正成は無風をうかがい見た。

「鎌倉への告文では、決して気力は衰えておられないようだ。あくまで覇道の鎌倉を邪であるとし、天子である自らを正義であるとされているのではあるまいか」

正成はうなずいた。

「それならばいずれ帝の運は開けましょう」

「さように思われるか」

無風は息を呑んだ。正成は自信ありげにうなずく。

「正義が邪に勝たぬわけはありますまい」

無風が頭を縦に振ったとき、染め物屋の表から、

「六波羅探題のお調べである」

と声がした。鬼灯が、土間の正季たちに、

「奥へ隠れてください」

と声をかけた。正季たちはあわてて板敷にあがり、奥へ進んだ。しかし、正成は無風と対座したまま動こうとはしなかった。店の土間に烏帽子をかぶった武士たちが入ってくる。店の外にも七、八人の武士が立っている。頭巾をかぶった大柄な武士が指図しているようだ。

先頭に立った髭面の武士が、

「この店には平家の宋銭が隠されていると聞いたぞ。疾く引き渡せ――」

と怒鳴った。正成は、はっは、と笑った。髭面の武士が正成を睨んだ。

「何がおかしい」

「六波羅探題の篝屋武士はもう少し行儀の良いものだ。お主たちは悪党の臭いがする」

「なんだと」

髭面の武士がたじろぎ、土間の武士たちもいっせいに身構えた。

正成は太刀を手にゆっくりと立ち上がる。

「まことの篝屋武士なら悪党だと言われても驚きもすまい。うろたえることこそ、悪党である証しだ」

髭面の武士がわめいた。

「何を言うか。われらは篝屋武士だ」

正成は笑った。

「似合わぬな」

髭面の武士は太刀に手をかけて身構えた。

「おのれ、許さぬぞ」

「わたしは河内の悪党、楠木多聞兵衛である。斬るというなら相手をするが、それでよろしゅうござるのか、外におる頭巾のおひと――」

正成に呼びかけられて頭巾の武士はずいと土間に入ってきた。

「わしを呼んだか」

正成は武士を見据えて、ひややかな笑みを浮かべた。

「呼びましたとも、赤松円心殿——」

武士は、からからと笑った。

頭巾をとると、脂ぎった赤松円心の顔が現れた。

「せっかく、六波羅の名を騙って宋銭をひと目につかぬところに隠してやろうと思ったのだ。邪魔立てしてもらっては困るな」

「さようではございますまい。鬼灯がそれがしに宋銭を引き渡そうとしていると聞きつけ、その前にわが物にしたいと思われたのでしょう」

正成に言われて、円心はにやりとした。

「たしかにそうだが、お主も〈正中の変〉にて帝の企てが潰えたことは存じておろう。もはや、この宋銭は倒幕の役には立たぬ。それならば手にした者の物ではないのか」

「しかし、帝はまだ企てをあきらめてはおられますまい」

「無礼講での密議はすべて知られておった。あのように粗漏ではこれから何度、企てられようと同じことだ」

円心は嗤った。

「たしかにいままでの公家衆と鎌倉に不満を持つ御家人だけでは鎌倉を討つことはかなわぬでしょう。されど、われら悪党が力を貸せば天下を覆せるのではありませぬか」

大きく首を振った円心は、

「それも夢だな。わしは夢よりも目の前の銭が大事だ」

円心は武士たちに、宋銭を持っていけ、と命じた。武士たちが甕に手をかけると、正成は、

――正季
と声をかけた。正季が郎党たちとともに奥から走り出てきた。

「赤松殿は目先の欲に目が眩んで先が見えぬようだ。それも宋銭があってのことゆえ、われらがもらい受け、赤松殿の目を覚まして進ぜる」

正成の言葉を聞いて円心はかっと目を見開いた。

「わしの邪魔は許さぬ。こうなれば腕ずくで奪うだけだ」

円心の言葉に正季が目を輝かせて、

「楠木の力を見せてやるぞ」

と怒鳴って太刀を抜いた。その瞬間、
どーん、
落雷の音が響いた。さらに激しい雨が降り出す。たちまち大豪雨になった。店の外

が真っ白になったかと思うと、路上からあふれた雨水が土間まで流れ込んできた。

「なんだ、この雨は──」

瞬く間に脛まで水につかった円心はうろたえた。その間にも稲妻は光り、耳を裂くような雷鳴は響き渡った。外は不気味な暗黒となった。

呆然とした円心に正成は言った。

「赤松殿、天変地異は政が正しからず、世が覆る兆しでございますぞ。帝の謀反は世を動かすに相違なし」

円心は正成を振り向いた。

陽射しが翳り、正成は影にしか見えない。それだけに天下の騒乱を告げる正成の言葉は禍々しく聞こえた。

この日の大豪雨で京都市中だけでなく、大きな被害が出た。

比叡山無動寺の堂舎十七宇が流失し、坂本の人家もことごとく濁流に流された。翌日、豪雨により起きた濁流にのまれ、泥土《でいど》の中から掘り起こされた死者は五百人に及んだ。

まさに天下の不吉な行末を告げる災害だった。

十六

正中《しょうちゅう》二年（一三二五）十月二十一日、京を大地震が襲った。揺れは夜にかけてやや小さくなったが、真夜中に二度も大きな揺れが来た。さらにその後も余震は続いて連日、地面が揺れた。

この地震の最中、京の上空では連夜、流星が怪しい光を放って飛んだ。

河内にいた正成は鬼若の報せで京の様子を聞くと、

（兵乱の時が迫っている）

と思った。

この年、六月に京に出た正成が赤松円心と宋銭を争ったおり、大雨となって京の町に大きな被害が出た。

正成は鬼灯から宋銭を譲り受け、河内に運んだ。しかし、〈正中の変〉の翌年に天変地異が起きるのは天下が覆る兆しに違いないと思った。

鬼若から京の様子を聞き終えた正成は正季を呼んだ。間もなく正季がやってくると、正成は、

「京に上るぞ」

と告げた。

正季は目を丸くした。京には四ヵ月前に行ったばかりである。これほど、頻繁に上洛するのはかつてないことだった。

「どうしたのだ。また、宋銭が手に入るのか」

宋銭の大半は正季が預かって隠匿しているだけに目を光らせた。

「まさか、さようなことはない。京では大地震が起きた。おそらく兵乱の兆しだろう。それを見に行く」

「兵乱の兆しを見るとはどういうことだ」

正季は眉をひそめた。

「〈正中の変〉では六波羅にしてやられたが、帝は挫《くじ》けてはいない。この地震を天意であると見て決起するであろう。それを見に行く」

「では帝に呼応して起《た》つというのか」

正季は緊張した表情になった。

正成は頭を振った。

「まだだ。戦の成り行きを見定めねばならぬ。なにより帝のお覚悟のほどもな」

「帝のお覚悟とは何じゃ」

「〈正中の変〉では、日野俊基様たちに罪を負わせたまま、帝は逃げ切られた。同じように決起したのはよいが、帝に逃げられてはどうにもならぬゆえ、帝のお覚悟をたしかめたいのだ」

正成はきっぱりと言った。正季は顔をしかめた。

「帝のお覚悟をたしかめるなど、不遜ではないのか」

正成は笑った。

「暴れ者の正季らしくもなく、殊勝なことを言う。これは戦なのだ。勝つ戦を心掛けるのが悪党ではないか」

「なるほど、そう言えばそうだな」

正季がうなずくと、正成は、ならば、さっさと支度をいたせ、と告げた。

三日後――

正成は正季、鬼若とともに京に入ると、地震見舞いということで俊基の屋敷を訪れた。

〈正中の変〉で捕らわれ、鎌倉に送られた俊基は、このころ許されて京に戻っていたが、六波羅探題の目を憚って外出や公家たちとの交際をひかえていた。

正成が訪いを告げると、玄関に無風が出てきた。

「そろそろ出てくるころであろう、と思っていたぞ」

正成は頭を下げて訊ねた。

「日野様はご無事でございますか」

無風はうなずいて、

「拝謁して直にうかがうがよい」

と言った。正成が正季とともに無風に案内されて奥へ行くと、烏帽子、直衣姿の俊基がふたりの僧侶と話していた。

正成が隅に控えると俊基は、話していた相手を意識するのか、

──楠木、近う寄れ
といままでにない権高な言い方をした。

正成はひたすら恐れ入る風で平伏して見せた後、するすると俊基に近づいた。

俊基は正成が慎み深く振る舞うのを見て、ほっとした表情になった。

「こちらは、帝のご信任厚い、文観《もんかん》殿じゃ」

と僧侶を紹介した。だが、もうひとり十七、八歳の若い僧侶については何も言わない。

無視しているのではなく、畏《おそ》れ憚ってのことのようだった。

文観は才槌《さいづち》頭でくぼんだ目が鋭く、あごが張ったいかつい顔をしている。後醍醐天皇の側近ともいうべき真言僧として知られていた。

俊基が、宋学（朱子学）の素養によって仕えているとすれば、文観は真言密教の呪法を後醍醐天皇に伝えていた。この年、四十八歳。

大和竹林寺長老であり、醍醐寺報恩院道順から伝法灌頂《でんぽうかんじょう》を受けた。

昨年、藤原兼光を施主とする大和般若寺文殊菩薩像造立に関わった。この際、

――金輪聖主
の御願成就を祈願したという。金輪聖主とは、天子のことであり、文観はひそかに後醍醐天皇の倒幕が成功するよう祈願したのだという。

一方、文観は男女の交合の力を呪法に取り入れ、邪教ともされる真言宗立川流の大成者であるとも言われていた。後醍醐天皇が無礼講で護摩を焚き、倒幕祈願を行ったのは、文観の影響によるのだ。

正成は平伏して、

「楠木多聞兵衛でございます」

と挨拶した。文観はじっと正成を見つめて、

「倒幕の兵をいつ挙げるつもりじゃ」

と寂びた声で訊いた。

正成は顔を上げ、文観を見据えて、

「天意いたりますれば」

と答えた。文観はいかつい顔に薄い笑いを浮かべた。

「天意は常に天子様に下っておる。帝の意こそが天意である。そのことを知らぬとは愚かに過ぎるぞ」

蔑むような文観の言葉にも正成は顔色を変えなかった。

「天意は常に帝にある。まさにその通りでございましょう。ですがお訊ねいたしたいことがございますが、よろしゅうございますか」

「なんなりと訊け、答えてやろう」

文観は傲然として言った。

ならば、お訊きします、と言って、正成はおもむろに口を開いた。

「されば、帝に天意は下りましょうが、源平争乱のおり、壇ノ浦で平家とともに入水された安徳天皇は年少とはいえ、三種の神器を持たれた真の帝でございました。安徳天皇に下った天意とは亡ぶべしということだったのでございましょうか」

正成が厳しい口調で問うと文観はにやりと笑った。

「天意がどこにあるか見定めねばわからぬというのだな。帝を信じぬとは天を恐れぬことだぞ」

「天は恐れております。ただ、わたしは虚妄の天に欺《あざむ》かれたくはないと思っているだけでございます」

文観は目を光らせた。

「わしが焚く護摩には金輪聖主が降臨される。金輪聖主のお姿を見れば、帝がまことの天子であり、天意が下ったことをいかに頑迷なそなたでも得心するであろう」

文観に言われて、正成はちらりと無風を見た。帝の側近である文観に言葉を返していいのだろうか、と思ったのだ。

無風は黙ってうなずいて見せた。正成はひややかに言葉を発した。

「それがしは悪党でございます。此度の地震は兵乱の兆しであろうと思って京に出て参りました。いまのお話をうかがえば、帝が天意によって起たれるとのこと、われらは帝から発せられる天意に従いましょう」

「それは帝が起てば、起つということか」

文観は戸惑ったように言った。

「われらは天意に沿うばかりにございます」

正成はゆっくりと手をつかえ、頭を下げた。

文観は眉をひそめてそんな正成を見つめていたが、不意に合掌して、経を唱え始めた。やがて文観から異様な気が発せられたとき、正成はかたわらに置いていた太刀に手をかけて引き抜いた。

白刃が光った。文観は額に汗を浮かべ、経を唱えるのを止めた。

「ご無礼、仕りました」

正成は静かに太刀を鞘に納めた。その様には意思に反して正成を動かそうとする者を断じて許さない、という気魄が漂っていた。

文観は恐ろしいもののように正成を見つめた。

ははは、と声をあげて若い僧が笑った。

「文観、そなたの負けじゃ」

若い僧が面白げにひと言発すると、文観だけでなく俊基や無風も低頭した。

「楠木とやら、そなたはまことに面白いな」

清涼な声で若い僧は言った。正成は威に打たれて思わず手をつかえた。若い僧は、にこやかな表情で、

「わたしは尊雲《そんうん》という。三千院におる」

と言った。三千院と聞いて、正成は緊張した。

尊雲は後醍醐天皇の皇子で幼少のころより、利発聡明であったとされるが、六歳のとき、天台宗三門跡の一つである梶井門跡三千院に入った。今年、梶井門跡を継いだはずである。

後に大塔宮《だいとうのみや》とも呼ばれ、後醍醐天皇が倒幕の兵を挙げると、還俗し、自ら兵を率いて戦い、武功をあげた護良親王《もりよししんのう》である。

貴種らしくととのった色白の容貌だが、体は引き締まっており、日ごろから鍛錬していることをうかがわせた。

「下々の分際にて聖上のことを申し上げました。恐れ入ってございます」

正成は尊雲の前で安徳天皇について口にしたことを詫びた。

「何も恐れ入らずともよい。そなたの申す通り、たとえ天子の身であろうとも、天意はいついかなるときに下りるかわからぬ。それを過たず、受け止めてこその天子であろう」

尊雲の言葉にはためらいがなく明晰だった。

（この方は優れた将器をお持ちだ）

正成はひそかに感嘆した。

「ところで、そなたに訊きたいことがあるが、よいか」

尊雲は朗らかな口調で言った。

「なんなりとお答えいたしまする」

平伏した正成を尊雲は澄んだ目で見つめた。

「鎌倉との戦になったとき、いかに戦ったらよいのだ」

正成はわずかに顔をあげてちらりと尊雲の顔を見た。

尊雲の額に叡智の輝きがあるのを見て言葉を継いだ。

「鎌倉の坂東武者は平地での弓矢をとっての戦いを得意といたしております。されば、平地で戦ってはなりません。山に籠り迎え撃つが上策でございます。さらに申せば、お味方は一ヵ所に集まらず、各地に散って鎌倉勢を引き受け、決して鎌倉勢を大軍にさせぬことかと存じます。さすれば、矢、兵糧が尽きて鎌倉勢は引き揚げねばならなくなりましょう。そこを襲えば、お味方の勝利は間違いございますまい」

正成はきっぱりと言い切った。

尊雲は満足げに大きく頭を縦に振った。

「そうか、これで、倒幕の戦に勝ちが見えたぞ。楠木、そなたのいまの言葉こそが天意であろうとわたしは思うぞ」

尊雲に言われて、正成は頭を下げつつ、

(この方こそが兵乱の兆しであったな)

と思った。

この年、京の地震は十二月まで続き、京のひとびとを不安にさせた。

後醍醐天皇が決起する、

——元弘《げんこう》の乱

が近づいていた。

二年後――

後醍醐天皇は尊雲を天台座主として比叡山に送り込んだ。

元徳《げんとく》二年（一三三〇）三月、奈良に行幸した後醍醐天皇は東大寺、興福寺へ奉幣《ほうへい》し、さらに比叡山にのぼって大講堂の落慶供養を行った。導師は、妙法院尊澄《そんちょう》（後に還俗して宗良《むねなが》親王）、呪願師は座主の尊雲だった。ふたりとも後醍醐天皇の皇子であり、天皇と皇子がそろって姿を見せたのである。

南都北嶺の僧兵は京に最も近い武力集団であり、後醍醐天皇は挙兵に向けて僧兵を味方につけようとしていた。この年、花園上皇は量仁《かずひと》皇太子に与えた書で、

――今ノ時、未ダ大乱ニ及バズト雖ドモ、乱ノ勢萌スコト已ニ久シ

と記した。

いまだ乱は起きていなくても、間もなく起きるに違いない、というのだ。

元弘元年（一三三一）四月二十九日、後醍醐天皇の側近、前権大納言、吉田定房が六波羅探題に後醍醐天皇の倒幕計画を密告した。

鎌倉幕府は長崎高貞を上洛させて日野俊基や文観らを捕縛した。

幕府は今回の後醍醐天皇の動きは不問に付すわけにはいかないとして禁裏へも手を伸ばそうとした。これを察知した後醍醐天皇は八月二十四日に京を出て笠置山《かさぎやま》に籠った。笠置山が河内、大和、伊賀から兵を集めるのに適していたからだ。

かくして、〈元弘の乱〉の火ぶたが切られた。

十七

元弘元年八月——

後醍醐天皇が笠置に籠ったことは各地に伝わった。すると次々に近郷の武士たちが馳せ参じた。

——笠置殿には大和、河内、伊賀、伊勢などより、兵ども参りつどふ

と『増鏡』にある。だが、楠木正成の姿はなかった。後醍醐天皇は御座所で眉を曇らせて、

「なぜ、楠木は参らぬのだ」

と口にした。標高二八八メートルの笠置山にはおよそ三千の兵が集まった。しかし、集まった武士たちに名だたる者はおらず、頼りにしていた正成の姿がないことが後醍醐天皇を不安にさせていた。

正成はこれより少し前に和泉国若松荘の臨川寺《りんせんじ》の寺領に乱入するという事件を起こ

していた。

この寺領については後醍醐天皇の側近である僧の道祐が所有権を主張して朝廷に訴え、認められた。これに対して、臨川寺はあらためて後醍醐天皇に願い出て寺領であるとの綸旨《りんじ》をもらった。ところが、そこへ正成が兵を率いて現れ、寺領を実力で押さえてしまったのだ。驚く臨川寺の僧は、

「帝の綸旨にて認められた寺領であるぞ」

と正成に掛け合った。だが、正成は、

「綸旨は、綸旨だ。わたしは帝のお役に立てるために寺領を預かるのだ。何の不都合があろうか」

とはねつけた。このことを聞いた後醍醐天皇は、正成がいざという時、決起するための軍資金を寺領から得ようとしているのだ、と考えて不問に付した。

それなのに、正成がいまなお笠置に姿を見せないのが不審だった。

あるいは道祐が後醍醐天皇の側近であることに目をつけて、巧みに臨川寺領を横領したのではあるまいか。

（あの男、朕をだましたのかもしれぬ）

後醍醐天皇は苛立った。

御座所に集まった近臣たちがいずれも沈黙する中、後醍醐天皇は末座の無風に目を

向けて、

「無風、そなたが楠木を呼んで参れ。朕が呼んでおると聞けば、よもや来ぬことはあるまいほどにな」

と言った。無風は頭を下げて、

「仰せ、承ってございます」

と答えると、すぐさま座を立った。一礼して出ていく無風を見送りながら、後醍醐天皇は、

「楠木め、さっそくに駆け付けぬとは忠誠のほどが疑われようぞ」

と苛立たしげにつぶやいた。

『太平記』では、笠置に籠った後醍醐天皇が夢の中で日光、月光菩薩の化身により、「木」と「南」という言葉を示され、これを、

――楠
という文字であると解釈し、近隣に「楠」と名のる武士がいないか、と訊ねたところ、河内国金剛山の麓に、

――楠木多聞兵衛正成
という武士がいることがわかった。このため、さっそく勅使を遣わして召し出したところ、正成が颯爽《さっそう》と現れたと伝えている。

正成はこの後、はなやかな伝説に彩られていくのである。

無風はこの日、夜中に楠木館に着いた。

正成は正遠入道、正季とともに無風に会った。かたわらには家臣の恩地左近《おんちさこん》を控えさせていた。左近は河内の豪族のひとりで恩智神社の祠官《しかん》でもある。

まだ二十代だが、近頃、正成に従うようになり、近侍している。色白の秀麗な容貌で兵術に長けていた。正成の没後、『軍用秘術聴書』『楠兵記』などの楠木流兵法の伝書を遺すことになる男だ。

無風は正成がひとりで会おうとしなかったことに戸惑いを感じつつ、

「帝がお待ちだ。多聞兵衛殿は真っ先に駆け付けると思っておりましたぞ」

と言った。正成は笑った。

「それがしが真っ先に駆け付ければ、来ぬ者も出て参りましょう」

「来ぬ者とは？」

無風は首をかしげた。

「たとえば赤松円心殿――」

「なるほど、そうかもしれぬが、笠置の帝は誰よりも多聞兵衛殿を頼みとしておられる。お応えするのが忠臣の道であろう」

無風が言うと、正成はうなずきながらも、

「それがしの忠誠の道と帝がお考えの忠臣とは少し違うかもしれませんな」

とつぶやいた。

「何と――」

無風は目を険しくした。正成はにこりとして、

「それがしは正しきをなさんとして帝にお味方いたす。帝は自らの正しさを信じておられましょう。それぞれが正しき限りにおいては何の食い違いもござらぬ」

とだけ言った。無風は不気味なものの様に、正成を見たが、すぐに気を取り直した。

「では、笠置へはいつ来てくれるのだ」

正成は正遠入道と正季の顔をちらりと見てから、

「さっそくに参りましょう」

と答えた。

「おう、来てくれるか」

無風が喜ぶと、正成は冷静な口調で言った。

「笠置は六波羅の手勢が迫っております。間もなく落ちましょう。その前に行かねば帝に拝謁願えませぬから――」

「笠置は落ちるというのか」

無風は息を呑んだ。

「帝は山の戦をご存じない。山そのものを武器としない限り、何度、山に籠ろうとも落とされます」

「そういうものか」

「さよう、百敗した後、一勝を得る。その戦法をお伝えせねばなりますまい」

正成は目を鋭くして言った。

正成は左近だけをともに騎馬で笠置に向かった。途中で馬を降り、下人を待たせると無風に先導されて峻険な山道を登った。左近が、

「六波羅勢もこの山を攻め落とすのは難儀いたすのではございませんか」

と正成に訊いた。

「戦い方しだいよ。何の工夫もなく山に登れば、最初から追い詰められているのと同様だ。防ぎきる前に恐れが先立って、兵は逃げていく。山に籠れば負けぬと兵が思う戦をしなければならぬ」

正成の言葉をひとつひとつ左近は耳に留めた。やがて山頂近くの行在所に着くと警護の武士たちが、

「河内の楠木が来たぞ」

「名うての悪党ではないか」

「まことに帝のお味方となるであろうか」

と囁きかわし、好奇心の籠った目で正成を見つめた。正成は階を上がって行在所に入り、御簾《みす》の前で平伏した。

後醍醐天皇の側近、万里小路藤房《までのこうじふじふさ》が、

「いかなる謀《はかりごと》をめぐらして、勝利を一時に決し、泰平を四海に致さるべきか、所存を申してみよ」

と横柄に述べた。正成は平伏したまま、

「東夷（鎌倉幕府）の大逆、天の咎めを招き候上からは、天誅をいたされるに何の仔細がございましょうか。されど東夷を倒すには武力と智謀のふたつが欠かせませぬ」

と謀無くしては鎌倉は倒せないと言上した。また、合戦に勝敗はつきものだから、いったんの敗戦に気落ちしてはならないと説き、さらに後に有名になる次のような言葉を発したという。

――正成一人未だ生きて有りと聞こし召され候はば、聖運遂に開かる可しと、思し召され候へ
たとえ、敗戦が続いても正成が生きていれば、後醍醐天皇の運は開かれるであろう、というこれ以上はないほどの大言壮語だった。

後醍醐天皇は御簾を上げさせて、

「聞いたぞ。聞いたぞ――」

と正成に呼びかけ、さらに、

「いまの言葉に相違なきや」

とたしかめた。正成はためらうことなく大音声で答えた。

「相違ございません」

後醍醐天皇の側近たちも、

――おお
と感嘆の声を上げる中、正成はするすると退出した。そして階の下にいた無風に、

「これより、赤坂に立ち戻り、兵を挙げます」

と告げた。

「そうか、これで、帝のご運も開けるな」

無風が言うと、正成はゆっくりと頭を振った。

「いや、戦となれば、地獄の扉が開いたも同然でござる。いかなる魑魅魍魎《ちみもうりょう》が現れるかわかりませんぞ。帝はこれから地獄の苦しみを味わうことになりましょう」

正成はからからと笑って、山上から降りる山道へと向かった。その後に左近が興奮した面持ちで従っていく。

九月になって、六波羅探題は七万の兵をかき集めて笠置山を囲んだ。後醍醐天皇の兵はわずかに三千だった。だが、足助重範《あすけしげのり》らが奮戦して六波羅勢を悩ませ、容易に落ちなかった。このころ、正成は赤坂に城を築き、笠置山が落ちれば後醍醐天皇を迎え入れようと考えていた。

そんな赤坂の城にある夜、顔を布で隠し、身分ありげな僧を守った一行が訪れた。

正成が会ってみると、布をはずした顔は、

——尊雲

だった。正成が驚くと、尊雲は闊達《かったつ》に笑った。

「笠置山に入ろうかと思ったが、すでに六波羅の大軍に囲まれ蟻の這い出る隙間もない。それゆえ、ここに参った」

さらに、還俗して、

——護良親王

となるのだ、と気軽な調子で言った。

正成は拝跪《はいき》し、

「六波羅勢は大軍でございます。山戦の備えがない笠置山は間もなく落ちましょう。そのおりは帝をお迎えいたしたいと思っております。おそれながら、父子そろっての戦をしていただくことになりましょう」

と言上した。護良親王は大きくうなずいた。

「望むところだ」

凜乎とした護良親王の声を聞いて、正成はにこりとした。

(護良親王様は、戦ができるようだ)

後醍醐天皇にとっては頼もしい親王だ、と正成は思った。


九月十一日――

正成は下赤坂城で兵を挙げた。籠った兵は五百余騎に過ぎなかったが、峻険な要害で鎌倉勢を待ち受ける気魄は横溢《おういつ》していた。一方、鎌倉では、北条高時が、後醍醐天皇の挙兵に激昂していた。これまで、内管領の長崎高資にすべてをまかせていた高時だったが、

「帝に謀反を許すとはなんたる失態じゃ」

と叱責すると、大仏貞直《おさらぎさだなお》ら北条一門と足利高氏(又太郎)ら有力御家人に二十万八千騎をつけて関東から笠置山に向かわせた。高資が驚いて、

「六波羅探題の手勢だけでも笠置山は落とせましょう」

と言うと、高時は顔をゆがめた。

「わからぬのか」

高資はかつて見たことのない高時の表情に目を瞠った。そこには田楽と闘犬に熱中し、遊蕩にふけった高時はいなかった。

「われらは、どうあっても帝を討ち取るわけにはいかぬのだぞ。そうであるからには、たとえ笠置山は落としても帝は逃げ走り、あらゆるところに火をつけてまわる。鎌倉に不満を抱く御家人や悪党どもがこれを機会に蜂起しようとするだろう。そうさせぬためには大軍で押しつぶすしかないのだ」

高時は吐き捨てるように言った。

関東から上方へ攻め上るべし、との通達を受けて、足利高氏は、

——ほう、ほう
と嘆声を上げた。家臣が戸惑って、

「いかがなされましたか」

と訊くと、高氏はにこりとした。

「わたしはどうも人一倍、運の良い男のようだ。何もしておらぬのに、道が開けていくぞ」

と言った。家臣はあたりをうかがいつつ訊いた。

「道が開けるとはいかがなことでございましょうか」

高氏はいたずらっぽい目で家臣を見た。

「わからぬのか。足利の世が開けるのだ」

家臣があっと驚いたときには、高氏は平然として、

「鎌倉殿の下知である。ただちに出兵の支度をいたせ」

と威厳を込めて命じた。

九月二十八日夜――

笠置山を囲んでいた六波羅勢は攻めあぐねたことから、わずかな兵で夜討ちをかけ、火を放った。隙を突かれた笠置山は陥落、後醍醐天皇は落ち延びる途中、山城国の武士、深須五郎らによって捕らえられ、十月四日に六波羅探題に送られた。

関東から上方に上った大軍は正成が籠る下赤坂城に向かうことになったのである。

十八

正成は館の上にそびえる赤坂山に下赤坂城を構え、五百余騎で籠った。

九月十一日のことである。

正成の蜂起は六波羅勢に衝撃を与えた。九年前、正成は紀伊国の保田荘司、大和国の越智四郎らを討ち取って勇名をはせていた。

このころ、後醍醐天皇が籠る笠置山に北条高時は大仏貞直らを大将として二十万八千騎を向かわせていた。かつて後鳥羽上皇が倒幕に向けて決起した、

――承久の変

以来の大軍だった。鎌倉は後醍醐天皇の決起を侮ってはおらず、全力で叩き潰そうとしていたのだ。

だが、この大軍が到着する前に笠置山は落ちた。このため、鎌倉勢は正成が籠る下赤坂城を目指すことになった。

河内の小城に天下の大軍が押し寄せることになったのである。

鎌倉軍は大仏貞直率いる軍勢が宇治から大和へいたる大和道を、金沢貞冬《かねざわさだふゆ》の軍勢が石清水八幡宮から生駒山麓を南下して讃良路を、江馬《えま》越前入道の一手は山崎から天王寺に至る道を、そして、

――足利高氏

が率いる軍勢は伊賀路を西に進んでいた。高氏は馬に揺られながら、従う家臣に、

「のう、楠木某とやらは、なぜ決起いたしたのかな。すでに帝は笠置から落ちられ、捕らわれた。四、五百の小勢で城に籠ってどうするつもりであろうか」

「さて、もはや恐ろしさに智慧の鏡も曇り果てたということかもしれませんな」

家臣がのんびり言うと、高氏は考え込んだ。

「智慧の鏡か。なるほどな、楠木にはわれらが思いもよらぬ運気の流れが見えておるのかもしれぬな」

「まさか、さような」

家臣はおかしげに笑った。高氏はそれにとりあわず、馬を進めつつ、自分が得体の知れない、巨大な龍に近づきつつあるのではないか、という気がした。

(用心することだな、用心——)

高氏は胸の中でつぶやいた。

近年、鎌倉の威勢は衰えが見える。帝が決起したのも、それを見てとってのことだろう。それを鎮圧するため鎌倉から二十万を超す大軍を発したが、

(大軍過ぎたな)

と高氏は思っていた。帝がどれほど兵を集めたといっても僧兵や悪党をかき集めて数千がいいところだろう。

数万の坂東武者が攻めかかれば、あっという間だと鎌倉勢は自信を持ち、それだけに油断し、士気は緩んでいる。高氏自身、途中の宿では兵たちに酒を許し、遊女の類が近づくのも許してきた。

足利勢の遊蕩しつつの行軍はいつしか他の鎌倉勢にも伝わった。

(とても戦ができる軍勢ではないぞ)

高氏は自分のしてきたことながら、おかしく思ってくすくす笑ったりした。あくまで劣勢の後醍醐天皇に味方するつもりはないが、鎌倉勢の力が弱まれば、北条の力が衰え、足利の重みが増すだろう。

その先に何があるか。

(行ってみねばわからぬ)

高氏は悠然と馬を打たせていく。決して先を急ぐつもりはなかった。

鎌倉勢は石川河原に到着すると下赤坂城を遠望することができた。にわか造りの城で深い壕も掘っておらず、わずかに塀一重をめぐらしたぐらいで大きさは数百メートル四方だった。

内側には櫓が二、三十もあるが、精々、矢を射かけることができるぐらいだろう。東側だけは山田の畔がせりあがって攻め難いが、そのほか、北、南、西の三方は平地で城に容易に近づくことができる。盾をかかげて、塀まで迫れば、そのまま城中に乱入できると見えた。

鎌倉勢からは、

――あな哀れの敵の有様や

と声が上がった。鎌倉勢は笑い合い、

――これでは一日も持つまいよ。いざや分捕り高名して恩賞に与ろう
と陣立てもなく、大軍を頼みにそれぞれがてんでばらばらに攻めかかった。ところがその時、山陰から二手の軍勢が攻めかかった。

正季と恩地左近が率いる軍勢だった。城兵ではなく近辺の野伏をかきあつめた軍勢だった。城のまわりが平地であることを生かして馬を駆け巡らせ、鎌倉勢を蹴散らした。鎌倉勢は予想しなかった新手に驚いた。

「伏勢だ。迎え撃て」

鎌倉勢の将が怒号したが、騎馬が駆けまわると軍兵は四分五裂した。さらに下赤坂城の城門がさっと開くと、

――楠木多聞兵衛である
正成が騎馬で兵を率いて討って出た。混乱していた鎌倉勢はたまらず潰走した。それを見定めた正成は器用に兵を引き揚げた。

正成が城兵だけでなく近郷の野伏まで使うらしいことは鎌倉勢を困惑させた。正規

軍ではなく、いわばゲリラだけにどこから襲いかかられるかわからないからだ。
『太平記』によれば、寄せ手は、
――後詰のなき様に、山を苅廻り、家を焼き払うて、心易く城を責むべきなんど
としてあたりの山を刈り払い、民家を焼いてゲリラ掃討作戦を行おうと考えたよう
だが、さすがにできかねた。
翌日――
態勢を立て直した鎌倉勢は用心しつつ城に攻め寄った。持盾をかついで近寄り、塀
にとりついた時、塀が倒れ落ちた。見せかけて作られた、
――釣り塀
だった。
「おのれ、小細工を」
塀の下敷きになった鎌倉勢が這い出てくると、城兵が塀から身を乗り出し、
「お疲れ様じゃ。茶を進ぜよう」
と怒鳴って、桶や柄杓で熱湯を振りかけた。盾や胴巻きなどで身をおおっていても

熱湯は兜の天辺や綿がみの間から注いだ。

——うわっ

攻め寄せた兵たちが悲鳴を上げるのと同時に丸太や石が塀から投げ落とされた。その下敷きになって倒れる兵たちに向かって櫓から矢が射かけられ、さらに礫が飛んだ。殺傷力のある礫が霰《あられ》のように飛んでくると、

——退け

鎌倉勢から声が上がった。

それと同時に、城から外へ掘られている抜け道を通った楠木勢が湧き出るように現れて攻めかかり、鎌倉勢はまたもや壊乱した。

鎌倉勢は数日にわたって攻撃を仕掛け、その都度、手痛い目にあったが、城兵にもしだいに疲れの色が見えてきた。

急ごしらえの城だけに兵糧の蓄えが少なく、大軍の鎌倉勢が昼夜を分かたず攻め寄せると退けはするものの、寝ることもままならなくなったからだ。

このころになると、正成は左近に命じて倒した鎌倉兵の亡骸を城内に運び込ませた。

正季が訝って、

「兄者、どうするつもりだ。まさか、兵糧代わりに鎌倉勢の亡骸を食うつもりではあるまいな」

「まさか、いくら悪党でもそんなことはせぬ。城を落ちるときの用意だ」

正成の言葉に正季は顔を輝かせた。

「おう、ようやく城から出られるのか。大軍相手の戦に飽き飽きしていたところだ」

「そうであろう。いったん、退いて、あらためて鎌倉勢に目に物見せてやらねばな」

正成は相変わらず、色白で疲れも見せぬ顔でうなずいた。

城中に大きな穴を掘らせ、鎌倉勢の亡骸を放り込ませた正成は、尊雲の御座所に向かった。

武具に身を固めた尊雲は正成が来ると、

「城を落ちる支度はととのったか」

と声をかけた。

「ととのいましてございます」

「しかし、この城は二十万の鎌倉勢に囲まれ、蟻の這い出る隙間もあるまい。どうするのだ」

尊雲は正成を怜悧な目で見つめた。

「ここは河内でございます。山野はことごとくわが味方にございますれば、鎌倉勢がいかに立ち並ぼうとも木偶《でく》人形と同様にございます」

「木偶か」

尊雲はからりと笑ってから言葉を継いだ。

「しかし、城を落ちてからいかがいたすのだ」

「鎌倉勢はわれらが山野に隠れたと思いましょうが、その隙をついて京に潜みます」

「京へ？」

尊雲は正成の大胆な言葉に目を瞠った。

「京には平家官女の流れを汲む、鬼灯なる女がおります。この者の手づるにて各地の悪党と通じ、さらには笠置を落ちられた帝を助け参らせ、そのうえにて再び蜂起いたします」

「そうか、やはり倒幕をあきらめてはおらぬのだな」

「それがしはすでに弓弦から放たれた矢でございます。鎌倉を討たずして止むことはございません」

正成がきっぱり言うと尊雲も深々とうなずいた。

「よし、わたしもそなたと同様だ。鎌倉を討たずして止まることはないぞ」

尊雲は愉快そうに笑った。

十月二十一日——

朝から雨が降っていた。

夕方になってやや小降りになったかと思うと、陽が落ちてから下赤坂城に火の手が上がった。

攻囲していた鎌倉勢から、

「やっ、城に火をかけたぞ」

「落ちようとしているのだ」

「逃すな」

と声が上がった。鎌倉勢が城に駆け寄ると、まわりの闇の中から礫が飛んできた。

「持盾で防げ」

「またしても罠だぞ」

鎌倉勢が右往左往する間にやがて夜が明けた。城は焼け落ちて静まり返った。恐る恐る、城に入った鎌倉勢は城内の穴に武具をはぎとられた兵の亡骸がうずたかく積まれているのを見た。

「奴ら、われらの兵になりすまして逃げたのだ」

将のひとりが歯噛みした。しかし、すでに山野に散った楠木勢を追う術はなかった。

正成が下赤坂城で鎌倉の大軍を引き受けて剽悍《ひょうかん》に戦い、しかも見事に逃げおおせたことは都のひとびとを驚かせ、恐れさせた。

このことは、笠置が落ちた後、六波羅探題に囚われた後醍醐天皇の耳にも達した。六波羅勢に囚われたとき、後醍醐天皇は、冠を落とし、髻《もとどり》は切れて乱髪となり、小袖一枚、帷子一枚というみじめな姿だったという。

このころ、朝廷では花園上皇の院宣により、持明院統《じみょういんとう》の量仁《かずひと》親王が、天皇の位についた。光厳《こうごん》天皇である。

囚われた後醍醐天皇は神器の引き渡しを求められたが、これを拒んだ。さらに、公卿たちが面会に訪れると、

「この間のことはすべて、天魔の仕業であるから、さよう心得よ」

と言ってのけた。

倒幕のために蜂起したのは、天魔が仕組んだことで、自分には罪が無いと昂然として言うのだ。さすがにあきれる公卿たちに向かって、後醍醐は、

「それゆえ、宥免《ゆうめん》の沙汰をいたすよう、鎌倉に言え」

と命じるのだった。

あくまで意気軒高な後醍醐を支えているのは、笠置を訪れた正成が口にした、

「正成一人未だ生きて有りと聞こし召され候はば、聖運遂に開かる可し」

という頼もしい言葉だった。

（楠木はまだ死んでおらぬそうな。だとすると、朕の運はまだ開けるに違いない）

後醍醐は笑みを浮かべた。

そのころ、京の鬼灯の染め物屋の戸を叩く者があった。

鬼灯が使用人に開けさせると、四人の山伏が入ってきた。正成と正季、左近、そして尊雲だった。

鬼灯は落ち着いた様子で、

「よくお出でくださいました」

と頭を下げた。下赤坂城から姿を消した正成の行方を六波羅探題は懸命に追っていた。

楠木家が伊賀国の上島家と通婚していることから、鎌倉勢の一手は伊賀国に入って正成の行方を追っていた。それだけに、まさか京に正成が現れるとは六波羅探題は予想していないだろう。

尊雲は染め物屋の中を物珍しそうに眺めた後、

「何やら、面白いことになってきたな」

とつぶやいた。正成はにこりとしてうなずいて、答えた。

「戦はこれからでございます」

十九

笠置山が落ち、後醍醐が六波羅探題に捕まった後、正成の下赤坂城が陥落すると、鎌倉幕府はもはや、謀反は鎮圧したと見なした。

正成の行方はわからないが、いずれ、地方の豪族が捕まえて六波羅に突き出すに違いないと判断したのだ。

年が明けて元弘二年（一三三二）になり、後醍醐の処分が隠岐への島流しと決定した。また、後醍醐とともに笠置山に籠り、捕らえられた尊良親王は土佐、その弟で天台座主の尊澄法親王は讃岐へ配流《はいる》されることになった。

後醍醐の側近、北畠具行《きたばたけともゆき》と烏丸成輔《からすまなりすけ》は死罪、花山院師賢《かざんいんもろかた》は下総、万里小路藤房は常陸、弟の万里小路季房は下野へ流されることが決まった。

このことを知った正成は、鬼灯の染め物屋に、尊雲、正季、無風、さらに恩地左近、鬼若、鈴虫を集めた。正成は尊雲に向かって頭を下げ、

「まずは隠岐へ流される帝をお守りし、さらには機を見て脱出していただく手はずをととのえねばなりませぬ」

と言った。尊雲は目を輝かした。

「おう、父君に都へお戻りいただくのか」

「さようにございます。かつて承久のとき、後鳥羽上皇様は鎌倉を討とうとされて敗れ、隠岐の島へと配流されました。後鳥羽上皇様は、その後、鎌倉打倒の兵を起こされませんでした。それは一天万乗の君として、武家に敗れたことを恥じられ、再起を図るお心を持たれなかったこと、さらには、そのころの武家は御家人だけで、われらのような悪党がおらず、後鳥羽上皇様をお助けできなかったからでございます」

「いまは違うのか」

尊雲が目を光らせて訊くと、正成は深々とうなずいた。

「帝は宋学を学ばれました。この世は武によって権勢を振るう鎌倉ではなく、天命を受けた帝が徳によって治めるのが正しき在り様でございます。されば、帝はたとえ配流の辱めを受けようとも決して心が挫けられることはございません。鎌倉と戦い、この世を正しき姿に戻すまで何度でも立ち上がられましょう」

正成は、目を鋭くして、

――尊王斥覇
という言葉を口にした。宋学では天子を貴し、として武力によって天下を制した覇者を退けるべきだとするのである。

「なるほど、そう聞けば、わたしも身の裡《うち》から力が湧く思いがするぞ」

尊雲はにこりとした。

「されば、これからいかがすべきかでございますが――」

正成は鬼灯に顔を向けた。

「帝が隠岐に行かれるにあたって、お供の者はわかっているか」

鬼灯はうなずく。

「これまでも帝のおそばに仕えてこられた一条行房《いちじょうゆきふさ》様、千種忠顕《ちくさただあき》様、さらに御寵愛の阿野廉子《あのれんし》様でございます。女官として小宰相局様、大納言局様もお供されるかと」

「わかった。その女官に仕える女子として鈴虫を潜り込ませたいと思うのだができるか」

「女官に仕える雑仕女《ぞうしめ》ならばたやすいことでございます」

鬼灯は落ち着いて答える。正成は鬼若と鈴虫に目を向けた。

「ならば、鈴虫には帝の供に加わり、隠岐の島へ行ってもらいたい。鬼若がわれらの動きを帝に伝えるためのつなぎをしてもらいたいのだ」

「かしこまってございます」

「お引き受けいたします」

鈴虫と鬼若はそろって頭を下げた。正成はあらためて尊雲に顔を向けた。

「さて、いずれ帝に隠岐からお戻りいただくにしてもそれまでにお味方を増やし、帝をお迎えできるようにいたさねばなりません」

「味方か。さような者がいるのか」

「まずは、播磨の赤松円心でございます」

「悪党だな」

尊雲は皮肉な笑みを浮かべた。

「さようにございます。円心殿は、此度の帝の思い立ちでは起ちませんでしたが、尊雲様が赴いて説かれれば起ちましょう」

「さようにしたたかな者が、わたしが参ったからといって起つであろうか」

「円心殿は尊雲様のご器量がわからぬ悪党ではございません」

正成は確信ありげに言った。

「ならば、赤松のもとにはわたしが参るとして、そなたはどうするのだ」

「それがしは、伯耆の海賊、名和《なわ》長年《ながとし》を説きに参ります」

「名和だと――」

尊雲は首をかしげた。正成は長年について、富裕な悪党として知られ海賊だけでなく鰯売りなどの商売も行って富商としての顔も持っており、伯耆の海は長年の支配下にあると説明した。

「さよう、帝を隠岐の島からお助けいたすには海賊の力が無くてはかないません。何としても名和を味方にしなければならないのです」

正成は静かに言った。そして、正季には、再び蜂起するための城を築くように命じ、左近には尊雲とともに赤松円心のもとへ行けと命じた。

さらに、鬼灯に顔を向けて、

「京で騒ぎを起こし、六波羅探題を恐れさせたい。そのために浮浪の者をかき集めて欲しい」

と言った。鬼灯は小首をかしげて微笑んだ。

「浮浪の者をかき集めると申しましても、宋銭は楠木様と赤松様にお渡しいたしました。どのようにして浮浪を集めましょうか」

正成は笑った。

「平家が蓄えた宋銭があれだけということはあるまい。そなたはどこぞに、まだまだ隠し持っているはずだ。それを使ってもらおうか」

鬼灯はいたずらっぽく目を輝かせた。

「驚きました。楠木様はよくおわかりでございます。どうして気づかれましたか」

正成は店の中をぐるりと見まわした。

「わが楠木一族は水銀を売る故、銭には鼻が利くのだ。この店にはまだ銭の臭いが残っている」

ほほ、と鬼灯は笑った。

「ほんに、楠木様は油断がならないおひとでございます。わたくしども商人より、銭の臭いを嗅ぎなさいます」

正成は鬼灯の言葉には答えず、尊雲はじめ皆の顔を見まわしてから、

「さて、闇に潜んで行うのも戦である。皆、後れをとるまいぞ」

と叱咤した。

――おおう

尊雲の若々しい声に続いて、皆がそれぞれ答えた。

後醍醐が隠岐の島に向かって京を出発したのは、

――三月七日

のことである。後醍醐を隠岐へ護送するのは、

佐々木《ささき》道誉《どうよ》

千葉介貞胤《さだたね》

小山秀朝《おやまひでとも》

だった。佐々木道誉はこの年、三十七、名は高氏である。近江佐々木氏の庶流京極宗氏に生まれた。北近江を本拠地として伊吹山麓の太平寺に荘園支配の政所を置き、

柏原にも邸館を持っていた。道誉は京極氏の家職である検非違使《けびいし》を務め、北条高時の相伴衆にも連なるなど鎌倉でも厚遇されていた。一方、道誉は茶寄合や立花、聞香《もんこう》を愛好し、近江の田楽を贔屓《ひいき》にして、自由奔放の中にも風流な遊びで創意をこらした〈ばさら〉を楽しみ世間に知られていた。

〈ばさら〉とは、服装や遊宴に贅をつくす華美な風潮をいうが、破天荒な生き方を貫くことでもあった。

後醍醐の護送の列が、七条通を西へと進み、大宮通で南に折れて、東寺の前を通りかかると、そこにはたくさんの人だかりができていた。帝が島流しになるとあって物見高い民衆が見物に押しかけたのだ。

この時、後醍醐は人目を避けるため囲いのある輿に乗っていたが、一行が鳥羽離宮に到着し、休憩をとると囲いははずされた。

後醍醐たちが食事をとり、再び出発することになったとき、道誉はあたりを見てまわった。鳥羽離宮のまわりにもちらほら、後醍醐の姿を見ようとする農民たちがいた。

（物見高いことだ）

冷笑を浮かべた道誉が馬に乗ったとき、農民たちの間に山伏ふたりと僧侶がひとりいるのに気づいた。

（あの者たち、七条通にもいたな）

眉をひそめた道誉は、鳥羽離宮にいる後醍醐を振り向いた。すると、後醍醐のそばに阿野廉子に仕える女のひとりが近づいているのが見えた。女は廉子からの言葉を伝えたのだろうか、後醍醐は広縁に出てあたりの野山を眺める風情だった。

後醍醐があたりを見まわしていると、離宮からも見えるあたりにいた山伏ふたりと僧侶が跪いた。帝を恐れたのではなく、顔を上げて、別れの挨拶をするかのようだった。山伏の身なりをしていたのは、正成と尊雲である。

ふたりは配流される後醍醐を見送り、さらには自分たちが健在であることを告げようとしてきたのだ。阿野廉子に仕えている鈴虫から正成と尊雲が見送っていることを聞いた後醍醐は広縁に出て遠目にふたりの姿を見て喜んだ。

(正成は自分が生きているからには、朕の運命は開かれると申した。必ず再起してくれよう)

後醍醐は嬉しくなり、声をあげて笑った。その様を見て道誉は馬腹を蹴り、正成たちに向かった。

後醍醐に向けて跪いていた正成は道誉が馬を駆って近づいてくるのを見ると、尊雲に、

「気づかれたようでございます」

と言った。尊雲は落ち着き払って訊いた。

「どういたす」

「ここで、騒動を起こしてもつまりませぬゆえ、逃げましょう」

「しかし、相手は馬だ。逃げきれぬのではないか」

尊雲が首をかしげると正成は笑った。

「左近が足止めをいたします。楠木党は検非違使風情に捕まることはございません」

正成は尊雲と無風をうながして立ち上がると、迫ってくる道誉に背を向けて歩き出した。

「待てっ、怪しい者、詮議をいたすぞ」

道誉は馬上から声高に叫んだ。

しかし、次の瞬間、道誉の馬はがくりと前脚をついて倒れた。道に縄が張られ、ひっかかったのだ。

道誉は馬上から宙に放り出されたが、くるりと体を回転させて道に降り立った。そのときには、腰の太刀を抜いていた。

「何者じゃ」

道誉は怒鳴ってあたりを見まわした。するとまわりに下人の身なりをした男たちが、四、五人立っていた。道誉は鋭い目で見まわして、

「貴様ら、謀反の一味だな。おとなしく縛につけ、さもなくば斬り捨てるぞ」

と言った。道誉が言い終えないうちに下人の中のひとりが右手を上げた。するとほかの者たちが懐から取り出した白い物を道誉に向かって投げつけた。道誉がこれを太刀で払うと、ぱっと白い粉が散った。卵の殻に灰と唐辛子の粉をつめた〈目つぶし〉だった。卵の殻は次々に道誉に投げつけられ、白い粉が煙幕のように宙に舞った。

「おのれ、卑怯な」

道誉は目を片手でおおいつつ、太刀を振り回した。しかし、下人たちはそれ以上の攻撃は仕掛けてこず、白煙が収まり、道誉が恐る恐る目を開けたとき、あたりに誰もいなかった。

離宮の方から部下たちが駆け寄ってくるのを見て、道誉は着物についた白い灰を払いながら、

（それにしても配流される帝を慕って見送る謀反の一味の者がいるとは、帝の力は侮れぬな）

と思った。

道誉は後に足利高氏に通じて鎌倉方から後醍醐方に寝返るのである。

後醍醐を見送った正成はそのまま伯耆国へ向かった。

名和館は西側に東谷川が流れ、東に土塁と堀があり、襲撃への備えができていた。門には注連飾《しめ》りがかけられ、塀から帆掛け船の紋を描いた白い旗がのぞいていた。

山伏姿で門に立った正成は、大胆にも、楠木多聞兵衛と名のって長年に面会を求めた。

下赤坂城に籠って幕府軍を悩ました正成を捕らえて六波羅探題から恩賞をもらおうと考える者がいても不思議ではないが、正成は意に介さなかった。やがて正成は館に招じ入れられ、大広間に通された。待つほどに、どすどすと足音がして、坊主頭の大男が入ってきた。

「多聞兵衛、ひさしいな」

懐かしげに声をかけた大男を見て、正成は息を呑んだ。

赤松円心だった。円心はにやりと笑って、

「どうした。何を驚く。わしも商いをしておるゆえ、名和殿とはかねて親しいのだ。今日は談合いたすべきことがあって参っておった」

「さようでござるか」

正成が油断なく言うと、円心は入道頭をぴしゃぴしゃと叩いた。

「さて、謀反人の楠木多聞兵衛をどうするか。六波羅探題に突き出すだけでも恩賞がもらえるのう」

円心は心地よげに笑った。

二十

笑い続ける円心を正成が黙って見つめていると、広間に烏帽子をかぶり、直垂姿の壮年の武士が入ってきた。

「赤松殿、それがしの客人を勝手に弄ってもろうては困りますな」

穏やかな口調ながら、厳しさを秘めて武士は言った。

目が涼しく豊頬《ほうきょう》で口髭をたくわえている。穏やかな学者風の人物に見えた。武士は円座に座るなり、頭を下げて、

「名和長年でござる」

と丁重に挨拶した。正成も頭を下げながら、

「ただいま赤松殿の申されたことは戯言《ざれごと》でございますか」

と訊いた。長年は鷹揚な笑みを浮かべた。

「赤松殿は困ったひとでな。わざとひとの嫌がることを口にされる。まあ、それで相手の本音を引き出そうというのだが、楠木殿の本音はわかっておりますから訊き出さずともよいのですがな」

「わたしの本音とは」

「帝を天子として尊び、鎌倉の北条を東夷として討つ」

長年は問いかけるように正成の顔を覗き込んだ。

「いかにもさようでございます。この世は徳を持った天子によってこそ定まるべきだ、とわたしは思っております」

正成が言い切ると円心は嗤った。

「甘いな」

「甘うござるか」

正成は静かに円心を見つめた。円心は真顔になって口を開いた。

「徳などというものは目に見えぬし、さわることもできぬ。あると思う者にはあるかもしれぬが、無いと言ってしまえばそれまでのことだ。わしはおのが目でたしかめたものしか信じぬのだ」

円心が言い切ると、長年が笑みを浮かべて言葉を挟んだ。

「ならば、赤松殿の目でたしかめていただきましょうか」

「何をだ」

円心は訝しげに言った。長年は平然と答える。

「実は先ほど、赤松殿を訪ねて参られた方がございます。播磨の館に訪ねられたが、わたしのところに来られていると聞いて参られたそうでござる」

「何者だ」

円心は胡散臭げに訊いた。

「帝の御子、尊雲と名のられておる」

「なんと」

円心は目を丸くした。

「尊雲様と言えば、これなる楠木の下赤坂城にともに籠った方ではないか。六波羅探題が草の根分けて捜しておるというのに、身分を明かされたのか」

長年は深々とうなずく。

「さよう。楠木殿もためらうことなく本名を名のられた。尊雲様は楠木流の兵法を身につけられたということかもしれませんな」

「ほう、楠木流か」

円心は皮肉な目つきで正成を見た。正成は表情を変えず、黙したままだ。

長年はさりげなく、

「赤松殿、尊雲様にお会いになりますな」

と訊いた。円心はにやりと笑って、

「帝の御子が訪ねて参られて会わぬなどできぬよ」

と答えた。長年は振り向いて、縁側に控える家僕に命じた。

「お通しいたせ」

家僕が去って間もなく、尊雲が広間に入ってきた。恩地左近が供として従っている。

長年と円心は上座を譲り、下座に移った。尊雲は上座に座ると、正成に目を向けた。

「播磨に参ったが、赤松がこちらに来ておるというので押しかけてきた。楠木とともに話ができれば面倒がないな」

尊雲が闊達な口調で言うと、正成は頭を下げて、

「仰せの通りでございます」

と答えた。その様子を円心はさりげなく見つめている。

尊雲は円心に目を転じた。

「そなたが赤松か」

問われた円心は両手をつかえて頭を下げ、

「円心にございます」

と答えた。尊雲はにこりとして、

「播磨の国で並ぶものなき悪党だと、楠木から聞いたぞ。鎌倉を斃《たお》すため力を貸してくれ」

尊雲は飾ることなく言った。円心はゆっくりと顔を上げた。

「帝にお味方いたし、鎌倉を亡ぼした後、何をいただけましょうや。官位でございましょうか、所領でございますか。それとも銭でしょうか」

抜け抜けとした円心の言い分にも尊雲は眉ひとつ動かさなかった。

「帝がどのようにお考えなのかわたしは知らぬ。わたしがそなたに与えるものは官位でも所領でもまして宋銭でもない」

「では何をいただけますのか」

円心は目を細めて訊いた。

「義である」

「義――」

円心は戸惑いの表情を浮かべた。尊雲はうなずいた。

「楠木は義によって起《た》った。そなたは、それがうらやましいゆえ、楠木にからむのだ。強欲で才覚者のそなたなら官位も所領も宋銭も手に入れることができるであろう。しかし義だけは、いま、われらとともに起たねば手に入らぬぞ」

尊雲は淡々と言った。円心はじろりと正成を見た。

「楠木、ただいまの尊雲様の仰せはそなたが教えたことなのか」

正成はゆっくりと頭を振った。

「いや、尊雲様のお考えだ。それに従うも従わぬも赤松殿の勝手でござろう」

正成にひややかに言われて円心は顔をしかめたが、両手をつかえて、

「尊雲様のご器量、赤松円心、しかと目にいたした。仰せに従いますぞ」

と声高に言ってのけた。続いて長年も頭を下げた。

「名和長年も同様でございます」

尊雲はふたりを見つめ、白い歯を見せて笑った。

「楠木、これでよいか」

正成は手をつかえた。

「尊雲様のご器量が赤松殿と名和殿を動かしたのでございます。よろしゅうございました」

「そうか、わたしの器量か」

尊雲は、はは、と笑った後、三人を見回して、

「よし、これにてわれらの盟約はなった。鎌倉の命運は尽きたぞ」

と澄んだ声で言い放った。

正成と円心、長年はいっせいに頭を下げ、

「承って候――」

と応じた。

尊雲は目を輝かせ、頼もしげに三人を見つめた。この時期、尊雲が山伝いに各地に

出没し、味方を募ったことは、『増鏡』にも、

——熊野におはしましけるが、大峰をつたひて、忍び〳〵吉野にも高野にもおはしまし通ひつつ、さりぬべきくまぐまには、よく紛れものしたまひて

と記されている。そのようなとき、尊雲は足袋《たび》、脚絆《きやはん》、草鞋《わらじ》をつけて足取りは軽く、少しもくたびれた様子がなかったという。

六月七日——

京の市中で不穏な動きがあった。

この日、行われていた祇園御霊会は鉦、太鼓などのにぎやかな音が聞こえず、鼓だけが打ち鳴らされ、寂しい静けさに包まれていた。『花園天皇宸記』によれば、

——祇園御霊会の鉾など、兵具を停止すべきの由、武家が之を奏聞す、すなわち勅答を仰がれ、今日鉾などみな以て無音、ただ鼓を叩くばかりなり

という有様だった。六波羅探題では、祇園御霊会の喧噪に紛れて市中を騒がす者が

出ることを恐れて、鉾《ほこ》などを携えることを許さず、ひたすら警戒を強めた。

祇園御霊会では酒を飲んでの喧嘩沙汰が珍しくなく、そのような騒ぎに付け込んで楠木の残党が暴れようとしているという噂があったのだ。

実際、この年、市中では暗闇に隠れるようにして喧嘩が頻発した。布を顔に巻いて覆面をした漢たちが、市内のあちらこちらで喧嘩沙汰を起こし、その騒ぎがしだいに広がっていった。

これに焦った六波羅探題では、役人が出動して喧嘩を鎮めようとした。

ところが役人が喧嘩騒ぎの場に駆けつけると、辻から覆面をした漢たちが走り出て棍棒でなぐりつけ、風のように去っていく。

そんなことが繰り返されるうちに、

——楠木党が御所を襲おうとしている
という噂が広がり、御所の門の警衛が厳しくなっていった。夜の闇を跳梁《ちょうりょう》して騒ぎを起こしている漢たちは夜が白むころ鬼灯の染め物屋に戻って来た。

染め物屋の土間に入って覆面を脱いだのは、正成と正季、左近、そして尊雲と楠木党の漢たちだった。

鬼灯が土間に出て濯《すす》ぎの世話や使用人に運ばせた酒を勧めるなどした。尊雲は板敷に座り、器の酒を一口に飲んで、

「六波羅探題の者たちがあわてておったぞ。まことに面白かった」

と上機嫌で言った。正成は笑みを浮かべて、

「京での騒ぎに六波羅が気を取られている間に、われらは蜂起のための備えをととのえます。京のひとびとは、われらがいつ襲ってくるかわからぬと思い、夢魔に襲われるがごとき心持ちで過ごしましょう。そんなおり、われらが起ったと聞けば、その恐ろしさは増すのでございます」

「なるほど、戦とはひとの心をどう動かすかなのだな」

尊雲は感心したようにうなずいた。正成はにこりとした。

「ご賢察、恐れ入ります。戦は武器を取り、力で戦うかのごとくでございますが、まずは戦う者の心がひとつにならねば戦えません。われらには帝とともに、仁徳によって治められる世をつくるという大義がございます。この大義に心をひとつにいたせば、鎌倉など恐れるに足りません」

正成の言葉を聞いて尊雲は頰を紅潮させた。

「おお、新しき世をつくるというのか。父君である帝の志を助け参らせるだけではのうて、働き甲斐のあることだな」

凜乎として言い放つ尊雲を正成は嬉しげに見つめた。

正成たちは、翌日も市中で騒ぎを起こし続けた。このため、

――世間静かならざるによるなり、大塔宮（尊雲）ら京中に隠居するの由風聞す

と噂してひとびとは不安に思ったのである。

十一月中旬、朝廷では花園上皇が正成の挙兵を警戒して御所の門の警衛を厳しくするよう命じた。

花園上皇の予感は当たった。

十二月に入って、正成は突如、紀伊国伊都郡隅田荘を急襲し、さらに鎌倉勢に奪われていた下赤坂城を攻めた。正成は籠城していた湯浅定仏《ゆあさじようぶつ》が紀伊国から運ばせていた兵糧を途中で奪い、かわりに兵具を詰めた俵を味方の人足に運ばせた。人足たちが城内に入ったのを見定めた正成は、林に潜ませていた兵たちに、

「それ、かかれ」

と命じて城門へ攻め寄せた。兵糧を運び込むため、城門は閉め切っておらず、しかも人足として潜り込んでいた兵たちが俵から武器を取り出して暴れまわった。

湯浅勢は、うろたえて、

「楠木党だ」

「追い散らせ」

と防戦に努めた。だが、城門から押し入った楠木勢の先頭に立った正成は刀を振るいつつ、

「無駄な抗いは止めよ。われらは帝の命を奉じているのだぞ。鎌倉に忠義して、朝敵となって何とする」

と怒鳴った。これに応じて湯浅が薙刀を手に出てくると、

「謀反人が小癪なことを申すな」

と大声で言い返した。しかし、正成は落ち着いた表情で、

「謀反人とは誰のことぞ。鎌倉こそ帝に弓引く謀反人ではないか」

と言うなり、湯浅が構えた薙刀の柄を真っ二つに斬ってのけた。湯浅は尻餅をつき、戦意を失った。

たちまち楠木勢に斬り従えられ、湯浅も捕らえられたのである。このとき、捕らえられた湯浅党は正成に服し、その指揮下に入った。

正成が下赤坂城を奪還したころ、尊雲は還俗して、

――大塔宮護良親王
と正式に名のり、十津川から吉野にかけて兵を集め、蜂起した。

『増鏡』ではこの時期の正成と護良親王について、

——大塔宮、楠木正成などは、猶おなじ心にて、世を傾けむ謀をのみめぐらす
と伝えている。
十二月九日——
正成と護良親王は摂津国芥川に進出、山崎にまで押し出して、京を攻撃した。この
ため、
——京中以ての外騒動し候
という有様になった。

二十一

楠木正成はすでに戦死したのではないか、京のひとびとはそう噂していた。それだけに楠木勢が京を急襲すると驚き、恐れた。

もっとも、京に乱入して騒動を起こした楠木勢はいずれも痩せ馬に乗り、縄を手綱にした野伏たちで、六波羅探題の武士たちは討ち取ろうと追いすがるが、楠木勢は疾風のように逃げ去って相手にならず六波羅勢を歯嚙みさせた。

翌、元弘三年(一三三三)正月五日——

京を襲う勢いを見せるかたわら、正成は河内国甲斐荘天見《あまみ》で紀見《きみ》峠を越えて押し寄せた紀伊国御家人、井上入道、山井五郎など五十余人を討ち取り、紀ノ川流域にまで勢力を広げた。さらに正成は河内国の守護代、地頭などを攻撃し、支配地を広げた。

このころ、正成は摂津国、四天王寺に城郭を構えて拠点とした。四天王寺は難波津に近く、京と瀬戸内海を結ぶ交通の要衝である。四天王寺の城郭に六波羅勢が押し寄せると、正成は闘いを長引かせ、夜戦に持ち込んだ。六波羅勢が夜戦に疲労困憊して引き揚げようとすると正成は追撃して多くの首を挙げた。

楠木党は大塔宮護良親王の手勢と呼吸を合わせて、各地に出没し、変幻自在の戦法で六波羅探題を悩ませたのだ。

京への侵入を繰り返す正成は騎馬で夜間に移動した。この夜は大坂の四天王寺から三百の兵を率いて出撃した。

月光が楠木党の黒々とした軍勢を照らしている。

正成は烏帽子に鎧姿で馬に乗り、影のように京に向かっていた。やはり馬に乗った正季が、近寄って、

「兄者、まさか、われら悪党が山での戦でなく、平地の闘いで六波羅勢を脅かすことになるとは思わなかったな」

と話しかけた。

「まだ、鎌倉からの手勢がそろっておらぬからだ。われらが小勢だけに却ってあつかいかねているのだろう」

「そういうものか」

「そのうち、小勢で出撃してくる武者もいるはずだ」

「そのときはどうする。蹴散らすのか」

「いや、小勢でも向かってくるのはよほどの剛の者だ。正面から戦えば、こちらも痛手を被ろう」

正成は笑って答えた。

「では、どうする」

「逃げる――」

「なんと」

正季は顔をしかめた。正成は平然として、

「わが楠木党の本領は山での戦だ。平地では六波羅勢をあしらうだけでよい」

「では六波羅勢が大軍で来たら、どうする」

「大軍ならば烏合の衆だ。伏兵を使って蹴散らすまでよ」

正成は笑って言い切った。

なるほどな、とうなずいた正季は、

「時に訊いてもよいか」

と低い声で言い添えた。

「何をだ」

「京の鬼灯のことだ。兄者は京に潜むとき、染め物屋で鬼灯と寝所をともにしておるが、義姉上の手前、わしは見過ごしにできんぞ」

「そんなことか」

正成は笑って言葉を継いだ。

「案じるな。鬼灯と寝所をともにするのは密事を語るためだ」

「密事じゃと」

正季は疑わしげに眉をひそめた。月光に白く照らされた正成の顔にはやましげな表情は浮かんでいない。

「鬼灯は隠岐の島の帝の愛妾、阿野廉子様の侍女に鈴虫だけでなく、配下の平家官女を潜り込ませている。帝の身辺や胸の裡を知るためには、鬼灯が握っている女人の糸が必要なのだ」

「それほどまでにして帝を探らねばならぬのか」

正季はあたりをうかがいながら声をひそめた。正成は苦笑した。

「われら悪党が六波羅勢や鎌倉と戦ができるのは帝がいればこそだ。帝が裏切れば、われらは即座に木っ端みじんだぞ」

「まさか、帝がわれらを裏切ることはあるまい」

「さて、どうであろう。帝にとってわれら悪党は闘犬ほどのものではないかな。遊びで使う間は声をかけるが、飽きれば見捨てられるやもしれぬ」

正成のひややかな言葉を聞いて、正季は押し黙った。しばらくして口を開いた正季は恐る恐る、

「大塔宮様はどうであろう。あの御方は武将としての器もあり、信じられる御方のように思える。われらは大塔宮様を奉じていけばよいのではないか」

と言った。

正成は、はは、と笑った。

「なんだ、兄者、わしはおかしなことを言ったのか」

「いや、そんなことはない。正季は存外に智慧がまわると思ったのだ」

「ほう、兄者に褒められたのは生まれて初めてのことだな」

正季は白い歯を見せて笑った。

正成はそれ以上は話そうとしなかったが、ちょうど物見の兵が駆け戻ってきた。

「前方の渡辺橋に六波羅勢が来ております」

「兵数は――」

正成が問うと、兵は地面に片膝をついて、

「おびただしい松明から見たところ、およそ五千――」

と答えた。

「大軍だな」

正成はにこりと笑った。

「兄者、どうする」

正季が訊くと、正成は振り向かずに答えた。

「先ほど申した通りだ。大軍ならば烏合の衆だ。まして夜の戦には慣れておるまい。蹴散らすぞ」

正成の言葉を聞いて、楠木党の兵たちは、

――おおう
と声をあげた。

この夜、六波羅探題の北条仲時《なかとき》は、楠木正成討伐のために隅田《すだ》通治《みちはる》と高橋宗康に五千の兵を持たせ、大坂へ向かわせていた。

六波羅勢は四天王寺の渡辺橋にさしかかったとき、橋の向こうにおよそ三百の楠木勢がいるのがわかった。

「わずか三百の小勢だ。一気に打ち払え」

隅田が馬上で怒鳴ると六波羅勢は渡辺橋を渡って攻め込んだ。

これに対して、楠木勢は形ばかり抵抗したものの、すぐに逃げ始めた。

「追えっ」

「逃がすな」

六波羅勢がひしめきあって渡辺橋を越えたところで、闇の中から大量の矢が飛んできた。松明をかかげた軍勢に矢が降り注いだ。

楠木党の伏兵が放つ矢だった。あわてた六波羅勢は、渡辺橋を引き返そうとした。だが、

「橋が無いぞ」

と驚きの声があがった。楠木勢はあらかじめ、橋に細工をしておき、六波羅勢が渡ると同時に橋を切って落としたのだ。退こうとした六波羅勢に押されて、何人もの兵が川に落ちた。

「待て、待て。橋が落ちているぞ」

兵の叫び声をかき消すように矢音が響いて次々に矢が飛来する。

「退《ひ》け、退けっ」

六波羅勢はたまらず、川に落ちていった。そこへさらに矢が射かけられて、隅田と高橋の両武将も這う這うの体で、京都へと引き返していった。この様を知った口の悪い京童は、

渡辺の水いかばかり早ければ高橋落ちて隅田流るらん

と落書を詠んだという。

大坂での思わぬ敗北を聞いた北条仲時は、ちょうど、このとき鎌倉から上洛していた御家人を呼び出した。

——宇都宮公綱《うつのみやきんつな》

である。公綱の父、貞綱《さだつな》は元が攻め寄せた〈弘安の役〉の際には、迎え撃つ六万騎を率い、総大将を務めた。公綱も武勇の誉れ高く、

——坂東一の弓取り

と称されていた。公綱はこの年、三十二歳。大柄でふくよかな顔立ちをしているが、目が鷹のようにするどかった。公綱が率いる宇都宮武士団は、

——紀清《きせい》両党

と呼ばれ、古来、東国武士団の精鋭として知られてきた。

公綱は仲時の前に出て、出陣の命を受けると、

「かしこまってございます」

と応じた。仲時は身を乗り出して、

「そなたが率いる紀清両党の者たちはいずれも精兵であると聞いておる。此度は何騎、率いて参ったか」

「十五騎でございます」

公綱は平然と答えた。

「なんと」

仲時は愕然とすると、それでは少ない、三百騎ほどつけてやろうと、口早に言った。

公綱は迷惑そうに聞いていたが、あえて逆らわず、黙って頭を下げた。

公綱が六波羅探題の役所を出ようとしたとき、門前にひとりの男が立っていた。足利高氏である。

公綱が頭を下げて通り過ぎようとすると、高氏はすっと近づいてきた。

「宇都宮殿――」

高氏は声をひそめて囁くように言った。公綱は何事だろう、と思って高氏の秀麗な横顔を見つめた。高氏はさらに声を低めて、

「坂東一の弓取りである宇都宮殿にいまさら申し上げることではないが、戦は相手があってのものでござる」

「いかなることでござろうか」

「相手が攻めてくれれば、これを打ち払うは武門の意地でござる。されど、相手が攻めずに退いたならばいかがされるか」

「追撃いたし、思うさま、首を挙げ申す」

　公綱はにこりとして言った。

「さて、そこでござる。宇都宮殿には退く相手の彼方に誰がいるかを見ていただきたい」

「誰がいると申されますか」

「帝――」

「これはおかしなことを言われます。今上帝は御所におわしましょう」

　高氏はふふ、と笑った。

「ならば、先の帝と申し上げてもよいが、先帝はいまだ闘いをあきらめておられぬようだ。ならば、宇都宮殿が退く敵を追えば、いずれ先帝に弓引くことになりましょう。それはまずい、とわたしは思いますぞ」

　高氏はそれだけを言うと甲高い笑い声をあげて公綱のそばから離れていった。公綱

しばらく呆然として佇んでいたが、

「上方では東国とは違う思いもよらぬ戦をしなければならないようだ」

とつぶやいて歩き始めた。

公綱は宿館に戻ると郎党十五騎を率いただけで出撃した。間もなく東寺にさしかかったころ家臣が駆けつけ、七十騎ほどに増えた。

さらに進むと六波羅探題の加勢が追いついて五百ほどの兵力になった。

公綱が五百の兵を率いて向かってくるとの報せは間もなく四天王寺の正成のもとに届いた。

「宇都宮公綱か。坂東一の弓取りと言われる武者だな」

正成がつぶやくと、正季は勇んで言った。

「よき敵ではないか。討ち取れば、六波羅勢の気はくじけよう。六波羅探題を攻め滅ぼせようぞ」

「そうはいかん。鎌倉からの後詰めはこれから増えるのだ。下手な戦をすれば鎌倉勢を勢いづかせる」

正成は冷静に言うと、

——退くぞ
と大声で命じた。

公綱が軍勢を率いて四天王寺に押し寄せたが、すでに楠木勢の姿は無かった。

「楠木は風だな。気配だけ残して姿も見せぬか」

公綱は眉をひそめて言った。

同時に高氏が言った、戦は相手しだいだ、という言葉を思い出した。

高氏にどのような思惑があるかわからないが、迂闊には攻められないと思った。

だが、手勢の武士たちは、名うての楠木正成が宇都宮公綱の出陣を聞いて退却したことで士気を高めた。

「楠木を追って河内に攻め入りましょうぞ」

と進言する者が相次いだ。しかし、公綱は首を縦に振らない。

正成は本拠地ではない四天王寺だからこそ退いたので、山城を構える河内に踏み込めば、どのような変幻自在の戦を仕掛けてくるかわからない、と思った。

(楠木とは平地でしか戦ってはならぬ)

公綱は胸の中で独りごちた。やがて、公綱の懸念したことが起きた。四天王寺から見える東の生駒山麓や周囲の山々に夜毎、篝火が焚かれた。あたかも数万の兵が山中に潜むかのようなおびただしい篝火だった。

篝火を見た兵たちは、夜襲があるかもしれぬと警戒し、夜、眠れずに疲弊した。

公綱は篝火が偽装であると見抜いていたが、これ以上、対陣すれば何が起こるかわからぬと思い、正成を退かせた武功だけを手にあっさりと京へ引き揚げた。
楠木勢の篝火はなおも生駒山麓で不気味に燃え続けた。

二十二

正成は夢を見た。
まだ、四天王寺の砦にいたときである。河内の草原で古めかしい衣冠束帯姿の人物が灰色の影のように正成に近づいてくる。
貴人であると察して正成は地面に跪き、額《ぬか》ずいた。すると、灰色の影は途方もなく大きくなり、はるかに高いところから声が響いてきた。
——多聞兵衛、聞け
正成は平伏したまま、上から凄まじい力で押さえつけられ、身動きできないのを感じた。額から汗がしたたり落ちる。息苦しくなってきたとき、さらに声が続いた。
——人王九十五代に当たり、天下一たび乱れて主安からず
この時、東魚来たりて四海を呑む。

日、西天に没する三百七十余日、
西鳥来たりて東魚を食う。
そののち、海内一に帰すること三年、
猿猴《えんこう》のごときもの
天下をかすむること三十余年、
大凶変じて一元に帰すなり。

不思議な言葉は三度、繰り返された。気が付けば体を押さえつけていたものが消えている。

顔を上げようとした正成は自分が寝床に横になり、漆黒の闇を見つめていることに気づいた。

――天下危うし、
　如何
　如何

なおも耳の奥で声が響いていたが、やがて遠くなり、消えた。

正成は闇を見つめながら考えた。

（何の事だ――）

天下が乱れて、魑魅魍魎のごとき怪しげな者が現れるということはわかる。四海を呑む東魚とは鎌倉幕府の執権、北条氏のことではあるまいか。

（だとすると、東魚を食う西鳥とはわたしのことか）

しかし、それならば海内が一つになった後、現れる猿猴のごとき者とは何なのであろう。

（北条を斃した後、新たな敵が現れるという神のお告げやもしれぬ）

しかし、猿猴が天下をかすめとって三十数年の後、大凶変じて一元に帰すとは、すべては丸く収まるということかもしれない。それは、猿猴の天下が続くということにほかならないのかもしれない。

そこまで考えた正成は闇の中で苦笑した。

「つまらぬ。物の怪がわたしを誑《たぶら》かそうとしているに相違ない」

声を出してみると、それまで寝床を包んでいた迷夢が一瞬で晴れたような気がした。

（やはり物の怪であったのだ）

正成は再び、深い眠りについた。

翌朝――

正季が寝所にやってきて、寝床で起き上がった正成の前にどかりと座って、懐から書物を取り出した。

「兄者、かようなものを四天王寺の役僧が見せてくれたぞ」

と古びた書物を見せた。見ると、

――未来記　聖徳太子御遺言

と表紙に書かれている。正成は目を瞠った。

「これが未来記だと」

「中身は妙な予言のようなことが書いてある。そもそも聖徳太子とはどなたじゃ。わしにはさっぱりわからんぞ」

正成は『未来記』を手にとって開くと読み始めた。

「これは、これは――」

正成は声をあげて笑い出した。

「どうしたのだ」

正季は気味悪そうに正成を見た。正成は書物を閉じながら、

「この書物に書いてある言葉を昨夜、夢の中で聞いたぞ。おそらく、今日、この書物を読むというお告げだったのだろう」

「それはまた不可思議な」

正季は首をひねった。

「聖徳太子様は、何百年も前の御方だが、用明《ようめい》天皇の第二皇子としてお生まれになった。生まれた場所は宮中の馬小屋の前だったため厩戸皇子《うまやどのみこ》様と呼ばれていたそうな。大層、聡明な皇子様で推古天皇をお助けして政を正しくされた。わが国に仏教を広めたのも聖徳太子様の功績であるそうな」

「ほう、それはありがたい皇子様であるな」

感心したように正季はつぶやいた。

「その聖徳太子様について『日本書紀』には、太子が未然のことを知られると書いてあるそうだ。未然とはすなわち未来のことだな。それで、古い寺には聖徳太子様が告げられた未来についての予言を記した書物が伝えられているという。この書物もそのひとつだな」

淡々と正成は言った。

「では、この書物に書かれていることがこれから起きるというのか」

正季は息を吞んだ。正成は笑って、

「そうとは限るまい。しかし、この書物に書かれていることをわたしが夢に見たということは、やはりお告げかもしれぬ」

「お告げとはどういうことだ」

正季は不安げに訊いた。正成が夢に見たことは、間もなく実際に起こることが多いのを知っているからだ。

「われらが北条を倒しても、その後に新たな敵が現れるかもしれぬということだ」

「新たな敵だと、何者だ」

顔をしかめて正季は正成を見つめた。

「さてわからぬが、北条は坂東平氏だ。北条が亡んだ後、出てくるのは源氏かもしれぬな」

「源氏か――」

意表をつかれたように正季は首をひねった。

「そうだ、たとえば、わたしたちが鎌倉で会った足利又太郎、新田義貞、そんなところかもしれぬ」

足利と新田という名を聞いて正季は膝をぴしゃりと叩いた。

「なるほど、ありそうだな。源氏はわれら悪党をまともな武士だとは思っておらぬ。われらと並びたくはないのが、本音であろうからな。しかし、北条は大敵だぞ。その後に源氏と戦うことになれば、わしらの戦いは果てることなく続くことになるぞ」

正季はため息をついて慨嘆した。正成は笑った。

「果てることなき戦をすることをわたしはすでに覚悟している。七度、生まれ変わってでもこの国に正義をなしとげるつもりだ。そなたもわたしの覚悟に従え――」

「やれやれ、七度も生まれ変わって戦わねばならぬのか。わしは大変な兄者の弟として生まれたのだな」

正季は閉口した表情になった。

正成は微笑んで、

「嫌なら無理にわたしとともに戦わずともよいのだぞ」

と告げた。にやりとして剽軽《ひょうきん》な笑顔になって正季は口を開いた。

「いや、戦おう。どうやら、兄者の夢はわたしの夢でもあるようだからな」

正成と正季は声を合わせて笑った。

正月二十九日――
北条高時の命を受け、楠木正成鎮圧のため幕府の引付頭人《ひきつけとうにん》だった二階堂道蘊《にかいどうどううん》が入京したのを始め、諸国七道から軍勢が続々と上洛した。その数、およそ二十万騎だったが、鎌倉ではこれを、

――八十万騎

と称した。実数はそこまでの大軍ではなかったかもしれないが、実際、軍勢の宿舎は京、白河の家々に余り、醍醐、小栗栖《おぐるす》、日野から仁和寺、太秦《うずまさ》、賀茂、北野、清水まであふれ、六角堂の門の下、鐘楼の中まで軍勢がいないところはない、というほどだった。京の人々は、

――日本小国なりと雖も、是ほどの人の多かりけりと、はじめて驚くばかりなり

という有様だった。

関東の大軍は正成の本拠地である河内、大和、紀伊に向かって三手に分かれて進軍した。二階堂道蘊の軍勢は大和国に入り、上道、下道、中道の三手に分かれて、護良親王が籠る吉野を目指した。

大軍の南下により、決起した反乱軍を南大和に追い詰めようという作戦だった。

これに対して正成は、これまでの平坦な地に築かれた下赤坂城が長期の籠城に向かないと見て、新たに要害堅固な上赤坂城を築いていた。ここに近頃、正成の配下となった名うての悪党、平野将監《ひらのしょうげん》を込め、自らは金剛山麓の奥まったところに築いた、

――千早城

に籠った。千早城は金剛山に連なる尾根上に築かれた。逆茂木《さかもぎ》や木戸を構えられれば容易に城壁にたどりつけない。

千早城の東西は谷深く切れ込み、急斜面は花崗岩の砂礫で崩れるため、登り難い。城郭は尾根筋にあって金剛山の主峰まで尾根伝いに行くことができる。

天然の峻険を生かした要害だった。

鎌倉の大軍はまず上赤坂城の攻略を図った。だが、上赤坂城は東、西、北の三方が急斜面で屛風を立てたようになっていた。南だけが平地に続いていたが、ここには空堀が掘られ、櫓が並んでいた。

押し寄せた鎌倉勢が空堀に入ると、櫓から矢が降り注ぎ、死傷者が続出した。攻めあぐんだ鎌倉勢は山から城中へ水を引き入れる樋《とい》が地中に埋められているのを見つけた。

寄せ手の大将、阿曽治時《あそはるとき》はこれを喜び、

「水の手を断って、奴らを干殺しにしてやるぞ」

と兵に樋を壊させた。間もなく、城内は水が無くなり、兵たちは喉の渇きに苦しんだ。このため、平野将監は、

「降伏すれば命まではとられまい」

と主だった者たち七人とともに、寄せ手に投降した。しかし、鎌倉勢は平野たちを

許さず、処刑しようとした。何人かは逃げ出したが、途中で捕らえられるか、斬られ、あるいは自害した。平野も京の六条河原で処刑された。このことが伝わると千早城の兵は鎌倉勢の酷さに憤激した。

上赤坂城が落城したのは、元弘三年（一三三三）二月二十七日だった。直後に護良親王が籠る吉野山も落ちた。鎌倉勢は吉野山の裏手に足軽を送り込み、背後からの攻撃で落としたのである。

護良親王は吉野山から高野山へと逃げ込み、さらに鎌倉勢の追及をかわして、以降は南大和の宇陀山中に潜んで近隣の野伏を使って、昼夜を分かたず、神出鬼没の攻撃を仕掛けて鎌倉勢を悩ませた。

護良親王は吉野落城にも拘わらず、意気盛んで、

「千早城の楠木は容易くは落ちぬぞ。鎌倉の者ども、地獄を見ることになろう」

と嘯いた。

上赤坂城と吉野山を相次いで落とした鎌倉勢は千早城に向かった。

河内道からすすんだ阿曽治時の軍勢、さらに吉野から千早城に向かった二階堂道蘊、大和道から金剛山の背後にまわった大仏貞直の軍勢が千早城を押し包む形で集結した

のである。

千早城の櫓から城を囲む海のように押し寄せた軍勢を見下ろした正成は笑って、

「かほどの軍勢が攻め寄せるとはわが楠木にとって末代まで誉れとなる戦だな」

と言った。かたわらの正季はふんと鼻を鳴らした。

「とは言え、平野将監のごとく、降伏したあげく六条河原で首を斬られては悪党の名が廃るぞ」

「そうならぬための戦だ。関東の大軍を金剛山中にひきつけ、さらに護良親王様が諸国に鎌倉討伐の令旨《りょうじ》を発すれば、好機と見て各地で悪党たちが蜂起しよう」

「そうなれば鎌倉は手に負えなくなるな」

「さらに帝に隠岐の島よりご帰還いただき、兵を挙げていただけば、西国の者たちはことごとく従おう。そうなれば六波羅と鎌倉は滅亡するぞ」

正成はきっぱりと言い切った。

「しかし、いったん島流しになった帝が再び、戦の場に出てこられるであろうか。兄者も知っておろう。負け戦の後ではどのような剛の者でも心が萎えるものだぞ」

心配げに正季が言うと正成は頭を振った。

「案じるな。帝は世の常のひとではない。どのような苦難に遭おうとも挫けることを知らぬ御方だ。たとえて言えば夜空に輝く星のようにわれらを照らされよう。われらはそれを信じて戦えばよいのだ」

櫓から身を乗り出して鎌倉勢を見遣った正季は、

「それもこれもわれらがどれほど持ち堪えられるかだな」

とつぶやいた。

「天下の耳目が集まっておる。かつて平家を亡ぼした鎌倉の大軍を河内の悪党が迎え撃って戦うのだ。これほど、面白い戦はあるまい」

正成は眼下になびく旗を見下ろしながら楽しげに言った。

鎌倉勢の攻撃が始まったのは、二月末のことである。

山桜が咲き始めたころだった。

二十三

千早城は千剣破《ちはや》城とも書き、金剛山城とも呼ばれる。

千早川の上流、金剛山に連なる尾根上にあり、四周は深い谷に囲まれた要害である。

『太平記』に、

――この城東西は谷深く切れて、人の上るべき様もなし。南北は金剛山につづきて、しかも峯峙《そばだち》たり。されども高さ二町ばかりにて、廻り一里に足りぬ小城

と記されている。五つの曲輪からなり、南は千早谷、北は北谷、東は風呂谷、西は妙見谷という断崖に臨んでいた。尾根は馬の背のような形をしており、この先端を切り開いて城としていた。

数万の大軍に囲まれた千早城に籠った楠木勢は千人足らずだった。幕府軍は数度の攻勢をかけたが、その都度、正成は大石や大木を空堀から這い上がろうとする敵兵に雨、あられと投げ落とした。

幕府の兵たちは矢を射られ、礫に打たれて坂を転げ落ちた。

幕府軍に安芸国三入荘《みいりのしょう》の熊谷直経《くまがいなおつね》という武士がいた。一族の者たちと城の大手の北側の塀を盾板数十枚を頭の上にかざしてよじ登ろうとした。しかし、城方の礫の威力は凄まじく盾板は木っ端みじんに打ち砕かれ、一族の熊谷直氏は右腿に骨まで達する怪我を負った。

さらにまわりでは大石で押しつぶされた兵たちが息絶えた。これに懲りた幕府軍が城を遠巻きにすると、夜中に城壁外の茂みに藁人形を仕掛け、いまから夜襲があるかのごとく鬨の声をあげた。

城兵が城を出て夜襲を仕掛けたと思い込んで幕府軍が茂みに殺到すると、城壁からまたもや大石が落とされた。幕府軍は大石によって押しつぶされ、多くの死傷者が出た。幕府軍は正成の戦法を、

——尋常ならぬ合戦の体

と罵った。しかし、城壁にとりつくこともできず、幕府軍の焦りの色はしだいに濃くなっていった。

幕府の攻城がひと月に及んだある夜、正成は櫓に上り、城を包囲する幕府勢の篝火や松明を見まわした。

「火龍がとぐろを巻いたかのようだな」

正成がつぶやくとかたわらの正季が応じた。

「ああ、われらをひと呑みにしようという勢いだ」

「そう簡単にはいかぬ。この戦、半年ほどは引きのばしてやるぞ」

さりげない正成の言葉に正季は顔をしかめた。

「なに、半年も籠るのか」

「ああ、鬼灯の宋銭を使って集めた兵糧はたっぷりある。半年、こらえれば幕府軍の

兵糧のほうが尽きよう」

「そううまくいくのか」

「帝が隠岐の島から脱出して兵を挙げられるまでの辛抱だな。そうなれば、城を取り巻く幕府軍は雲散霧消するしかあるまい」

「その前にこの城を落としたいと敵も必死だろう」

正季が声をあげて笑うと、正成は片手を上げて制した。

「静かにせよ。敵に動きがあるぞ」

「なんと」

正季も耳を澄ませた。すると、暗闇の中を、
ずずっ
ずずっ
と何か地面を引きずるような音が響いてくる。

「なんであろう」

正季は片手を耳にあてでうかがいながら訊いた。

「わからぬが、なんぞ仕掛けてきておるのは間違いないな」

正成は闇に目を凝らした。

すると、闇の中を何かが動く気配がした。

風を切る音がしたかと思うと、逆茂木や塀から、
がきっ
がきっ
という音が聞こえてきた。

「松明をかかげよ。敵が仕掛けてきたぞ」

正成が怒鳴ると、城兵たちが次々に松明に火を点じた。城兵たちは松明をかかげて城壁から見下ろして息を呑んだ。

空堀を越えて長大な梯子が城壁へ宙を伸びてきている。丸太を組み合わせた数十本もの長梯子だった。

おそらく先端には鉤《かぎ》が埋め込まれていて、城壁に突き刺されば容易に抜けないだろう。

「長梯子だ」

「途方もない大きさだぞ」

城兵たちが騒ぐと正成は叱咤した。

「あわてるな。かねて用意のあることではないか」

正成に言われて、兵たちは、

「油甕だ。油甕を持ってこい」

「松明を増やせ」

　と声をかけ、あわただしく動いた。その様を見ながら、正成は正季に顔を向けて、

「正季、長梯子をかけてきたのは鎌倉勢に焦りがあるということだ。ここらでひと当て、当てるぞ」

「おお、やるのか。待ちかねたぞ」

　と正季は腕を撫《ぶ》した。その間にも長梯子が城壁にかけられ、がきっ、という鉤が食い込む音が響いた。城兵たちが、

「敵が来たぞ」

「もはや、登り始めているぞ」

　と怒鳴ると油甕を城壁に担ぎ出し、柄杓で油をすくって長梯子に注ぎかけた。同時に松明が長梯子に向かって投げつけられる。

　やがて、長梯子に炎があがった。たちまちのうちに長梯子は火柱となって、登りかけていた兵たちが悲鳴をあげて空堀へと落ちていった。

「それ、いまだ」

　城兵たちは、空堀に落ちた兵たちに礫を投じた。長梯子は次々に火柱となって闇の中を大きく揺らいで崩れ落ちていく。

　幕府軍がうろたえる中、城のからめ手から忍び出た正成たちが突如、矢を射て襲い

かかり、さらに薙刀で斬りつけてまわった。

「楠木党が討って出たぞ」

「ひとりも逃すな」

幕府軍が逆襲しようとした時には、正成は、

——退けっ
と声をあげ、兵をまとめて闇に紛れて城へと駆け戻った。

幕府軍は焼け落ちた長梯子と空堀でうめく負傷者を前に悄然とするしかなかった。

幕府軍にとって千早城は際限なく流血を強いる、

——魔の城
だった。

この夜、無風は鎌倉の瑞泉寺にいた。正成が千早城で決起したことを夢窓に伝えるため、鎌倉にやってきたのだ。

瑞泉寺は嘉暦《かりやく》二年（一三二七）夢窓によって創建された。のちに鎌倉公方の菩提寺となった、鎌倉五山に次ぐ格式のある寺院である。山号の錦屏山《きんぺいざん》は、寺が紅葉ヶ谷と呼ばれる谷戸に位置して、紅葉が錦の屏風のように美しいからだ、という。

夢窓が庭に立ち、夜空を眺めていた。無風は夢窓の背後にひかえている。

星が流れた。

「ああ、北条は亡びるか」

夢窓は嘆声を発した。無風は息を呑んだ。

「まことでございますか」

「天の星は嘘を言わぬ。だが、北条が亡びなければならぬ真のわけを世間の者は知らぬであろうな。いや、北条を倒すため立ち上がった楠木正成ですら知らぬのだからな」

夢窓は夜空を見上げながら淡々と言った。

「北条が亡びるわけとは何でございましょう。わたしは師のお言いつけにより、帝の側近に近づき、楠木正成ら悪党と帝を結び付けて参りました。帝をないがしろにする北条を討伐するためと存じて参りましたが、そのほかにも北条が亡ぶわけがあるのでございましょうか」

無風が真剣な表情で言うと、夢窓は振り向いた。

目が爛と輝いている。

「あるとも、すべては一山一寧師の望まれたことだからな」

「それは、また――」

無風は目を瞠った。

「わが師である一山一寧師が、まことは元国がわが国に派遣した降伏を求める使者であったことは以前に話したな」

「うかがいました。執権北条貞時様は初め、一山一寧師を疑われましたが、その後、高僧であることを認め、帰依されたということでした」

「そのことにより、わが国は穏便のうちに元国の使者を厚遇したことになった。だが、一山一寧師はさらにわが国にあることを望まれるようになったのだ」

「あることと申されますと？」

「わが国に南宋国を蘇らせることだ」

「なんと」

無風は呆然とした。

一山一寧は正和二年（一三一三）には後宇多上皇の懇請に応じ、上洛して南禅寺三世となった。没したのは、十六年前の文保元年（一三一七）である。このころ、夢窓は病床にあった一山一寧を見舞った。

一山一寧は病の身ながら座禅堂で座禅をしていた。

夢窓がそっと座禅堂に入り、端座すると、痩せ衰え白い髭を蓄えた一山一寧は、眼を閉じたまま、

「夢窓か――」

と声をかけた。

「お邪魔でございましたら、退出いたします」

夢窓が答えると、一山一寧はかすかに頭を振った。

「いや、そなたに言い残さねばならぬことがある」

「ご遺言でございますか」

生死の境を越える修行をしている禅僧だけに夢窓は平然として言った。

「そうだ。かねて、そなたには、この国を変える力を持つ者を育てよと命じてきた」

「さようでございます。禅を国造りの根本といたす者を育てよとの仰せに従い、わが弟子の無風にこれぞと思う者を探させて参りました」

夢窓はよどみなく答える。

「それにより、国を変えるとはどういうことなのかを話しておかねばならぬ」

「承りとうございます」

「わたしは南宋の淳祐《じゅんゆう》七年（一二四七）に生まれた。南宋が亡びたのはわたしが若いころだ。その後は元の世になった。わたしは仏僧として修行したが、かたわら朱子学を学んだ。それにより、この世は天子が徳で治め、仏法がそれを助けるのが真の姿だと思うようになった」

一山一寧は苦しげに咳き込んだ。夢窓は腰を浮かしかけたが、一山一寧の咳が止まると再び腰を下ろした。

一山一寧は話を続ける。

「元の使者として、この国に来たとき、京の都には天子がおわすことを知った。南宋が亡び、元の世となったからには、すでに天子はこの世にいないものと思ってきた。だが、この日の本の国に天子がおわすのであれば、この国に南宋を蘇らせたいという夢をわたしは見たのだ」

「南宋を蘇らせる夢――」

「そうだ。この国ではかつて平氏が南宋と盛んに交易し、源氏の三代将軍実朝公は宋に渡りたいと願い、船まで造らせたという。さらに元寇において北条氏は元の使者を斬って戦った。南宋こそが正統な国だと思ったからであろう。されば、南宋亡びし後、この国こそが天子が徳で治める国となるのだ」

「されど、帝は京におわしますが」

「いまの北条は元と同じだ。帝をないがしろにし、やがて亡ぼそうとするであろう。その前に帝の世となし、さらに平氏と同じように交易を盛んにしてこの国に文物をもたらす武臣がいなければならぬ」

「さて、北条氏は師僧を手厚く遇して参りましたが」

「そのことはありがたいと思っている。しかし、北条は東国に引き籠り、海を越えて文物を取り入れた国造りをしようとはせぬ。それゆえ――」

一山一寧は苦しげに息を吐いて、

――帝、起つべし

北条亡ぶべし

と言った。夢窓は臍下《せいか》丹田《たんでん》に力を込めた。

「師僧の仰せ、わかりましてございます。しからば、わたしは何をなせばよろしいのでしょうか」

「わたしは帝に朱子学を伝え、天子とは何かをおわかりいただいた。さらに夢を見てきた。南宋のため戦い、倒れた忠義の臣、文天祥《ぶんてんしょう》、岳飛《がくひ》の夢だ。わが法力によって同じ夢を見させてきた者たちがいる。その者たちにそなたの法力によって夢を見させ続けよ」

「わかりましてございます。夢を見続けさせるのはいかなる者たちでございましょうか」

夢窓が訊くと、一山一寧はかすれた小さな声でふたりの名を告げた。ひとりは、

――楠木正成

である。さらに、もうひとりは、

——足利又太郎
だった。

「ふたりのうち、いずれかがこの国を天子が治める真の国としてくれよう」

一山一寧は笑った。

二十四

「ああ、さようなことだったのですか」

無風は大きく吐息をついた。

「一山一寧師の夢はわたしに引き継がれた。楠木正成と足利又太郎に限らず、多くの者に夢を見させてきたであろうな。あるいは執権北条高時も源氏の新田義貞も同様な夢を見たかもしれぬ」

夢窓が荘重な声で言うと、無風は大きくうなずいた。

「帝も朱子学を学ばれただけでなく、一山一寧師の夢をご覧になったからこそ、倒幕の志を持たれたのかもしれません」

後醍醐天皇のあくまで鎌倉を倒そうとする執念や気概は、一山一寧によってもたらされた夢によって生まれたのではないか。

「夢によって世は乱れるが、だからこそ新たな世が生まれるのだ」

夢窓は淡々と言った。

「されど――」

無風は首をかしげた。夢窓は無風に目を向けて、

「いかがした」

と問うた。無風はためらいがちに口を開く。

「この国に南宋を蘇らせることは良きことだと存じますが、夢を見た者の中にそれに得心せぬ者もいるのではございますまいか。楠木正成などはそのひとりでございます」

「なぜ、そう思うのだ」

夢窓は鋭い眼で無風を見つめた。

「正成は自ら正しきと信じることをなそうとしています。それだけにわれを捨て、他の者になろうとはいたさぬのではないでしょうか。彼の者は、わが国がわが国であることをよしとするのではないかと存じます」

無風は少年時代の正成を知っている。ひたすらおのれの正しさを見つめる湧きいずる岩清水のような少年だった。

正成はひとの夢で自らの生涯を決することを好まないだろう。まして、この国に南

宋を蘇らせることも喜ばないに違いない。正成ならば、

「南宋は南宋、わが国は、わが国。天にふたつの陽無きがごとく、この世に同じものはふたつ無し。亡びたものは天命が尽きた証し、蘇らせるのは天命に背くことなり」

と言うのではあるまいか。

無風はため息をついて、

「夢を見はするが、夢の虜にならぬのが楠木正成かと存じます」

と言った。

「夢の虜にはならぬか。面白いのう」

夢窓は言葉を切って笑みを浮かべた。

「無風、そなたは孤児であったのをわたしが拾い、育て、仏僧となした。それゆえ、わが意に従い、諸国をめぐり、わが夢に役立ちそうな漢たちを探してまわった」

「さようでございました。拾っていただいた御恩はいまも忘れておりませぬ」

「さようなことではない。そなたはわが夢に従って生きたが、楠木同様に、夢の虜とはならなかったようだと申しておるのだ」

無風はうつむいて答えない。

夢窓はしばらく夜空を見上げた。青い光を放って輝く星々を眺め、やがてゆっくりと口を開いた。

「なるほど、楠木は龍であるゆえ、自らを見失わず、他の何かにはなろうとせぬかもしれぬな」

夢窓は微笑んだ。無風は夢窓をしっかりと見つめた。

「さようなときはいかがなるのでしょうか。楠木正成はこの国に南宋を蘇らせようとする者と戦うやもしれませんぞ」

「それはそれでやむを得まい」

夢窓はきっぱりと言った。

「この国はさまざまな夢によって乱れ、朝廷すらふたつに分かれて争うことになるかもしれぬ」

「それはまた、恐ろしきことでございます」

「ひとが夢を見るとはさようなことかもしれんぞ」

また、夜空を見上げた夢窓が、

——見よ
と無風に声をかけた。無風はあっと息を呑んだ。

夜空を無数の星が流れていく。

「師僧、あれは何でございましょうか」

「さて、わからぬが、夢を見し者たちが、自らの道を求めて奔り出したのやもしれぬ」

夢窓は落ち着いて答える。

「夢魔が世を亡ぼすのではありますまいか」

「ひとが夢を見るとはそういうことかもしれぬ。亡びる夢こそがもっとも美しかろう」

夢窓の声が夜空に響いていった。

この夜、後醍醐は行在所で愛妾、阿野廉子、側近の千種忠顕《ちくさただあき》と酒を酌み交わしていた。

廉子と夜が更けるまで酒を飲むのはいつものことだ。そんなとき、後醍醐は、

「鎌倉は天子の尊きを知らぬ東夷ぞ」

と吐き捨てるように言うのが常だった。

隠岐の島はかつて〈承久の変〉で幕府に敗れた後鳥羽上皇が流された地であり、流《る》謫《たく》の行在所跡も残っている。

それだけに後醍醐の気持ちを滅入らせるのだ。

隠岐の島での厳しい暮らしでも美しさにやつれを見せない廉子はいつも笑みを浮かべて、

「帝の世がこのままで終わってよきはずはございませぬ」

と言い続けてきた。

この夜は、千種が京からの文を示しつつ、

「楠木正成は千早城に籠り、鎌倉の大軍を悩ましておるそうでございますぞ」

と話した。

「大塔宮はいかがいたしておる」

後醍醐は声を低めて言った。言葉の端に陰りがある。千種はそれを察しつつ言葉を選んで話した。

「大塔宮様は吉野城が落ちた後も屈せず山中に籠って勇猛に戦われ、六波羅勢を悩ましておられるようでございます」

「さように勇猛であれば、悪党どもに慕われよう。中には島流しとなった朕に代えて大塔宮を帝にしようと企む悪党が出てくるのではないか」

後醍醐は警戒するように言った。千種はあわてて、言葉を添えた。

「さようなことは決してございません」

「そうかな。朕はかように隠岐の島に流されておる。島流しのまま生涯を終えるかもしれぬのだぞ。そうなれば若い大塔宮のまわりにひとは集まろう」

後醍醐は感情の量が豊かでかつ激しい。だからこそ、幕府を打倒したいという一念を持ち続けることができるのだ。それだけにひとへの嫉妬を抱けばその思いは怨念となり、大蛇のようにのたくるのかもしれない。

廉子が、ほほ、と笑った。

「帝がなんとお気の小さいことを申されますことか。大塔宮も楠木正成も帝のために懸命に戦っているのでおじゃります。帝はゆったりとお待ちになればよろしいのではありませぬか」

後醍醐は苦い顔をした。

「ゆったりなどしてはおられぬ。一刻も早く京に戻りたいのだ。何とかならぬものなのか」

後醍醐が嘆きの声を発すると千種も廉子も黙るしかなかった。すると御座所の入口に侍女が顔を出して、

「恐れながら申し上げたきことがございます」

と言った。鈴虫である。廉子は小首をかしげて答えた。

「なに用じゃ」

「楠木党の者が、帝が隠岐の島を出られるのをお助けするよう楠木様より命じられたとのことでございます」

後醍醐は立ち上がった。

「その者を待ちかねていたのだ。会おう」

鈴虫はちらりと後醍醐を見てから、

「広縁にお出になられてくださいませ。使いの者は庭先に控えさせます」

と言うと頭を下げて出ていった。後醍醐は頬に朱を上らせて、

「朕が願うたことがかないそうだ。真の天子の世が間もなくくるぞ」

と言うと広縁へ出た。千種と廉子が続く。広縁の前は庭というほどには整えられていないが雑草をとりはらってある。

山伏がひとり膝をついて控えていた。鬼若である。

千種が広縁に立ったまま、

「楠木党の者はそなたか」

と声をかけた。鬼若は頭を下げて答えた。

「さようでございます」

千種はうなずき、後醍醐に頭を下げ広縁に膝をついてから鬼若に問うた。

「楠木党が帝を島から出られるようにいたすとはまことか」

「いかにもまことでございます。沖合には名和水軍の船が来ております。警護の者の油断をついてわれらが小舟にて沖までお連れいたします」

千種はほっとした表情になった。

「おお、それはよいな。だが、警護の者が油断するときとはいかなる日なのじゃ」

鬼若はためらいつつ答える。

「風雨の日でございます」

「なんと。さような日に小舟で海に出れば危ないではないか」

「だからこそ、警護の者の目が届きませぬ。わが主人、正成は帝の御運強ければ、風雨に妨げられることなどない、と申しました」

鬼若が言うと、後醍醐はからりと笑った。

「楠木は朕を試しておるのだ。真の天子であるならば、風雨などものともせず、島を出よとな」

「帝を試すなどあまりに不遜でございます」

千種は憤った。後醍醐は頭を振って言葉を継いだ。

「いや、楠木の申すことはもっともだ。かつて天子は唐の国にいた。しかし、元が天下を制して、彼の国に天子はいなくなった。朕こそはただひとりの天子である。風雨を従えるほどのことができなければ真の天子とは言えぬ」

「それではこの者の申すように」

「風雨の日こそ、朕が島を出るにふさわしいぞ。京へ嵐を起こしに参るのだからな」

後醍醐は傲然として嘯いた。

千早城を囲む鎌倉勢は正成の機略縦横の戦いぶりに、しだいに厭戦気分を募らせて

いた。千早城を遠巻きにして、

――兵糧攻め
にするという大義名分ではかばかしく攻撃を仕掛けなくなった。

ただ、呆然と千早城を眺めるだけの武士たちが多くなり、中には江口、神崎の遊女を呼ぶ者まで出てきた。

遊女たちのはなやかな着物が陣中でちらつき、嬌声があがると兵の端々にいたるまで、千早城を攻めようとする者はいなくなった。

さらに博打《ばくち》にふけり、さいころの目の言い争いから相手を刺し殺す者まで出てきた。

千早城の櫓から鎌倉勢を見下ろしていた正成に正季が、

「どうやら、鎌倉方は戦どころではないようだ。いっそのこと討って出て決着をつけたらどうであろうか」

と言った。正成は笑って、

「さすがにそれは早かろう。だが、帝が隠岐の島から出れば、われらも討って出ることになろう」

「帝が島を出れば、それほどに変わるのか」

「間違いない。帝が島を出れば、名和長年が起ち、赤松円心が蜂起する。われらがここで鎌倉勢を引き受けているからには、六波羅の防ぎはできておらぬはずだ。赤松殿ならば一気に六波羅を落とすだろう」

　正成は淡々と言った。

「それではいたずらに赤松に武功をあげさせることになるな」

「そうでなければ赤松は動かないのだから、しかたあるまい」

　正成が笑ったとき、櫓の下に山伏が駆け寄ってきた。

　正季が山伏に気づいて、

「鬼若ですぞ」

　と大声で言った。正成が見下ろすと、鬼若は大きくうなずいた。

「よし、話を聞こう」

　正成は正季をうながして櫓を下りた。正成が目の前に立つと鬼若は跪いて、ぎらぎらと光る眼で見上げた。

　大きな使命を果たしてきたという顔だ。正成はまわりの兵たちに向かって、

「鬼若が大事な話を伝えに来たぞ。皆、聞くがよい」

　と怒鳴った。これまでの戦闘で日焼けし、泥に塗れ、体のあちらこちらに傷を負い、血が滲んだ兵たちが集まってきた。

　鬼若は片膝をついたまま、

「皆の前で話してよろしゅうございますか」

と訊いた。

「よいとも、われらはともに戦っておる。戦がどうなるか、皆知りたがっておるのだからな」

正成の言葉を聞いて鬼若は声を高くした。

「閏二月二十四日、帝は風雨をついて隠岐の島を脱出、伯耆国の名和長年様に迎えられて船上山《せんじょうさん》に籠られました」

「間違いないか」

正成は顔を輝かせて訊いた。

「間違いございません。わたしが帝を行在所より背負って小舟をとめた場所までお連れいたしました」

鬼若が胸を張って答える。

「よし、これで戦は勝ったぞ」

正成が叫ぶと兵たちが歓声をあげた。

二十五

後醍醐が隠岐の島を脱出したという報せは、播磨国の赤松円心の邸にも届いた。

円心は大塔宮護良親王を一月には迎えて挙兵の準備をしていた。
後醍醐が名和長年に迎えられて船上山に籠ったことを、邸に設えた御座所で護良親王に報せた。かたわらには正成が派した恩地左近がひかえている。護良親王はにこりとして、
「そうか、これでそなたが起ち上がれば、一気に六波羅を攻めることができよう」
円心は苦笑した。
「何を仰せになります。わたしはすでに親王様をお迎えいたして起ち上がっておりますぞ。旗幟《きし》鮮明にございます」
「さようかのう。楠木の千早城が早々と落ち、父君が隠岐の島に囚われたままであれば、わたしを捕らえて六波羅に寝返るつもりではなかったのか」
円心は、はっはと笑った。
護良親王は、これまで各地の集団や武家に令旨を送って、倒幕への蜂起をうながしていた。令旨を送られたのは、
紀伊国粉川寺行人
播磨国太山寺衆徒
熊谷小四郎
忽那《くつな》重明《しげあき》

などだが、さらに遠く九州の、

薩摩国牛屎郡司入道

筑後国原田種昭

にまで及んだ。令旨の文面は、

――東夷を追討せんがために、軍勢を召される所なり、早く勇健の士を相率して馳参じ、合戦の忠節を致すべし

というもので、北条氏を後醍醐と同じように、

――東夷

と呼んでいた。これらの中でも円心は最大の勢力を持っていた。円心は護良親王の令旨を受けるや一族のうち、幕府側に与しようとした者を討っていた。さらに、六波羅探題の命を受けた備前の守護加地氏の先発隊である伊東惟群《いとうただむら》の軍勢と戦って破り、逆に伊東を服従させ、幕府軍の備えとして三石城に籠らせた。

これまで幕府軍に対して防衛の戦いをしていた円心だが、後醍醐の隠岐の島脱出を知ると、護良親王に、

「さて、これからわが赤松の武勇のほどお見せいたしまするぞ」

と傲然として告げた。

「見せてもらおうか」

護良親王は笑ってこれを受ける。

円心は東上を開始した。石楠花山《しやくなげさん》を経て、布引谷《ぬのびきたに》沿いに南を目指し、摂津摩耶山城へ入ると、攻めかかってきた六波羅軍二万を山野に潜み不意をついて奇襲する、

――野伏戦法
で打ち破った。勢いにのった円心は尼崎に進出した。三月十日に六波羅軍一万が瀬川に布陣すると川を挟んで対峙した。

その日の夜、尼崎から上陸した四国の小笠原勢が奇襲をかけてきたが、円心はわずか五十騎で敵を突破し、久々知《くくち》に帰陣した。さらに集合した兵三千騎を率いて敵陣に夜襲をかけ、敵を敗走させた。

数日後には摂津と山城の国境、山崎に進み、淀や赤井、西岡などに火を放って京を脅かした。焦った六波羅軍は、二万の兵を出陣させ、赤松勢と対峙した。これに対して円心は、軍をふたつに分けて一方を久我縄手《こがなわて》へ向かわせるとともに、自らは桂へ進み、桂川を挟んで六波羅勢と向かいあった。だが、桂川はおりからの雨で増水し、両軍ともに渡河はできそうになかった。しかし、陣頭に立った円心は、

「これしきの川、渡れぬことがあるものか」

と兵たちを叱咤して押し渡り、驚く六波羅勢を撃破した。赤松勢は、大宮、猪熊、堀川、油小路に火を放ちつつ六波羅に向かって進み、東山へと攻め込んだ。

陣中で護良親王は微笑み、円心に言葉をかけた。

「なるほど、楠木が何としてもそなたを味方に加えようとしたはずだ。凄まじき悪党の戦いぶりだな」

円心はにやりと笑った。

「何の、戦はまだこれからでござる。六波羅の力はあなどれませぬ。容易く攻め落とせはいたしますまい。苦戦もお覚悟あってしかるべしと存じますぞ」

「なるほど、そうでなくては面白くないわ」

護良親王はからりと笑うと燃え盛る京の町に目を遣った。

このころ、六波羅探題では光厳《こうごん》天皇を迎えて六波羅を仮御所とした。六波羅に攻めかかろうとする赤松勢を、

――朝敵

として非難するとともに新手の大軍を投入して赤松勢の進撃を阻んだ。

後一歩のところで敗れた赤松勢は総崩れとなり、円心はいったん、男山まで退いた。

護良親王は、不敵な笑みを浮かべて、

「これまでは破竹の勢いであったが、さすがに六波羅を仮御所とされては攻め難かっ

たな。どうする、いったん播磨に退くか」

と訊いた。円心は赤ら顔の髭をなでながら、

「われらはすでに野に放たれた虎でござる。獲物に食いつかねば巣に戻ることはございません。楠木が千早城で大軍を引き受けて作った好機を生かさねば楠木に笑われましょう」

と吠える様に言った。

そして円心は何を思ったのか、自分の旗印である左三つ巴の旗に大きな龍を描いて兵に掲げさせた。左三つ巴の上に龍が描かれた異様な旗が風に翻ると、円心は大声を発した。

「ただいま、わが旗に龍が舞い降りた。これはわが軍が勝利するという八幡菩薩のお告げである。よって今一度、京に攻め込むぞ」

兵たちはどよめき喚声をあげた。旗に龍を描いただけで、八幡菩薩のお告げがあったとは信じなかったが、円心の闘志がくじけていないことを知って頼もしく思ったのだ。

護良親王も円心のかたわらに立ち、

「神慮はわれらにあり、逆賊、北条を亡ぼさずにはおかぬぞ」

と甲高い声で叫んだ。

円心はすぐさま山崎と八幡に陣取り淀川と西国街道を押さえて六波羅勢を追い詰めた。四月三日に六波羅を攻めたが落とせない。

円心が苛立つうち、鎌倉からの援軍として名越高家と足利高氏の軍勢が迫ってきた。高氏は楠木攻めに加わった後、いったん東国へ引き揚げていたが、幕府の命により、再び出陣したのである。

円心はこれを知ると、

「鎌倉の援軍を破れば、六波羅の気力は潰えよう」

と勇んで久我縄手で戦った。

この戦ではなぜか足利勢に戦意が見られず、円心はその隙を突いて、猛攻し、名越高家を討ち取った。

赤松勢が名越勢を破ったのを見届けた足利高氏は粛々と兵を引き、戦場から引き揚げていった。その様を馬上で見据えた円心は、やはり馬に乗っている護良親王に近づくと、

「親王様、足利には裏切りの色が見えます。おそらくこれからは、鎌倉を裏切る武将が相次ぎ、勝負は一気につきますぞ」

「ほう、さようか」

護良親王も戦場を去る足利勢に目を遣った。

「此度の倒幕の戦、第一の功は楠木でございましょうが、第二の功はそれがしであることをお忘れなく」

円心は抜け目なく言った。

「それは六波羅を攻め落としてから言うことであろう」

「すでに六波羅は落ちたも同然でござる。なればこそ、恩賞の念押しをいたしております」

円心は返り血を浴びた顔でからからと笑った。

足利高氏は、西国の足利氏の所領である丹波国篠村の八幡宮へ向かうよう家臣に命じると、馬上で目を閉じた。

楠木攻めから東国に戻って、しばらくしてから見た夢のことを思い出していた。

何ということもない夢だ。

高氏は白馬に乗って野駆けをしていた。ただ一騎草原を駆けていくと、遠くに富士の霊峰が見えた。蒼穹に向かって雪に覆われた白い頂が突き上げている。

天に向かって、傲然と聳える富士だ。高氏は微笑しながら富士を眺めていたが、白馬に鞭を入れ、走り出そうとした。そのとき、草原にひとりの僧侶が立っているのに気づいた。

（誰であろう――）

そう思うと同時に、この僧侶が自分の運命に大きく関わってくるのだ、ということがわかった。

高氏は僧侶に向かって馬を走らせた。だが、どうしたことかいかに駆けさせても僧侶に近づけない。その瞬間、晴天に霹靂《へきれき》が走った。

はっとして青空を見上げると、富士の頂から、

――足利に誉れあり

という声が響いてきた。同時に汗びっしょりになって高氏は目覚めた。

翌朝、高氏はかねて屋敷に出入りしている陰陽師を呼んで、夢の意味について訊いた。陰陽師は恐れるがごとく、

「富士を夢見られたのは武門の頭領となられる証しでございますが、足利に誉れありという言葉の意味はわたくしにはわかりかねます。おそらく、いずれそのことを告げる高僧に出会われるのではないかと存じます」

と言った。そうか、とうなずいた高氏はそれ以上、夢のことを詮索はしなかった。いずれにしても、わが身に起きることならば、わが意に沿うに違いないと思ったからだ。

そして楠木正成が千早城で天下の大軍を翻弄し、後醍醐が隠岐の島から脱出し、赤

松円心が六波羅探題に挑みかかる様を見たとき、

（そろそろ潮時だな）

と高氏は思った。もはや、鎌倉の命運は尽き、新たな武門の頭領が求められている、と思った。だとすると、それは源氏の名門である自分しかいない、と高氏は思っていた。

そう考えながらも不思議に夢と結び付けて考えはしなかった。

（夢は夢だ。わがなすことと関わりはない）

高氏はさらに馬を進めた。

四月二十九日――

高氏は丹波国篠村の八幡宮で兵を集めると、

「これより、先の帝に忠誠を尽くし、逆賊、北条を討つ。これぞ、足利の誉れぞ」

と宣言した。高氏は諸国の武家に軍勢催促状を発し、兵を集めながら、京に向かった。高氏の兵力は二万三千騎に膨れ上がった。高氏は近江国の佐々木道誉と合流して入洛した。

五月七日――

円心も千種忠顕や結城《ゆうき》親光《ちかみつ》らとともに高氏の軍勢に加わった。

高氏は六波羅を陥落させた。このとき、六波羅探題は京市内に防戦の備えをしていた。三条より九条まで塀を造り、櫓を建てて射手を置いていた。さらに羅城門から八条河原まで丸太の塀と乱杭逆茂木をめぐらし、さらに濠を造った。六波羅政庁のまわりにも鴨川の水を引いた濠を掘っていた。だが、どれほど要塞化しようともすでに兵の気は萎えており、足利勢の大軍が押し寄せると総崩れになった。六波羅探題の北条時益は敗れて落ち延びる途中で戦死し、また北条仲時は自害して果てた。

東国では新田義貞が決起していた。

義貞は楠木攻めに加わるように命じられて出陣していたが、はかばかしい戦にならないことから所領がある上野国に戻っていた。

このとき、幕府は軍費調達の有徳銭徴収のため徴税吏の紀《き》出雲介親連《いちものすけちかつら》と黒沼彦四郎入道を義貞の所領である新田荘の世良田に派遣した。ふたりは新田荘に入るなり、傲慢な振る舞いをした。

六万貫文もの軍資金を五日の間に納入しろと迫ったのである。これは新田氏の所領である世良田が長楽寺の門前町として栄え、富裕な商人が多かったためだ。

義貞のもとに商人たちが相次いでふたりの非道を訴えてきた。特に黒沼彦四郎は幕府の威を借りて居丈高な姿勢をとることが多かった。義貞は郎党から徴税吏の無礼を

聞くと目を鋭く光らせて、

「もはや、我慢は止めた。鎌倉には従わぬぞ」

と吐き捨てるように言った。

義貞は郎党を走らせて紀出雲介親連を捕らえ、黒沼彦四郎を斬って梟首《きょうしゅ》にした。

義貞は五月八日、新田荘内一井郷の生品《いくしな》明神で百五十騎の一族を集め、

「これより、鎌倉を討つ」

と高らかに告げ、討幕の挙兵をした。義貞は東山道を西に進み、八幡荘でさらに越後、上野の一族、二千騎を結集した。

武蔵国に入り、鎌倉街道を南下すると甲斐源氏、信濃源氏の一族など五千騎が合流して軍勢が膨れ上がった。総勢、七千騎である。

さらに足利千寿王丸（義詮《よしあきら》）を擁した足利軍や足利氏の被官である高氏の一族なども加わった。

義貞は軍勢を率いて、さらに鎌倉に迫り、

——分倍河原合戦
などで鎌倉勢を撃破した。

五月十八日には稲村が崎へ兵を進め、鎌倉に迫った。

二十六

新田義貞の軍勢が鎌倉に迫っている報せがもたらされたとき、北条高時は館の広縁で朱塗りの大杯を手に庭先での闘犬を見物していた。たくましい二頭の犬がうなり声をあげて威嚇し、地面を蹴って体をぶつけ、さらに噛みつく。凄まじい格闘に酔眼で見入った高時はいつの間にか、

「しっかりしろ足利――」

「負けるな楠木」

と声をかけては大声で笑った。

すでに足利高氏が裏切り、楠木正成の千早城は幕府の大軍に攻められてなお陥落しなかったことが伝えられている。

異常とも思える高時の振る舞いを御家人たちは虚しく見つめていた。

元弘三年（一三三三）五月十八日、新田義貞の軍勢は三手に分かれて鎌倉に迫っていた。三手とは、
化粧坂の切り通し
極楽寺坂

巨福呂坂

である。攻める新田勢が二万、守る北条勢は三万から四万だった。兵の数においては北条勢が勝ったが、新田勢には大将の義貞が先陣に立って突き進む勢いがあった。

この日の早朝から三方で同時に攻撃が始まった。義貞は化粧坂の切り通しで陣頭に立って戦った。巨福呂坂と極楽寺坂でも新田勢は奮戦した。

だが、鎌倉を死守しようとする北条勢の抵抗は激しく、一進一退の戦局が続いた。

このころには足利高氏が六波羅を陥落させたことが伝わってきた。

この報せを聞いた義貞は、

「おのれ、足利に先を越されたか」

と歯嚙みした。弟の脇屋《わきや》義助《よしすけ》が、

「兄上、こうなったからには一刻も早く鎌倉を落とさねば、われらの面目が立ちませんぞ」

とかたわらで言った。

「その通りだ。しかし、どうしたものか」

鎌倉を落とせば勲功第一であることは間違いない。義貞はなんとしても自分の手で鎌倉を落とさねばと焦った。

だが、鎌倉の入口である三手では、いまも頑強な抵抗が続いている。どうしたもの

か、と義貞が思案していると義助が、

「兄上、稲村が崎からまわってはどうだろうか」

と言った。義貞ははっとした。

「海から府内に入るのか」

「それしかあるまい」

義助は真剣な眼差しで言った。鎌倉は海に面しており、稲村が崎をまわれば一気に府内に乱入できる。

しかし、沖合には北条の軍船百余隻がひしめいており、船で近づくのは容易ではない。

義貞は義助とともに稲村が崎の海岸を見に行った。引き潮のころだった。義貞は潮が引き、干潟《ひがた》が現れるのを見て、

「これだな」

とつぶやいた。引き潮に乗じて海岸線を兵を率いて進めば沖合の北条船から邪魔されずにすむのだ。

義助が海を眺めながら、

「しかし、時機を失えば、満ち潮でおぼれ死ぬかもしれんぞ」

と恐れるように言った。義貞はからりと笑った。

「その前に鎌倉を亡ぼす」

義貞の鬢が潮風に揺れた。


五月二十一日夜——

新田勢は三手で一斉に攻撃を開始した。あたかも主力が乱入しようとしているかのような勢いを見せた。このころ、北条の館では、さすがに鎧姿になった高時を長崎高資ら重臣が取り巻き、

「お館様、敵が迫っております。いったん船にて鎌倉から立ち退きましょう」

と必死にかきくどいた。

高時は薄ら笑いを浮かべた。

「立ち退くだと、どこへ行くと言うのだ。鎌倉あっての北条ぞ。鎌倉を出れば一寸の土地もあるまい」

鎧姿の高資が膝を進めた。

「何の、まだまだ諸国にわれらの味方はおりますぞ。かねて誼《よしみ》を通じている者のところに参れば喜んで迎えてくれましょう」

高時はくっくと笑った。

「そう思うなら、そなただけで参るがよい。いままでは鎌倉だ、北条だ、というから

媚を売っていた者も手のひらを返して、そなたを討ち取り、京の謀反人どもから恩賞を得ようとするに違いないぞ」

高時の言葉にまわりの重臣たちは困惑して顔を見合わせた。たしかに高時が言う通り、味方をしてくれそうな豪族に心当たりはないのだ。

高資が腹立たしげに大声を発した。

「ならば、お館様はどうされるのか」

高時は不思議な光を帯びた目で高資を見つめた。

「わしは夢に従う」

「夢ですと」

高資はあっけにとられた表情になった。高時は深々とうなずく。

「わしは若いころから何度も鎌倉が亡ぶ夢を見てきた。かように敵が迫り、そなたたちが狼狽し、騒ぐ様子は何十回、見てきたことか。もはや、飽きはてたぞ」

「何を言われますか」

高資は口をぽかんと開けてあえいだ。

高時はまたしても含み笑いをした。

「夢の中で老僧からわしにお告げがあった。北条が亡びずにすむ方法があるとな」

「それはどのような方法でございますか」

高資が恐る恐る訊いた。

「たやすいことだ。鎌倉を捨てて京に上り、京で幕府を開き、平清盛のごとく交易を行って、この国を富ませよ、というのだ」

「それなら、今からでも遅くはございませんぞ。新田義貞を蹴散らし、京に上りましょうぞ」

高資が言うと高時は大きく首を横に振った。

「何を申す。鎌倉こそ武士の府だぞ。鎌倉を捨て、京に上れば、もはや公家と見わけもつかぬ得体の知れぬ者になる。鎌倉にあってこそ、北条であり、武士の世なのだ」

「しかし、このままでは新田や足利がわれらにとってかわり、武門の頭領として栄えましょう」

口惜しげに高資は言った。

「そうはなるまい。帝の意のままに従う奴らは所詮、闘犬にすぎぬ。戦いが終わって犬小屋に戻り、餌をもらうだけのことだ」

そこまで言って高時はふと口を閉ざした。しばらくして、

「悪党の楠木正成だけはそうではないかもしれぬな。あの漢は何を目指しているのであろう」

とつぶやいた高時は広縁から庭に降りた。夜空を見上げて、

「まもなくだ。鎌倉は紅蓮の炎に包まれて亡ぶぞ。この光景を何度夢に見たことか。若いころは恐ろしかったが、いまは不思議に恐ろしくはないな」

と言うと、からからと笑った。

二十二日未明――

新田義貞は軍勢を率い、ひそかに稲村が崎の海岸に来た。

義貞は海に歩み入り、太刀を両手で捧げ持ち、

「南無八幡、我をここより渡らせ給え――」

と唱えて太刀を海中へと投げ込んだ。その時、極楽寺坂に火の手が上がった。沖合にいた北条の軍船はこれを新田軍の主力の攻撃と見て鎌倉方面へと移動する。

やがて潮は大きく沖へ引き、稲村が崎一帯は広い干潟となった。

義貞は腰の太刀を引き抜き、

「いざ、進め――」

と叫ぶと馬を駆って干潟を走った。騎馬武者たちがこれに続き、兵たちも喚声をあげて走った。

新田軍は稲村が崎を突破して北条勢の不意を突き、鎌倉市中へ乱入、敵を蹴散らし、

火を放った。

北条勢は総崩れになり、極楽寺坂や化粧坂の切り通しからも新田勢の侵入を許した。すでに日が上り、鎌倉市中での戦いになり、兵を率い抗戦を続けていた高資もしだいに追い詰められ、絶望を深め、

「もはや、これまでだ。退け――」

と叫んだ。後は死が待つだけだった。

最期を覚悟した高時は菩提寺の東勝寺を死に場所に定め、一族を集めた。酒を酌み交わし、高時自身が舞い、歌った後、自害して果てた。一族の者たちも相次いで命を絶っていった。自害した者は一族、家臣合わせて二百八十三人、さらに後を追った兵を合わせると八百七十人余りが死んだ。

東勝寺は炎に包まれた。


夢窓と無風は近くの山から燃え盛る東勝寺に向かって合掌し、読経していた。

夢窓が読経をやめると、無風も合掌していた手を下ろした。

無風は悲嘆の表情を浮かべて、

「権勢を誇った北条一門も亡ぶときはあっけないものでございますな」

とつぶやくように言った。

夢窓は東勝寺の炎を見つめながら、

「権勢などは幻にすぎぬ。幻が消えるのがあっけないのは当たり前であろう」

「さて、そう言ってしまえば、ひとの世の営みのすべてが儚いものに思えますが」

無風がため息をつくと夢窓は振り向いた。

「そなたは、まだわからぬのか。ひとが日々、働き、子を育て家を守り、まわりのひとびとのために尽くすことは幻などではない。そのようなひとびとの上に立ち、自らを尊しとする者こそが幻だというのだ」

「ならば、北条が亡びた後、世に立つ者もまた幻でございましょうか」

無風は夢窓をまっすぐに見て訊いた。

「それは世に立った者の心しだいだ。この世は徳によって治められるのが真の姿であると知る者であるならば、幻とはならず、この国に南宋を蘇らせるであろう」

夢窓は静かに言った。

東勝寺の炎がさらに、空高く燃え上がった。

元弘三年五月十二日、後醍醐は六波羅滅亡の報せを伯耆国の船上山で受けると二十三日には帰京の途についた。

二十七日に播磨国の書寫山圓教寺《しょしゃざんえんぎょうじ》、法華山寺に立ち寄り、さらに兵庫の福厳寺《ふくごんじ》にま

わったところで、

――鎌倉亡ぶ
という報せを受けた。

「まことか」

喜色を浮かべた後醍醐は直ぐに祈禱所を設けさせ、護摩を焚き、鎌倉を調伏したことを神に謝した。

後醍醐は隠岐の島を出て以来の苦労を思い浮かべ、自らの力こそが鎌倉を亡ぼしたのだ、と自信を深めた。

後醍醐が六月一日、兵庫に逗留して、翌二日に出発しようとしたところ、騎馬武者の一団が砂塵を蹴立てて近づいてきた。

見ると、楠木正成だった。

「おお、楠木が参ったか。忠誠第一の者ぞ。これへ――」

後醍醐は機嫌よく正成を近くに召し寄せた。

正成が片膝をつき、感無量の面持ちで見上げると、後醍醐も目に涙をためて、

「千早城での奮戦まことに見事であったぞ。そなたの忠義がなければ鎌倉は倒せなかったぞ」

と言った。正成は戦塵で黒くなった顔のまま、

「すべては帝の御威光によるものでございます」

と言上して頭を下げた。

後醍醐はにこりとした。

「おお、さすがに楠木は功を誇らず、良きことを申す。案じるなよ、そなたの武功は決して忘れぬぞ」

正成を褒めた言葉だった。だが、なぜか正成はひやりとした。

(帝は鎌倉追討の功を認めたくない者がいるのではないか)

そう思ったからだ。

誰であろう、と考えて思い当たったのは、

――護良親王
だった。後醍醐が隠岐の島に流されている間も戦い続けた護良親王こそ、皇族での功績の筆頭だろう。

しかし、それだけに後醍醐から警戒されるかもしれない。

鎌倉幕府を倒し、これから新たな世が始まろうとしているにも拘わらず、正成は不吉な内紛の匂いを感じ取った。後醍醐はそんな正成の当惑とは関わりなく、

「楠木、朕が京に入る際の先導をそなたに命じる」

と言い添えた。後醍醐の声音には、

（どうだ。名誉であろう）

という響きがあった。

一介の悪党である正成にとって、鎌倉幕府を倒した後醍醐の京都入りを先導することは、はれやかで限りなく名誉であることは間違いなかった。しかし、そのことを命じる後醍醐の思惑が正成は気になった。

後醍醐はあえて依怙贔屓をすることで、身の回りを側近で固めようとしているのではないか。

それは何のためか。

正成は眉をひそめて考えた。

後醍醐の京都入りにあたって正成は先導を務めた。だが、間もなく奇怪な噂が伝わってきた。

護良親王が兵を集めて大和国信貴山《しぎさん》城に立て籠り、武装解除しようとしないというのである。

二十七

後醍醐は京に向かう途中、光厳天皇を廃し、さらに「正慶」にあらためられていた年号を「元弘」に戻していた。

六月五日、京に入った後醍醐はまず、登極《とうきょく》（天皇の位につくこと）をしたのだが、再び天皇位につく重祚《ちょうそ》ではなく、遠くへ行幸して戻ってきた還御《かんぎょ》の式として行った。

さらに後醍醐は倒幕の功績による除目を行った。特に身分低き者の中で抜擢が目立ったのが、

――三木一草《さんぼくいっそう》

である。

楠木正成
名和伯耆（長年）
結城親光
千種忠顕

ら四人の名から「き」と「くさ」を取ったのだ。

中でも正成は記録所、恩賞方、雑訴《ざっそ》決断所などの要職につけ、河内などいくつかの守護に任じ、河内、土佐、出羽国などに所領を与えた。

だが、倒幕の功績に第一とされたのは、

――足利高氏

だった。高氏は内昇殿を許され、鎮守府将軍に任じられて従三位となり、後醍醐の

偏諱《へんき》を与えられて、名を、

――尊氏

とあらためるなど厚遇された。これに比べ、鎌倉を攻め滅ぼした新田義貞は従四位上に叙され、左馬助に任官、さらに上野介、越後守となったが、尊氏よりは低い評価に留まった。これは東国の武士たちの間では尊氏の方が人気が高く、義貞については源氏の一武将に過ぎず、源氏の名門である尊氏が倒幕に踏み切ったのに呼応して挙兵したに過ぎないと見なされたのだ。

後醍醐の新政が始まると東国の武士たちは鎌倉攻めの恩賞にあずかろうと、尊氏を頼って上洛してしまった。義貞もまたその後を追うように京に上らざるを得なかったのである。

一方、親王の中で最も倒幕に功のあった護良親王は、その後も兵を集め、大和国信貴山の毘沙門堂に立て籠っていた。

後醍醐は護良親王に兵を解散し、僧籍に戻るよう命じていたが応じようとしなかった。

護良親王の頑なな態度は六波羅滅亡後、京で軍事力を握りつつある足利尊氏への警戒があった。

護良親王が尊氏に敵がい心を燃やすきっかけとなった事件は五月に起きた。護良親王の配下である殿法印良忠《とののほういんりょうちゅう》の手の者二十人ほどが市中の土蔵を破って金品を盗んだ。

市中警備の任を負っていた尊氏は、これらの賊を捕らえたうえ、六条河原でさらし首にした。この際、賊たちが、大塔宮（護良親王）に仕える殿法印良忠の手の者だと明らかにした高札を立てた。

あからさまに護良親王を誹謗する行為だった。このことを知った護良親王は、

「おのれ、尊氏め」

と憤怒した。護良親王にしてみれば、自分は元弘元年（一三三一）に後醍醐とともに倒幕の兵を挙げて以来、山野に起き伏して闘い続けてきた。それに比べ尊氏は源氏の名門として北条からも大事にされながら、倒幕戦の土壇場で寝返って六波羅を落としたのだ。

潔さを好む護良親王は尊氏を、

――汚し
として嫌っていた。そんな護良親王の様を伝え聞いた後醍醐の愛妾、阿野廉子は、

「大塔宮様には近頃、傲岸なご様子でございます。鎌倉を倒したのは、何より、帝のご威光によるものでございますのに、あたかもご自分ひとりで倒されたかのような気炎をあげておられますそうな」

と後醍醐に寝所で囁いた。

「そのことだ。どうも足利を鎮守府将軍にしたのが気に入らぬらしく、自分を征夷大将軍にしてくれと言ってきておる。さらに足利を討つことを願っておる。足利を抑える者は自分しかおらぬと思っているようだ」

後醍醐は苦々しげに言った。廉子はしばらく考えてから、

「ならば、お望み通り征夷大将軍にして差し上げたらいかがでございますか」

「護良の思い通りにしろというのか」

怪訝な顔をして後醍醐が見返すと、廉子は薄闇の中で白い顔に笑みを浮かべた。

「大塔宮様と足利は言わば犬猿の仲。そのふたりが嚙み合っていずれが怪我を負おうと帝に御損はございますまい」

「なるほど、足利も近頃、増長しておるようだ。護良を嚙ませてみるのも面白いか」

後醍醐は目を光らせてうなずいた。

廉子は含み笑いをすると後醍醐に白い裸身を寄せた。


後醍醐から征夷大将軍に任じられた護良親王は、六月六日に信貴山を下り、十三日に京に入った。

数日後、正成は護良親王のもとに行った。

正成が広間に通されると、すでにひとりの漢が来ていた。漢の前には酒器が置かれ、

ひとりで盃を傾けていたようだった。漢は、

――赤松円心

だった。

「なるほど」

正成は円心のかたわらに座りながらつぶやいた。

「何が、なるほどだ」

円心が酔っただみ声で言った。

「いや、近頃、大塔宮様には不遜の振る舞いが多いと聞きましたが、焚きつけていたのは赤松殿でござったか」

円心は鼻で嗤った。

「半分は当たっておるが、半分ははずれておる」

正成は鋭い目で円心を見つめた。

「はずれている半分とは何でござろうか」

「知れたことだ。なるほど足利尊氏を警戒すべきだ、と説いたのはわしだ。なにせ、六波羅探題を追い詰めたわしの功は最後に寝返った足利のおかげで影が薄くなった。播磨守護にこそしてもらったが、京では足利の名を口にする者は多くとも赤松を言うものは少ないからな」

「それゆえ、大塔宮様を焚きつけ、足利を追い落とそうと目論んだのでござろう」

「その通りだが、大塔宮様にはわしと違う鬱屈がおありだ。それゆえ、足利のことを言い立てて、波乱を起こそうとされているが狙いは別なのだ」

「いったい何だというのですか」

　正成が重ねて訊くと、円心は翳りのある目で正成を見返した。

「宮様は新政にご不満なのだ。有体に言えば、帝はこの世を〈徳〉で治めるために鎌倉を倒したはずであった。しかし、実際には足利始め、これから役に立ちそうな者に恩賞を厚くする、〈欲〉の政が行われておるではないか」

「これは驚いた。欲に聡い悪党の赤松円心殿がさようなことを言われるか」

　正成は微笑した。円心は再び、鼻で嗤って、

「おのれが利を得ることと政はいかにあって欲しいかを望むのは別なことだ。信じられぬかもしれぬが、わしにも新しき政への夢はあった」

「さようか」

　正成はため息をついた。

　新政が始まったばかり、だというのに、すでにひとびとの胸に失望が広がり始めているのはどうしたことだろう、と思った。

（何かが食い違い始めている）

正成は暗澹《あんたん》とした思いを抱いた。

円心は盃をぐいとあおってから、

「楠木、今日のところは宮様に会わずに帰れ」

と吐き捨てるように言った。

「せっかく参ったものをなぜ帰れと言われるのか」

「わかっておろう。宮様の胸に今、宿っているのは帝へのご謀反の心だ。楠木は常に正しき道を行こうとする。そんなお主にいまの宮は会いたくないであろう」

「赤松殿は宮のご謀反を止められぬのか」

「わしはさような柄ではないわ」

円心は大声で笑った。その笑い声を聞きながら正成は静かに立ち上がった。広間を出て、このまま大塔宮に会わずに帰るつもりだった。

正成が広間を出ると、円心の笑い声は熄《や》んだ。

正成が務めることになった所領問題の訴訟を扱う雑訴決断所は、一番から四番に分かれていた。

一番は畿内、東海道を担当し、二番は東山道、北陸道、三番は山陰道、山陽道、四番は南海道、西海道である。正成は三番を任されていた。

この時期、新政を行う朝廷に諸国からの訴えは相次ぎ、京におびただしいひとびとが上ってきた。

雑訴決断所では、これらの訴えを聞かねばならず、連日、休む暇もない有様だった。ところが事務が滞りがちな各決断所にあって、正成の三番決断所だけはひとが待たされることなく決裁が迅速に行われ、しかも公平であるとの評判が立った。そのことについて訊く者があると正成は、

「さしたることではござらん。訴える者にはあらかじめ書類を出させてよく吟味いたし、係争が何年に及ぶのかを勘案いたし、いずれが正しいかより、双方に不満の少ない落としどころを探すだけのことでござる」

と答えた。

そんな正成の評判が高くなったある日、三番決断所にぬっと顔を出した男がいる。

「楠木殿はおられるか」

男は無遠慮に大きな声をあげた。背が高くやせぎすで浅黒く精悍な顔がどこか狼を思わせる。

「それがしでござる」

文机の前に座っていた正成が振り向かずに答えると男はずかずかと決断所に入り込み、正成の目の前に座った。

「それがし、足利家執事にて高師直《こうのもろなお》と申す。此度、雑訴決断所をお預かりすることになった。ついては仕事に長けておられると評判の楠木殿にこつを教わりに参った」

高師直はぬけぬけと言った。

正成は師直の顔を見つめながら、あるいは倒幕の功第一かもしれぬ自分が、いかに源氏の名門とはいえ足利家の執事と同じ役目を務めるのか、と片腹痛く思った。師直がただの執事ではなく、足利勢を率いて負けを知らぬ豪勇の武者だとは聞いていた。同時に主君の尊氏をもしのぐほど傲慢の振る舞いがあると耳にしていた。

「さて、それがしには教えるほどのことはござらぬ」

正成が素っ気なく答えると、師直は破顔した。

「何を言われる。千早城では鎌倉幕府の大軍を翻弄した名将の楠木殿なればこそ、雑訴決断所でもさぞや工夫がおありだろうと思ってお尋ねいたしておるのだ。それとも何か――」

師直はじろりと正成を見据えた。

「千早城での武功は大軍相手にすくみ上がって城に閉じこもっておっただけのことで、神算鬼謀の武略というほどのことではなかったのか」

からかうように言う師直を見返した正成は口辺に微笑を浮かべて、

「いかようにも思われたらよい。わが楠木党と弓矢とって闘うと言われるのであれば、いつにてもお相手いたす」

とあっさり言った。師直は舌なめずりして、

「ほう、さように言われてよいのか。いまは帝にお味方いたすようになった宇都宮公綱殿が一戦、挑まれたとき、素早く逃げて身を守られたと聞いておるが」

と言い募った。師直は喧嘩を売っているのだ。なぜなのかはわからぬが、相手になっても仕方がない、と思った正成は、

――ご免
と一言残して立ち上がった。そのまま決断所から広縁に出る。

「待たれよ。まだ、話は終わっておらぬぞ」

師直は追いかけてくると、正成の肩に手をかけて引き止めようとした。

その瞬間、正成は師直の手をつかんでねじり上げた。さらに腰を入れて師直の体を大きく宙へ飛ばし、中庭の地面に叩きつけた。

師直は頭でも打ったのか、うめき声をあげて気絶した。

正成は師直がつかもうとした肩先の埃を手で払った。そして倒れている師直には振り向きもせずに広縁を歩いていった。

決断所にいた者たちは、足利家の執事として名にしおう師直が地面に叩きつけられたのを見て恐れるかのように見守るばかりで、師直を介抱しようという者はいなかっ

た。

翌朝――

京の邸の寝所で目覚めた正成のもとに正季がやってきた。

正季はにやにやと笑った。

「聞いたぞ兄者。足利の威を借りて威張り散らかすので評判が悪い高師直を雑訴決断所の庭に叩きつけたそうではないか」

「向こうが喧嘩を売ってきたのだ。やむを得ぬ」

「それは河内でこそ、通る言い分だが、この京ではどうかな。足利家からさっそく兄者に呼び出しの使者が来てるぞ」

「そんなことだろうと思った」

正成は鎌倉で出会った尊氏の秀麗な顔を思い出しつつ、

（やはり足利は敵になるか）

とひややかに思った。

二十八

足利尊氏の呼び出しに応じた正成は正季とともに六波羅に向かった。

入京した尊氏はかつての六波羅探題の屋敷をそのまま使っている。このため、京のひとびとは北条に足利がとって代わったと受けとめており、そのことが、護良親王の尊氏への疑心を深めさせてもいた。

屋敷の門前に立った正季は、

「のう、兄者。足利はまことに北条にとって代わるつもりかのう」

「おそらくな」

正成は平然と言った。

「それでは、われらが千早城で戦ったのは足利の世を開くためであったということになるぞ」

「そうはさせぬ。悪党は鎌倉御家人の下にはつかぬがゆえの悪党だからな」

正成はさりげなく言うと門をくぐり玄関前に立った。

玄関の式台ではすでに高師直が跪いて待ち受けていた。師直は正成に親しげな笑顔を向けた。

「楠木殿、ようこそお出でくださいました。主人が待ちかねておりました」

如才なく奥へ案内しようとする師直を正季はじろりと見て声を発した。

「足利家の執事、高師直殿とお見受けいたす。それがし、楠木正成の弟、正季でござる。お見知りおきを」

正季は笑顔になって師直に手を差し出した。師直が戸惑っていると、正季は構わずに、師直の右手を握りしめた。

師直は一瞬、顔をしかめた。

正季が剛力で師直の手を握ったからだ。師直は正季を睨みつけて手に力を込めた。

ふたりはたがいの視線をはずさず、手を握り合った。次の瞬間、正季は手を放して、

「いや、お強い。さすがに源氏の名門、足利家の執事殿でござる」

と言った。師直は不機嫌そうな顔で、ご案内いたす、と告げると廊下を歩き出した。

師直の右手は赤くはれている。

正成は進みながら師直に届かぬ囁き声で、

「正季、よけいなことをするな。面倒なことになるぞ」

と叱った。正季は平気な顔で、

「雑訴決断所であの男を投げ飛ばした兄者から言われたくはないな」

正季はくっくと笑った。

正季の声が耳に入ったのか、師直の肩がぴくりと震えた。

正成たちが通された広間ではすでに尊氏が待っていた。尊氏の前には酒器がのった膳が置かれている。

「楠木殿を待ちかねてすでに酒を飲んでおった。許されよ」

尊氏は鷹揚に言ってのけた。正成は鎌倉で一度、尊氏に会ったことがあったが、そのころとは比べ物にならない、春風駘蕩たる貫禄を身につけている。

（諸国の武士が尊氏を慕って集まるのも道理だな）

正成はあらためて尊氏を見つめた。尊氏は無邪気な様子で師直に、

「何をしておる。楠木殿に酒を持ってこぬか。早う、早う」

と急き立てた。剛直な師直だが、尊氏の言いつけには鞠躬如《きっきゅうじょ》として従う。そんなところにも尊氏の大将としての風格が感じられた。

間もなく酒が運ばれてくると、尊氏は上機嫌で、

――いざ
と言って盃を傾けた。尊氏はひと息に酒をあおると、正成に目を向けて口を開いた。

「楠木殿は大塔宮様がわたしを嫌っておられることはご存じだろう。いずれわたしを亡き者にしようと考えておられるようだ。そのとき、楠木殿は大塔宮とわたしとどち

らにつかれる」

　酔った口調ながら、問いかけには刃物を突き付けてくるような鋭さがあった。

（やはり、鷹揚な大将というだけではないな）

　正成は酒をひと口飲んでから、

「わたしは帝にお仕えする身としか申し上げられません」

　と言った。すると、尊氏は手を叩いて喜んだ。広間の隅に控えた師直に向かって、

「聞いたか、師直、楠木殿はわれらに同心してくだされたぞ。帝はすでに大塔宮よりもわたしを信じておられる。帝に仕えるとは、すなわちわたしに味方するということだ」

　と声を高くして言った。すかさず、師直は両手をついて、

「祝着に存じます」

　と応じた。なるほど、こうやって楠木が味方になったと世間に言い広めるつもりか、と思いつつ、正成は口を開いた。

「わたしのことはともかく大塔宮様のそばには赤松円心殿がおられます。赤松殿は侮れませんぞ」

　正成の言葉を盃を口に運びながら聞いた尊氏は、

「あの男なら、もう手に入れた」

とポツリと言った。

「なんと」

正成は目を瞠った。師直が膝を乗り出して、

「それがしが主の命により、出向いて説きましたところ、赤松殿はお味方すると申されました」

と自慢げに言った。

正成はじろりと師直を見た。

あの気難しい円心を味方につけるとは、師直はよほどの気遣いをして説いたに違いない。それに比べて自分のときは初めから嘲弄する気配があった。

これは尊氏が、正成はどれだけ説得しても味方につかぬ、と見定めているからに違いない。

正成は一見、ひとのよさそうな笑顔を向けてくる尊氏に底知れない不気味なものを感じた。同時に、円心が尊氏についたというのも本当だろう、と思った。だとすると、すでに護良親王は孤立しているのだ、と痛ましく思った。

正成が物思いにふけりつつ盃を口に運んでいると、尊氏は不意に、

「楠木殿は夢兵衛などと呼ばれているそうな」

と言った。正成は微笑して答えた。

「若いころから途方もない夢を見るものですから、周りの者からそう呼ばれました」

「それは寝て見る夢か」

「さようです。起きて見る夢は野望でございましょう。わたしは野望は抱きません」

正成はちらりと尊氏を見た。尊氏は、ははと笑った。

「わたしが野望を抱いているかのような言い草だな。しかし、わたしも夜に不可思議な夢を見るぞ」

「どのような夢でございますか」

正成は興味深げに訊いた。尊氏は少し考えてから答えた。

「わたしはただ一騎で野駆けをしていた。やがて富士の霊峰が見えてきた。その時、草原にひとりの高僧が立っていた。わたしの生涯に大きく関わるひとだ、となぜかわかった。それで高僧に近づこうと馬を走らせた。そのとき、富士の頂から不思議な声が響いてきた」

尊氏は何事か考えるように口を閉ざした。正成は穏やかな表情で尊氏をうかがい見た。

「富士の頂からの声は何と言ったのですか」

尊氏は真剣な眼差しを正成に向けた。

「足利に誉れあり、と言ったのだ」

正成は膝を叩いた。

「ならば、夢のお告げは明らかです。高僧にはいずれ会われましょう。そして足利様は天下を統《す》べる身分となられましょう」

尊氏はほっとした表情になった。

「そういう夢か」

「さようでございます。足利様にお味方する者にとっては大吉夢です。寿《ことほ》がねばなりますまい。ただし、わたしは寿ぎはいたしません」

正成がきっぱり言うと尊氏は鋭い目を向けた。

「わたしに味方はせぬというのか」

正成は口辺に笑みを浮かべた。

「赤松殿は悪党の意地を捨てたようでござるが、わたしは生涯、悪党でござる。ひとと同じ道は歩きませぬ」

正成が言うと、師直が立ち上がり、廊下に出て、

——出会え
と声をかけた。たちまち十数人の屈強な武士が出てきて広間を取り囲んだ。

尊氏が大喝した。

「師直、何の真似だ。見苦しい。控えておれ」

「しかし、こやつの雑言、聞き流せませぬ」

師直は歯嚙みした。尊氏はゆったりとした声で、

「夢の話をしただけではないか。何を憤るのだ」

と言うと、正成にやさしげな顔を向けた。

「そうであろう。楠木殿――」

正成は広間を囲んだ武士たちを見まわして、

「いかにも夢の話でござる。されど大吉夢の話を聞いたからには、早々に退散いたすがよかろうと存ずる」

両手をつかえて頭を下げた正成はすっと立ち上がった。正季が刀を手にして寄り添う。

尊氏は酔った声で、

「楠木殿、またいずれ会おう」

と言った。かすかに、

――戦場で
と言ったようだが、尊氏はそのまま横になり、酔いつぶれた。

正成は広間を出て玄関に向かう。

玄関から出ていこうとする正成に追いすがるように師直が声をかけた。

「楠木殿、近頃、京では北条の残党が辻斬りをいたしておるそうです。気をつけられよ」

正成は振り向いて頭を下げた。

「ご忠告かたじけない。されど、楠木の行く手を遮る者があれば蹴散らすのみでござる」

言い捨てるなり、正成は正季とともに玄関を出て門に向かった。

すでに夕暮れで、門前には篝火が焚かれていた。

薄暮の路上に出た正成は足を速めた。

「兄者、随分、急ぐのだな」

正季が顔をしかめて言った。正成は幼いころから伊賀国の親戚を訪ね、忍びの術の手ほどきを受けていた。中でも速歩の術には長けていた。

「当たり前だ。足利は必ず、追手をかけてくる。六波羅から少しでも離れねば、追手は増えるばかりだ」

正成はさらに足を速め、ふたりは薄闇の路上を影のように駆けた。

やがて、辻に出たあたりで正成の足が止まった。

前方に篝火と武装した十数人の兵が見える。

「なるほど、追うのではなく、あらかじめ兵を伏せて待ち受けるのが足利の兵法のようだな」

　正成がつぶやくと正季があたりをうかがいながら、

「どうする。ほかに行く道はないようだ」

　と言った。正成は笑った。

「ならば、前に進むだけだ」

　正成は篝火のまわりに屯する兵に向かって疾駆した。

　足音をしのばせつつ、走り寄った正成はいきなり、篝火を蹴倒すと、驚く兵を斬りたてていった。

　正季もこれに続く。だが、正成が兵たちの間を斬り抜けようとしたとき、

「何者だ――」

　大声を発して烏帽子に鎧姿の武士が闇の中から出てきた。武士は正成を睨んで、

「宇都宮公綱である。足利様の命により、大路を巡邏しておる。それを妨げるとは夜盗の類か、許さぬぞ」

　と鋭い声で言った。

　坂東一の弓取りと言われた公綱は尊氏が鎌倉を見限った際に行をともにして、後醍醐側に属していた。

　その公綱に大路の巡邏と称して正成の前途を阻ませたのは、尊氏か師直かはわから

ないが、恐るべき周到さだった。正成はからりと笑うと刀を鞘に納め、

「それがし、楠木多聞兵衛でござる。いささか仔細があって、人に追われております。宇都宮殿に遺恨はござらん。お通しくだされればありがたい」

と言って頭を下げた。

「おお楠木殿か。一度、お目にかかりたいと思っておった。だが、どのような仔細があって――」

言いかけた公綱は松明を手にした武士たちが十数人駆け寄ってくるのを見た。先頭に立っているのは、高師直だった。師直は息を切らせて駆け寄ると、

「宇都宮殿、ようなされた。主も喜びますぞ。後はわれらにおまかせあれ」

と声をかけた。公綱はじろりと師直を見た。

「待て、わたしは市中の巡邏は命じられたが、楠木殿を捕らえよとは言われておらぬぞ。なぜ楠木殿を引き渡さねばならんのだ」

公綱が問いかけると師直は面倒と見たのか、

「委細は後日、お話しいたす」

と言い放つなり、率いてきた武士たちに、

――斬れ
と命じた。武士たちが正成と正季を取り囲み、刀を抜き放ったとき、

「待てっ」

という声が響いた。公綱が止めたのか、と思って振り向いた師直はぎょっとした。

公綱のかたわらに壮年の武士が立っている。

「新田様――」

師直はうめいた。武士は、

――新田義貞
だった。

二十九

新田義貞は正成に目を向けた。

「そこにおられるのは、楠木多聞兵衛殿とお見受けした。鎌倉討伐の功臣第一である楠木殿を襲うとは北条の残党か。よもや足利殿の家臣ではあるまいな」

義貞は篝火に照らされた端正な顔を師直に向けた。

師直は苦々しげに言い捨てた。

「新田様には関わりなきことでござる」

「というわけにも参るまい。楠木殿を名のある武家が殺めたとあれば、京を真っ二つにしての騒乱となる。それはそなたの主も望むまい」

義貞は落ち着いた声で言った。

「では、主とは関わりなき私怨での争いならばようござるか」

師直はじりっと前に出た。

「私怨だと。雑訴決断所で投げ飛ばされたことをさほどに根に持ったか、高師直
――」

名指しされて師直は逆上した。

「おのれ――」

怒号しながら、太刀を抜いた師直は義貞に斬りつけた。

がいん
鋭い金属音がして青い火花が散った。宇都宮公綱が素早く抜いた太刀で師直の太刀を弾き返していたのだ。

「愚か者め、新田殿に何をするか」

公綱が叱責すると師直は凄まじい目で睨み返した。

義貞がすっと前に出た。

「宇都宮殿、かたじけない。だが、この荒れ獅子は言って聞かせてもわからぬようだ」

太刀に手をかけた義貞はさらに前に出た。師直はぎょっとして後退った。義貞はか

まわずに間合いを詰める。

師直が気合を発して斬りつけた太刀をかいくぐった義貞は、太刀を抜き放ち斬りつけた。

師直の烏帽子が飛んだ。さらに両袖が斬られ、胸もとの襟を裂かれ、帯が断たれた。

体には傷をつけず、衣類だけを斬ったのだ。

——ああ、あ
度肝を抜かれた師直がうろたえて声をあげた。さらに後ろに下がろうとして、帯を断たれずり落ちた袴の裾を踏んで転倒した。義貞は倒れた師直の顔に太刀先を突きつけ、

「楠木殿はわたしがもらい受ける。さように主に伝えるがよい」

と言った。師直は額に汗を浮かべて答える。

「まことにそれでよろしゅうございますか。わが主はおのれのなさんとすることを妨げた者を決して許されませんぞ」

義貞の目が鋭く光った。

「それは、わたしも同じことだ」

言い捨てた義貞は正成に目を向けて、

「楠木殿、いざ参られよ」

とうながした。正成はやむなく正季とともに、義貞に従った。

義貞が去っていくのを見送った公綱は倒れている師直に目を向けた。

「起き上がれぬなら、手を貸そうか」

公綱に言われて、師直は、

「いや、結構――」

と吐き捨てるように言うと、袴を押さえて立ち上がった。

師直は月光に照らされて去っていく正成と義貞の後ろ姿を睨みつつ、

「おのれ、楠木と新田め、この借りはいずれ返すぞ」

と歯嚙みして言った。かたわらの公綱は聞こえなかったかのように顔をそむけた。


義貞の邸は三条にあった。

いや、義貞の邸というより公家の邸で、義貞は公家の姫君と関わりを持ち、入り婿の形で入り込んでいるのではないか。義貞が奥に入ると侍女たちが次々に酒食の膳を運んできた。

さらに若く美しい女が義貞のそばに侍って酌をした。客である正成たちなど目に入らぬ様子で義貞をうっとり見つめている。

正季が声をひそめて、

「勾当内侍《こうとうのないし》だ。新田殿は京に入るなり、まず公家の女を手に入れたらしいぞ」

と言った。正成は、そうか、とつぶやいただけで何も言わなかった。

それでも公家の女との関わりを隠そうともしない義貞に軽い失望を感じた。それと同時になぜか鬼灯の顔が脳裏に浮かんでいた。

(鬼灯とも長くなった)

正季には、男女の仲ではないと言っているものの、いつしか恋情が通いあうようになっていた。

鎌倉打倒まで力を貸しあう仲だと思っていたが、さてこれからどうするか。勾当内侍の横顔を見つめながら正成は珍しく惑いを感じるのだった。

義貞は盃を口に運びながら、

「楠木殿は足利尊氏をいかに思われるか」

と訊いた。

「さて、武門の頭領としての風格がおありかと思いますが」

正成はためらうことなく答えた。

義貞はかすかに眉をひそめた。

「つまりは人気ということだな。源氏の血筋ということでは新田は足利に劣らぬと思うが、不思議にひとの気はわたしに集まらぬ。なぜであろう」

問いかけられた正成は、しばらく考えてから、

「新田様は夢をご覧になられますか」

と訊いた。義貞は首をかしげる。

「いや、奇夢も瑞夢も特に見ぬようだな」

「さようですか。足利様は富士の野を騎馬で駆けているおりに富士の頂から、足利に誉れありという声がする夢をご覧になるそうです」

義貞は目を丸くした。

「それは、途方もない」

「さよう、足利様には途方もないところがおありです。言うならば底が見えぬ大きな袋でありましょう。多くの者がその袋に入ろうと集まって参るのです」

「なるほど、そうかもしれぬ——」

義貞は静かに盃を膳に置いた。

「しかし、足利がどれほど人気があろうと戦になれば新田が負けるとは思えぬ。楠木殿は足利と新田が争えばいずれに味方される。今夜の成り行きではよもや足利につくことはござるまい」

刃物を突きつけるような鋭い口調で義貞は言った。

正成は盃を置いて静かに応じる。

「足利にはつきませぬ。しかし、そのことが新田につくという証でもございません」

「なんと」

義貞の目に一瞬、殺気が走った。

「わたしは悪党にござれば武家の争いには加担いたしません」

ご無礼いたした、と頭を下げた正成は正季をうながして挨拶をすると立ち上がった。

義貞は止めようとはせず呆然として盃を口に運んでいる。


玄関から出て行きながら正季は口を開いた。

「兄者、足利とはいずれ戦うことになるぞ。ならば新田とは組んでおいたほうがいいのではないか」

「いや、新田とは組まぬがよい。新田様は名将だが、すでに運勢に陰りがあるようだ」

「ほう、そうなのか」

「女だ。勾当内侍に心を奪われていると見た。いかに戦に強くとも新田はもろいぞ」

正成は言い捨てると路上に出た。すると松明を持った十数人の武士が片膝をついて控えていた。

「お待ち申しておりました」

先頭にいたのは恩地左近だった。正成は眉をひそめた。

「何だ。出迎えか。大仰だな」

左近は膝を乗り出した。

「いえ、今宵、大塔宮様が足利に襲われるとの風聞を耳にしました。お館様はいかがされるかと思い、郎党を集めましてございます」

「そうか、ようした。足利め一晩のうちに邪魔者を消すつもりか」

正成が、馬はあるか、と訊くと、左近は即座に、

「用意してございます」

と答えた。左近が振り向いて合図すると二頭の馬を郎党が引いてきた。

正成はすぐに馬に乗るなり、

「正季参るぞ。今宵はまだひと働きせねばならぬようだ」

と声を発した。

――おう
正季は応じて馬に飛び乗る。

「急げ――」

正成は馬を走らせ、楠木党が一団となってこれに続いた。

大塔宮の邸に駆けつけて見ると、路上ではすでに乱闘が起きていた。

行人《ぎょうにん》包《づつ》みの僧兵や荒々しい無頼の徒が薙刀や太刀を振りかざして戦っている。

「なんじゃ、これではどちらが味方かわからんぞ」

正季は困惑した声で言った。

「かまわぬ。いずれも蹴散らせ」

正成は言うなり馬を乗り入れ、敵味方の区別なくはね飛ばして前に進んだ。たちまち乱闘していた男たちが左右に分かれて道ができた。

正成が突き進んでいくとしだいに、

——楠木党だ
——楠木正成は大塔宮様にお味方するぞ
という声がさざ波のように広がった。正成はそんな声が聞こえぬかのように平然と馬を進め、やがて門をくぐってから馬を下りた。

玄関前の広場では篝火が焚かれ、護良親王は長烏帽子に緋縅《ひおどし》の鎧をつけ凛々しく床几に座っていた。正成は、護良親王の前に片膝をついて、

「楠木正成、参上仕りました」

と言った。護良親王はにこりとした。

「おお、来てくれたか。楠木もわたしとともに足利と戦ってくれるのだな」

期待を込めた護良親王の言葉に正成はゆっくりと頭を振った。

「申し訳ございませぬ。わたしは大塔宮様の危難と聞いて駆けつけただけにございます。ともに足利と戦うつもりはございません」

　護良親王は大きくため息をついた。

「やはり、楠木でも足利を恐れるのか」

「恐れるわけではございませんが、わたしは悪党でございます。悪党は帝のもとで戦うしかございません。帝が足利を敵とされぬうちは、戦うわけには参らぬのです」

　正成は淡々と言った。護良親王は当惑して問い直す。

「なぜだ。悪党はなぜ、そのように帝に忠誠を尽くすのだ」

「悪党とは持たざる者にございます。なるほど、いささか所領らしきものを持ち、兵を養ってはおりますが、これは奪ったものにて、もともとは何も持っておりません」

「持たざる者だと」

　目を瞠って護良親王はつぶやいた。

「さようでございます。それに比べ鎌倉御家人は幕府から所領を安堵され、田畑を持っております。これをひっくり返すことができるのは、皇地皇民、日の本の国のすべてを持っておられる帝だけなのでございます」

　正成は一言、一言、ゆっくりと言った。護良親王はあきらめたようにうなずいた。

「そうか、楠木は悪党の世を作ろうとしておるのだな。それではわたしとともに戦うことはできぬか。すでに赤松円心もわたしのもとから去った。どうやら、わたしに味方する者はおらぬようだ」

「申し訳ございません」

「何を言う。それでも今夜、わたしが襲われていると聞けば駆けつけてくれたのだ。その気持ちが嬉しいぞ」

そう言うと護良親王は床几から立ち上がった。

正成ははっとした。

「いかがされますか」

「足利の手の者を成敗いたして、いささか腹いせにするのだ」

護良親王はからりと笑った。そのとき、路上の喚声がひと際大きくなった。正成が振り向くと、正季が駆け寄って来た。正季は護良親王に一礼するなり、

「兄者、新手が加わって攻め寄せた者を蹴散らしておる」

と小声で言った。

「味方が来たのか」

正成の目が光った。正季はうんざりした顔で、

「それが新手を指揮している黒い布で顔を覆った漢の怒鳴り声はどう聞いても赤松円心の声だ。敵か味方かわからぬゆえ困っておる」

「そういうことか」

正成は立ち上がると護良親王に一礼した。そのまま門に走って路上を見た。たしかに黒い布で顔を覆い目だけを出した巨漢が馬を乗り入れ、無頼の者たちを蹴散らしている。

「退け、退け。邪魔すると死ぬことになるぞ。まだ死ぬには早いぞ。ここで死んでよいのか」

巨漢の怒鳴り声は赤松円心のものだった。正成は路上に出て襲ってくる者を斬り倒しながら巨漢に近づいた。

「赤松殿、大塔宮様にお味方されるか」

正成が問うと巨漢は振り向いて、

「わしは赤松円心ではない」

と大声で言った。さらに、

「楠木、わかっておろう。お味方などはできぬのだ。それよりもこやつらは足利の息はかかっておるが兵ではない。大塔宮様が兵を挙げて足利を討とうとするように仕向ける罠だ。そのことをお伝えしてくれ」

「承知――」

正成が答えると円心は無頼の者たちを駆逐していった。

三十

建武《けんむ》元年（一三三四）六月――

京では大塔宮が足利尊氏を討とうとしているという噂が広がった。

正成が雑訴決断所から屋敷に戻ったとき、広間で酒を飲んでいた正季が盃を口に運びながら、

「兄者、大塔宮様の噂、聞いたか」

と陰鬱な表情でつぶやいた。

正成は正季の前に座って素焼きの酒器と盃に手を伸ばしながら、

「聞いておる」

と短く答えた。

「足利がばらまいている噂であろうか」

「それもあろうが、根本は違うな」

正成は盃を口に運んだ。正季は目を光らせて正成を見つめた。

「どこだ――」

「正季も察しておろう。帝だ」

正季は苦虫を嚙み潰したような顔になった。

「やはり、そうか。帝はなぜさようなことをされる」

「大塔宮様と足利を争わせ、あわよくば双方を潰したいのであろう」

正成は盃を干して沈痛な表情になった。

「馬鹿な、いまの京で足利に勝てる者はおらぬ。争えば大塔宮様が亡ぶしかないのは目に見えておるではないか。帝はわが子である大塔宮様を亡ぼすおつもりなのか」

「それでもよいと思われているのであろうな」

正成は酒器から盃に酒を注いだ。

続けざまに盃をあおった正季は吐息をついた。

「貴人、情を知らず、ということか」

正成は黙したままだ。正季はちらりと正成をうかがい見た。

「のう、兄者。雑訴決断所のお役目は返上して河内に帰らぬか。いまの京は百鬼夜行だ。これからろくなことはない気がするぞ」

「思わぬではないが、鎌倉を倒し、いまの世を作ったのはわれらだ。見捨てるわけにもいくまい」

「さて、そうかな。このまま京におれば嫌なものを見ることになりはせぬか」

正成は微笑して正季を見た。

「悪党がさように殊勝なことを言ってどうする。われらは、武家が持っているものを夜盗同然に奪い取ってのしあがってきたのだぞ。いまさらきれいごとを言うわけにはいくまい」

正成は盃を置くと、立ち上がった。

「ちと、出かけてくる。今夜は戻らぬかもしれぬ」

「また、鬼灯のところか」

正季は顔をしかめた。

「鬼灯は廉子の懐に食い込んでおる。帝の本心も知っておろう」

「兄者、もはや鬼灯とは縁を切ったほうがよいぞ。平家官女にとって源氏の名門、足利は仇敵同然だ。いずれ足利と戦うことになるやもしれぬが平家官女の思惑に動かされてはつまらぬぞ」

正季が淡々と言うと正成はにこりとした。

「正季、お前の言う通りだ」

正成は言い残して広間を出ていった。正季はひとり残って、なおも酒を飲みながら、

「河内に戻ったほうがよいと思うがのう」

と独りごちた。

正成は屋敷を出て月明かりをたよりに鬼灯の店へ向かった。

やがて月が雲間に隠れると、闇にぽつりと火が浮かんだ。

あたかも正成を先導するかのように、ぽつり、ぽつりと青白い火が浮かぶ。

正成は火の玉を見て微笑んだ。

「極楽へ導く灯りか、それとも地獄への送り火か――」

赤坂城、千早城の戦では数えきれないほどの兵を殺してきた。悪党にとって地獄往生は必定だ、と思いつつ正成は進んでいく。

やがて鬼灯の店に着くと表戸がすっと開いた。正成が訪れるのをあらかじめ知っていたようだ。

土間に立った正成の前に鬼灯が出てきた。鬼灯は頭を下げて、

「そろそろお見えになるころと思いお待ちいたしておりました」

と言った。正成は苦笑した。

「大塔宮様が足利を討とうとしているという噂を流したのはやはりそなたらか」

鬼灯はかすかにうなずき、

「夜はまだ長うございます。奥へあがられませ」

と誘った。正成が応じて板敷に上がり奥の部屋に進むと、すでに酒肴の膳が用意されている。

膳の前に正成が座ると、鬼灯はすかさず酒を勧める。正成は盃を口に運びつつ、

「わたしを大塔宮様に味方させ、足利と戦わせる腹積もりかもしれぬが、わたしは大塔宮様に味方はせぬぞ」

「なぜにございますか」

鬼灯は酒が入った瓶子を手に首をかしげた。

「決まっておろう。われら悪党は帝によってこの世を作り替える。いまだ親王である大塔宮様に与するわけにはいかぬ」

「ならば大塔宮様を帝に成し奉ればよいではありませんか」

「それでは覇道になる。天子は徳によって世を治めてこそ天子なのだ」

正成は吐息をついて盃を口にした。

鬼灯は、ふふ、と笑った。

「どのような敵にも打ち勝つ、魔神のごとき戦上手の楠木様の一番の弱みは正しき道を求めるところでございますな。とても悪党の申されることとは思えませぬ」

正成は一瞬、鬼灯を殺気の籠った鋭い目で見たが、すぐに穏やかな表情に戻った。

「悪党なればこそだ。悪党であるがゆえに正しきことをなそうと若きころ心に思い定めた」

「そのために亡んでもでございますか」

「やむを得ぬ。それが楠木正成だ」

正成はきっぱり言うと盃を置いた。鬼灯を見つめて、

「そなたはどうする。阿野廉子に通じて足利と戦うか」

と訊いた。鬼灯はきっぱりとうなずいた。

「さようにございます」

「ならば言うが足利を倒すには尊氏を京に留め、東国に帰さぬことだ。そのためには官位も女人も惜しみなく与えることだ」

「新田義貞ならば、それで京に留まりましょう。しかし、足利尊氏はいささか器量が大きいように存じます」

「ならばどうする」

「足利様の弟、直義《ただよし》様は器量人でございます。源氏は源頼朝、義経兄弟以来、優れた兄弟が相討ち、同族相食むのが倣いでございます。直義様と執事の高師直はかねて仲悪しゅうございますゆえ、ここを焚きつければ源氏は地獄の炎で焼かれることになりましょう」

直義は昨年十二月、成良《なりよし》親王とともに鎌倉へ下向し、鎌倉将軍府を開いていた。

後醍醐は奥州将軍府を設置し、北畠顕家《きたばたけあきいえ》を義良《のりよし》親王とともに陸奥の国府多賀城に置いていた。奥州将軍府と鎌倉将軍府を並立してけん制させる狙いだった。

しかし、直義は今年一月、関東十ヵ国を管轄する、

——関東廂番《ひさしばん》
を置いて着実に勢力を固めていた。

「なるほど、嫌な策だが、効き目はありそうだな」

眉をひそめて正成は言った。

「されば——」

鬼灯は言いかけて口をつぐんだ。

「されば、とは?」

やさしく正成は訊いた。鬼灯は悲しげに答える。

「もはや、楠木様とともに戦うことはございますまい」

「そうか、今宵が別れか」

感慨深げに正成は鬼灯を見た。鬼灯は羞恥の色を浮かべて、

「されば、お情け頂戴いたしたく存じます」

と言うなり、口をすぼめて、ふっと燭台の灯りに息を飛ばした。

灯りが消え、濃密な闇となった。

十月に入って紀伊国で北条の残党が決起した。

東大寺西室院の院主で北条一族の佐々目顕宝僧正を擁した者たちが紀伊国の飯盛城に籠って侮りがたい勢いを示した。このため、隣国の河内国の守護である正成に討伐の命が下った。

正成は手勢、三千を率いて正季とともに飯盛城に向かった。

途中、正季は馬上で、正成に声をかけた。

「兄者、城攻めに三千は少な過ぎはせぬか」

「紀伊国の者たちの加勢がある。合わせれば一万にはなろう」

正成がさりげなく答えると、正季は、はっは、と笑った。

「何がおかしいのだ」

正季は笑いを収めた。

「いかなる戦でも必勝の手立てを考える兄者が此度ばかりは生ぬるい。まるで京に戻りたくないかのようだぞ。なんぞ、あるのか」

正成は口を引き結んだがしばらくして、

「足利が大塔宮様のことを帝に談じ込んでおることは知っておろう」

「うむ、帝が大塔宮様に足利を討たせようとしていると疑っているそうだな」

「足利の見立てはまんざら間違っておるわけではない。だが、このようなとき帝はどうされると思う」

翳りのある声で正成は言った。

「おのれの身をかばい、大塔宮様を見捨てられるであろうな」

皮肉な口調で正季は答える。

「それゆえ、いまは紀伊国の田舎城をゆっくり攻めておるほうがよいのだ」

正成は感情を抑えた声で言った。

「酷いな――」

「ああ、酷い」

正成と正季は押し黙って馬を進めていく。


十月二十二日夜――

護良親王は後醍醐に招かれて宮中に参内した。

護良親王は広縁を進みつつ、異様な雰囲気を感じとった。廷臣たちが足音をしのばせて取り巻いた。

護良親王は不意に足をとめた。

「今宵は気分が悪しゅうなった。病やもしれぬ。邸に戻るといたす」

護良親王が戻ろうとすると、

「なりませぬ」

「帝のお召しにございますぞ」

廷臣たちが押し包んだ。

「放せ――」

大声を発した護良親王は廷臣たちをはね飛ばし、中庭に蹴落としたが、羽交い締めにされ、手足をとられて身動きとれなくされた。

「父君、父君、これは何の真似でございますか」

護良親王の悲痛な声が響いた。だが、廷臣たちは耳を貸さず、そのまま武者所に押し込んだ。

護良親王を幽閉したことはすぐさま阿野廉子に伝えられた。

廉子は奥に入ると後醍醐にひそやかに告げた。

「そうか、護良は抗わなんだか」

「帝に訴えるかのごとくではあったそうでございます」

「そうか、不憫なものよ。だが、尊氏が護良のことをいかにするのか、とやかましく言ってくるゆえ、やむを得ぬ」

後醍醐は自らに言い訳するようにつぶやきながら、廉子が酒を注いだ盃を口に運んだ。

「護良親王様は倒幕の功に驕らず、おとなしくしておられればよかったのでございます」

廉子はひややかに言った。後醍醐はうなずきつつ、

「さて、これで護良に通じる武家はどう出るであろうか。よもや、楠木あたりが護良を救おうとはいたさぬであろうな」

と言った。廉子は艶然と微笑んだ。

「そのことはある者を通じ、たしかめております。楠木は帝への忠誠を誓っておりますぞ」

「おお、そうか。楠木ならばいずれ足利を退治いたすこともできよう。朕をしのごうとするものは護良であれ、尊氏であれ、天罰を被るのじゃ」

後醍醐は満足げに嘯いた。

護良親王は翌朝には、常磐井殿（仙洞御所）へと移送された。

さらに十一月には、足利一門の細川顕氏《ほそかわあきうじ》によって関東へ護送された。

鎌倉に着いた護良親王は二階堂薬師堂ヶ谷の土牢に幽閉された。

土牢に入れられると知って、さすがに護良親王は顔色を変えた。

「皇族にして土牢に入れられた者はないぞ。これは帝はご存じのことなのか」

護良親王が思わずつぶやくと、護送してきた武士が、

「ご存じでございます」

と無慈悲に答えた。

「そうか、子にして父にかくまで憎まれたのはわが罪である。それにしても、足利よりも父君の帝こそが恨めしいぞ」

護良親王は吐き捨てるように言うと哄笑《こうしょう》した。

紀伊国の反乱は正成によって間もなく鎮圧された。だが、その後、六十谷定尚が決起する。

さらに翌建武二年（一三三五）七月、北条高時の遺児、時行が鎌倉幕府再興を企て、信濃国で挙兵した。いわゆる、

――中先代の乱
である。建武の新政は二年にして大きくゆらぎ始めた。

三十一

湿った獄舎だった。

鞭打たれた傷跡が痛んだ。

岳飛《がくひ》はうめきながら起き上がると獄舎の壁に裸の背中をもたせかけた。

今年、三十九歳の岳飛は若いころとたくましい体つきは変わらず背中の筋肉が盛り上がっている。

だが、いまは鞭打ちで赤く腫れ、皮膚が破れて血が滲んでいた。

岳飛は大きく吐息をついて、

「秦檜《しんかい》め——」

吐き捨てるように言った。岳飛は南宋の武将として金軍と戦い続けてきた。やがて宣撫使となり、最高軍事指導者のひとりとなった。岳飛の軍隊は厳しい規律と盛んな戦闘力で知られた。金軍に圧倒されて江南に逃れた南宋の防衛線は長江以北、淮河《わいが》流域であり、さらに陝西《せんせい》、四川方面だった。この両戦線をつなぐ中間地帯の確保は南宋の生命線だった。

岳飛はこの防衛線を守り抜いた救国の英雄だった。その岳飛がなぜ獄舎に投じられ、鞭打ちの刑を受けたかと言えば、皇帝の高宗、宰相の秦檜と対立するようになったからである。高宗は永年の金の侵攻に疲れ、和睦を結ぼうとしていた。これに対し、岳飛は和睦を結んでもいずれ亡ぼされる、あくまで戦いを継続すべきだ、と主張して譲らなかった。

このため高宗は岳飛を大臣にするという名目で呼び出し、最強の軍勢と切り離したうえで、謀反の罪に問い、投獄したのだ。

岳飛が背中の痛みに耐え、暗い獄舎で目を光らせていると、カツカツと履音《くつおと》が響いてきた。

手燭の灯りが獄を照らした。さらに高官の礼服を着た髭面の漢が牢格子の間から顔をのぞかせた。

「どうだ、岳飛、少しは考えが変わったか」

秦檜だった。

岳飛は鋭い目で見返した。

「変わらぬ。和睦をすればわが南宋の武力は弱まり、金は強くなる。いずれ、のみ込まれるだけではないか」

「わかっておる。だが、それは何十年も後だ。そのころには、わしもそなたもこの世にはおらぬぞ」

岳飛はかっと目を見開いた。

「何を言う。国を守るとは子々孫々に伝えるためだ。それなのに、いっときの安穏のために惰弱をむさぼろうというのか」

「そう怒るな。皇帝もわしも金との戦いに疲れた。戦に金がかかり、国庫はいつまでたっても空のままだ。せっかく生まれてきたのだ、わずかばかりの贅沢を味わいたいと思っても罪ではあるまい。和睦しさえすれば、今後は金がわが国を守ってくれる。戦に金を使わねば随分、潤うぞ」

秦檜は乾いた声で笑った。

岳飛は壁にすがって立ち上がると牢格子に近づいた。

「馬鹿な。一国の守りを他国にまかせれば、もはや国家とは言えぬ。ただ、従属するばかりではないか。それこそ亡国の道だぞ」

岳飛が激しく言い募ると秦檜は目をそらした。

「だが、皇帝がそれをお望みなのだ。臣下は従うしかない」

秦檜は悲しげに言うと懐から銀の小瓶を取り出して牢格子の間から差し入れた。

「これは毒か――」

岳飛は落ち着いた声で訊いた。

「そうだ。金は講和の条件としてそなたの首を望んでいる。救国の英雄として民にも人気があるそなたを斬首にはできぬゆえな」

「そういうことか」

岳飛は銀の小瓶を手にした。

かっと目を見開いて小瓶を見つめ、口を開いた。

「この世は天子のものであるという。だが天子だけのものであるはずがない。天下に生きる民草、すべてのものである。わが金との戦いの勲は民草のためであった」
言い終えた岳飛は詩を詠じた。若き日に金との戦いに赴く際に作った、
――満江紅《まんこうこう》
という詩である。

怒髪冠を衝き
欄に憑る處
瀟瀟たる雨歇む
望眼を抬げ
天を仰ぎ長嘯すれば
壮懐激烈
三十の功名塵與土
八千里路雲和月
等閒にすること莫れ白く了たる少年の頭
空しく悲切

金の侵攻に怒りを抱き、欄干によれば、瀟々たる雨歇《や》む。

天を仰いで嘯けば胸には激烈な思いが宿る。三十にして立てた功名はわずかばかり。このまま無駄に歳を重ねれば頭は白くなるばかりだ。そのことが何より悲しい。

岳飛の詩は秦檜の胸を打った。

岳飛は銀の小瓶を手にすると先ほどまでいた獄舎の壁に戻り、静かに小瓶の中身をあおった。

秦檜が背を向けて遠ざかろうとしたとき、どさり、と岳飛が倒れた音が聞こえた。

秦檜は肩を震わせながら、遠ざかっていく。

楠木正成は寝汗をかいて目を覚ました。

京の邸である。

「何ということだ」

忠誠を尽くしてもその先に待っているのは獄死なのか、と暗澹とした思いになった。

正成が呆然としていると、板戸の向こうから、

「兄者、よいか」

正季の声がした。

「どうした」

「鎌倉に行っていた鬼若が戻ってきた」

「何か、あったのか」

正季は板戸を開けて部屋に入ると声をひそめて、

「驚くな。大塔宮様が足利に殺されたぞ」

「なんと」

正成は息を呑んだ。

この年、六月、権大納言、西園寺《さいおんじ》公宗《きんむね》による陰謀事件が発覚していた。

公宗はかつて鎌倉幕府と朝廷の間を取り持つ、

——関東申次《もうしつぎ》
の役職にあった。このため幕府との関わりが深く、北条高時の弟である時興を匿っていた。

公宗は時興や、高時の子である北条時行と謀って持明院統の後伏見法皇を皇位につけて建武政権を転覆しようと企んでいた。

この陰謀は公宗の弟、公重《きんしげ》の密告によって露見した。

公宗と陰謀に加担した者たちは、正成と高師直によって捕らえられた。

ところが、七月に入って北条時行が信濃で挙兵、上野、武蔵を経て鎌倉に入った。

このとき成良親王を擁して鎌倉にいた足利直義は時行の軍勢を迎え討つ前に家臣に

命じて護良親王を殺害したのだという。

正成の寝所に入った山伏姿の鬼若は青ざめて話した。

「大塔宮様が殺められるところを見たか」

正成が訊くと鬼若はごくりとつばを飲み込んだ。

「よもや、宮様を殺めるとは思いませんでした。洞窟の前に潜んでいますと怒鳴り声が聞こえ、さらに何かが倒れる音がしました。やがて足利の家臣が出て参りましたが、宮様が抗って指を食いちぎったのではありますまいか。右手が血で真っ赤でございました」

「そうか、ご無念なことであったろうな」

正成はため息をついた。

時行の軍勢はその後、直義を打ち破って鎌倉を占拠したという。

「兄者、これからどうなるのだ」

「北条時行の勢いはさほどのことはあるまい。足利尊氏を東国に下せば鎮めるのにさほどの手間はかかるまい。だが、尊氏を東国に戻すのは虎を野に放つのと同じだ」

「では帝は足利が東国に向かうことを許されぬか」

「おそらくな。しかし、それでおとなしくしている尊氏ではないだろう」

正成はきっぱり言うと部屋の薄闇を見つめた。

すでに後醍醐と尊氏の戦いは始まっているのだ。

時行勢に敗れた直義は足利氏の領国である三河まで逃れた。

京で直義の敗戦を知った尊氏は北条時行を討つべく後醍醐天皇に征夷大将軍、総追捕使への任命を願ったが許されなかった。

このため尊氏は八月二日には命を待たずに東国に向かい、三河で直義と合流した。

尊氏はそのまま鎌倉を目指し、八月九日の遠江橋本の戦いで北条時行勢を破った。さらに進撃を続けた尊氏は十九日には鎌倉を陥落させた。

北条時行は逃走し、乱は鎮圧された。だが、尊氏は鎌倉に居座り、京へ戻ろうとはしなかった。

「なぜ、尊氏は京に戻らぬのだ」

苛立った後醍醐天皇は何度も使者を送り、鎌倉と京の間に暗雲が立ち込めてきた。

このころ正成の邸を無風が訪れた。

久闊を叙した後、無風は鎌倉幕府の滅亡を目にしてきたことを語り、

「あれほどの北条の権勢も亡びるときは炎に巻かれて一夜のことであった。もろいものだな」

と言った。

「ともあれ、鎌倉はおのれの使命を果たして亡びました。悔いはございますまい」

「さて、だとするといまの世の使命は何であろう」

「それがわからぬゆえ、足利尊氏は鎌倉から戻らぬのやもしれませぬ」

なるほどな、と考え込んだ無風はしばらくして、

「楠木様に会いたいと仰せの方がおられる」

と言った。正成はうなずく。

「夢窓様でございますな」

無風はにやりと笑った。

「よくわかられるな」

「これからは何が正しく、何が悪しきかよくわからぬようになりましょう。さればこそ、帝も夢窓様を京に招かれたと存じます。わたしもお教えを請いたいと思っておりました」

元弘三年（一三三三）六月、後醍醐天皇の勅使が鎌倉の瑞泉寺《ずいせんじ》を訪れた。

後醍醐天皇の宸翰《しんかん》では、

――天下一統の最初、正法仏法再昌の時節、かたがた相看の志深し。必ず参洛せしめ給うべきなり

と強い調子で上洛を求めていた。夢窓はやむなく七月に上洛し、宮中に参内した。すると綸旨により、亀山法皇の離宮である臨川寺の管領に任じられた。これ以降、臨川寺が夢窓派の拠点となるのである。

「善は急げだ」

無風にうながされるまま、正成はこの日、臨川寺に向かった。

恩地左近だけを供にした正成が無風の案内で臨川寺の門をくぐったとき、すでに日が暮れかけていた。

夢窓は禅堂で座禅をしていると役僧が教えてくれた。

正成たちが禅堂に入ると夢窓は只管打坐《しかんたざ》している。

やむなく正成たちも座禅をして待っていると不意に天井から、

――楠木か

と声がした。座禅をする夢窓の体はぴくりとも動かない。

正成はわずかに頭を下げ、

――さよう

と短く答えた。

天井からの声は嘲るように、

——少しばかり見込みがあるかと思うたが、わずかばかりの功に溺れ、都の水に慣れて惰弱になったようじゃ

正成は表情を引き締めた。

——仰せの通り

——では訊こう。生と死を分かつものは何じゃ

——罪業でござる

——罪業だと。生きることは罪、死ぬこともまた罪じゃ。どこで分かれる。逃げ口上は許さぬぞ

いつの間にか夢窓は棒を手に正成の前に立って睨み据えていた。

正成は息苦しくなって、

——順逆二道

と叫んだ。とたんに夢窓はぴしりと正成の肩を打ち据えた。

正成はぐらついた体を踏ん張る。

——嘘を言うな。順逆になぜふたつの道があろう。己の前の道は常にひとつだ。迷う故にふたつに見えるのだ

夢窓がさらに一撃しようとしたとき、正成は、

——天道

と声高に言った。

——天道は常にひとつか。朝があり、夜があるぞ。昼は明るく夜は暗い。それでもひとつか

——見上げれば天は常に頭上にある。わが上にあるものを天と呼ぶのだ。それゆえ、天はひとつ

正成が言い終えると夢窓は棒を無風に渡して、

「茶を進ぜよう」

と言って背中を向け、歩き出した。無風は棒で肩を叩きながら、

「やれやれ肩が凝ったぞ」

と独りごちた。正成は微笑して黙っている。正成たちが茶室に入ると夢窓は清雅な佇まいで茶を点《た》てながら、

「さて、楠木殿は帝と足利が争えばいずれにつかれる」

と訊いた。

（未完）

参考文献

『太平記の世界　列島の内乱史』佐藤和彦、吉川弘文館
『シリーズ【実像に迫る】006　楠木正成・正行』生駒孝臣、戎光祥出版
『北条時頼』高橋慎一朗、吉川弘文館
『楠木正成』新井孝重、吉川弘文館
『義経の東アジア』小島毅、トランスビュー
『日本中世の歴史4　元寇と南北朝の動乱』小林一岳、吉川弘文館
『足利尊氏』森茂暁、角川選書
『源実朝　歌と身体からの歴史学』五味文彦、角川選書
『観応の擾乱　室町幕府を二つに裂いた足利尊氏・直義兄弟の戦い』亀田俊和、中公新書
『真説　楠木正成の生涯』家村和幸、宝島社新書
『鎌倉と京　武家政権と庶民世界』五味文彦、講談社学術文庫
『日本の歴史9　南北朝の動乱』佐藤進一、中公文庫
『改訂新版　世界大百科事典』平凡社

解説　夢と希望と作家の祈りと

安部龍太郎

本書のクレジットを見れば、読者諸賢は驚ろかれるにちがいない。

この作品が「週刊朝日」に連載されたのは、二〇一七年四月十四日号から十一月二十四日号までだからである。

葉室さんが発病されたのは、この年の初め頃だと聞いている。

その後小康状態を保ったものの、決して万全な状態ではなかった。

本来なら病気と闘うために、安静や休養が必要だった。

それなのに葉室さんは、『星と龍』を書きつづけ、ついに力尽きて未完のまま擱筆《かくひつ》せざるを得なくなった。

つまりこの作品は葉室さんの絶筆である。

そのテーマに南北朝時代の後醍醐天皇と楠木正成を選んだのはなぜか？

私はその謎を解き明かすべくこうして筆を執っているが、役目を十全にはたせるかどうか自信がない。

自信がないながらも、葉室さんの最後の仕事への餞《はなむけ》として全力を尽くしたい。

それにしても、何という苛烈な作家生活であったことだろう。

二〇〇五年『乾山晩愁』でデビューし、二〇一二年に『蜩《ひぐらし》ノ記』で直木賞を受賞。一躍、ベストセラー作家になり、作品の映画化も行われた。

信義にもとづいて誠実に生きる人々への、愛情に満ちたまなざし、人情の機微に通じた作品世界は、多くの読者に支持され、斯界の寵児になったのである。

それがどれほど凄まじいものであったかは、デビュー後十二年で六十数冊の本を上梓していることが物語っている。

書きたいことが湯水のごとくあふれ出てくることもあっただろう。

だがそればかりでなく、世話になった出版社や編集者に恩返しがしたいという思いもあったはずだ。

しかも出す本がどれも好評を博するために、注文はますます過酷になった。

それでも葉室さんは律儀に誠実に、求道者のような使命感を持って仕事に取り組み、ついに楠木正成のように刀折れ矢尽きたのである。

葉室さんの訃報に接したのは、二〇一七年十二月二十三日のことだった。

年末の東京は冷え込み、妙に風が強かった。

街は翌日のクリスマス・イヴを控え、イルミネーションやサンタクロースの飾り付け、ジングルベルの音楽などで浮き立っていた。

私は年末進行で急《せ》かされた〆切りをようやく終え、行きつけの焼肉屋でスタミナ補給を行っていた。

宮沢賢治の『ポランの広場』にちなんだ名前の、旨いばかりか心がいやされる店である。

マスターとは三十年来の友人で、共に語り、共に泣いてきた仲である。

カウンターに座っただけでこちらの体調を察し、精のつく料理と気を晴らす酒を出してくれる。

この日も「刻みロース」とオイキムチを肴に、マスター特製の「しそサワー」を飲んでいると、携帯《けいたい》電話が振動を始めた。

（おかしいな。まだ忘れていた〆切りがあったっけ）

一抹の不安をかかえて表に出ると、担当編集者からだった。

「葉室麟さんが、亡くなられました」

私は一瞬茫然とした。

ご病気とは知っていたが、快方に向かっていると聞いていたので、にわかには信じられなかった。

編集者の話を聞き、まごうかたなき現実だと知ると、腹の底から哀しみが突き上げてきた。

私はその場にうずくまり、声を押し殺して泣いた。

人の死がこんなに哀しかったのは初めてである。

若くして兄が死んだ時も、父が卒中で逝った時も、私は泣かなかった。

重い宿命に押しつぶされそうになりながらも、歯を喰い縛って人間が死んでしまうという現実を受け止めようとした。

死んでしまう人間はどう生きるべきか――。

そう考え詰めたところから、私の作家人生は出発している。

だから、もう誰が死んでも冷静に受け止められると思っていた。

ところがどうした訳だろう。

私は哀しみに打ちひしがれ、子供のように声を上げて泣いていたのである。

なぜ葉室さんの死が、こんなに哀しいのだろう。

私はそんな疑問に直面することになった。

それは葉室さんが遺《のこ》してくれた最後の教えであり、愛情に満ちた贈物だった。

葉室さんと初めて会ったのは、彼の母校である西南学院大学で行われた、黒田官兵衛についてのシンポジウムだったと記憶している。

二〇一四年五月十七日のことで、第一部で小和田哲男氏が「黒田官兵衛――その足跡と人間的魅力」と題して講演した。

そして第二部が私と葉室さん、女優の南沢奈央さん、筑前琵琶奏者の寺田蝶美さんとの座談会だった。

ちょうどNHKで黒田官兵衛の大河ドラマをやっていて、それに合わせたイベントだった。

面目ないことではあるが、私は葉室さんに会うまではひそかなライバル心を燃やしていた。

作家としてのキャリアはこちらが長いのに、後から突然現われ、あっという間に抜き去られたと感じていたからである。

ところが葉室さんに会ってみると、そうしたネガティヴな感情はすぐに消え去った。

実に謙虚で物腰柔らかく、まわりに対する気配りがこまやかである。

含羞を帯びた優しい笑みを浮かべて、座談会の最中も時折自虐《じぎゃく》的なギャグを飛ばす。

それは有名作家と見られることに照れているのと、権威や権力とは真逆の位置に立っているることを示したいからである。

私はすっかり嬉しくなって、ネガティヴな感情を持っていたことを深く反省した。この人となら楽しい酒が飲めそうだし、この人の作品ならもっと読んでみたいと思った。

二度目に会ったのは、福岡市内で講演していた時である。

客席に葉室さんとよく似た方がおられる。

まさか本人ではあるまいと思いながら講演を終えたが、質疑応答の時間になった時、進行係が葉室さんが来ておられると告げた。

そして一言ご挨拶をとマイクを向けたのである。

この時葉室さんは、例のボソボソとした語り口で、

「皆さん、これからの安部龍太郎に注目していて下さい。司馬遼太郎の仕事を受け継ぐのは、この人しかいません」

そう言われた。

これには聴衆もびっくりし、葉室さんは持ち前の優しさで郷里の後輩（年齢は私が五歳下）を後押ししていると思ったことだろう。

私も内心、「そりゃ、誉めすぎじゃなかとね」と思っていたが、葉室さんは本気だったことが後に対談などの場で明らかになった。

対談といえば、週刊朝日MOOKの「週刊　司馬遼太郎」での仕事が印象深い。

葉室さんと二度対談したが、いずれも楽しく有意義な心弾むものだった。

新聞記者から作家になった司馬さんに、葉室さんは限りない尊敬とあこがれを抱いていた。

目を輝やかせ声を弾ませて語る彼を見ていると、私はなぜか学生時代に下宿の部屋で夜が明けるまで議論していた仲間たちを思い出した。

葉室さんの視野は広く、教養は豊かで、分析は的確である。

そうして決して自分の考えを人に押し付けない。

長年にわたって思索《しさく》を積み重ねてきた結果を、信念を持って伝えるだけである。

この対談で目を開かれる経験をした。

司馬さんの文体について語り合っていた時のことだ。

「ボクはあの文体には、抵抗があります。歴史的に見てそんなことが言えるはずがないということでも、司馬さんは平気で断定するじゃないですか」

私は歯に衣着せずに思っていることを言った。

たとえば「当時こんな戦術を考えた者は、世界中にたれもいない」といった類《たぐい》である。

こうした抵抗感が、司馬さんの作品を読む時にずっとつきまとっていた。

するとう葉室さんはしばらく考えてから、

「司馬さんは気合で断定するんだよ」

気迫を込めておっしゃった。

私はこの一言にやられた。

なるほどそうかと、今までのこだわりが木っ端微塵にくだけ散った。

実は歴史学的に正しいと断言出来ることはきわめて少ない。

今まで定説と思われていたことも、一つの古文書が出てきただけでひっくり返るし、確定されている事実でも、見る立場によって解釈はちがう。

たとえば裁判に提出された証拠でも、検察側と弁護側ではまったくちがう解釈をするようなものだ。

だからいちいち歴史的な正しさにこだわっていたら、歴史小説など書けはしない。

自分が信じる説に拠り、こうだと断定しなければ物語は進まないのである。

そしてその結果については、作家が全責任を負えばすむのである。

「司馬さんは気合で断定する」

葉室さんの言葉は、このことを的確かつ直截《ちよくせつ》に言い当てていた。

お陰で私は、目が覚めるように長年のこだわりから解き放たれたのである。

『星と龍』にも登場する夢《む》窓《そう》疎《そ》石《せき》は、悟りに至った瞬間の境地を「投機《とうき》の偈《げ》」という漢詩に詠んでいる。

　多年、地を掘って青天を覓《もと》む
　添え得たり、重々礙膺《げよう》の物
　一夜、暗中に碌甎《ろくせん》を颺《あ》げ
　等間《なおざり》に撃砕《ぎゃくさい》す、虚空《こくう》の骨

長年地を掘って青天を求めるような見当ちがいの努力をしてきた。
その結果、悟りの邪魔になるものばかり積み重ねてしまった。
ある夜、かわらけのように積み重ねた邪魔なものを、みんな吹き上げ、
虚空にある骨もぶっつぶして、無一物の境地に達することが出来た。
およそそんな意味だが、私も葉室さんの言葉によって、正史とか事実とか真実などにとらわれていた糞真面目な頭をぶっつぶし、自分が信じる歴史像を提示することが重要だと気付かされたのである。

葉室さんは対談の名手だった。

それは知識や教養もさることながら、相手への気配り、周囲への目配りが出来ていたことが大きい。

今自分が何を言うべきか、この空気をどう変えるかという配慮をして、全体の流れ

を統括《とうかつ》していたのである。

その才能が遺憾《いかん》なく発揮されたのが、「オール讀物」誌上での座談会である。

これは安部、葉室、伊東潤、佐藤賢一、山本兼一の五人で語り合ったもので、『合戦の日本史』（文春文庫）に収められている。

テーマは四つ。

このうち「天才か、狂人か？　信長の夢」を終えた後、山本さんが五十七歳の若さで他界したために、以後の三つは四人の座談会となった。

いずれも一家言の持ち主で、歴史小説に身命を賭してきた強兵《つわもの》たちである。

議論は百出し、予定の時間が大幅に延びることがしばしばだった。

時には白熱するあまり感情的な行きちがいが起こったり、我見に執着するあまり持論をまくしたてることもあった。

そんな時、葉室さんは冷静な対応で議論を元のレールにもどしてくれた。

私欲も表裏もない人柄だとは他の四人も知っていたし、最年長ということもあって、彼の言うことは素直に聞けるのである。

そして葉室さんも、この場面で何を言うべきかを考え抜いた、実に的確な発言をするのである。

この五人、「放談ファイブ」から山本さんと葉室さんが他界して抜けたことが、とてつもなく寂しい。

それは日本歴史小説界から、エース二人が失われたも同じなのである。

わずか二年間だったが、葉室さんとは京都で何度か酒を酌み交わす機会があった。

私は二〇〇一年から京都に仕事場を移した。

日本の歴史、文化、芸能、信仰の中心は今でも京都にある。

私は九州で育ち、二十一歳の時に上京したが、歴史小説を生業《なりわい》としながら京都のことを身をもって知らないことは、恥だと思うようになった。

たまに行って取材するくらいでは、京都のことは表面的にしか分からない。

それは日本自体を表面的にしか分からないのと同じだと思い、京都に飛び込むことにしたのである。

葉室さんもおそらく同じ思いだったろう。

数年前から京都に仕事場を移し、京都、大阪在住の作家たちとの交流を深めていた。

その集まりに顔を出させてもらったのである。

葉室さんの対応は、放談ファイブの時と同じだった。

作家や編集者、その他のゲストが楽しい時を過ごせるようにこまかく気を配っている。

真面目な話の時には、実に的を得たアドバイスをするし、話が硬くなり過ぎた時にはさりげなくジョークを飛ばす。

それがまんまと当たって皆を爆笑させた時には、照れたような得意そうな何とも言えない顔をして、グラスを口元へ持っていく。

してやったりと思っていることを、みんなに隠しておきたいのである。

こんな好人物にも反骨精神の土性骨《どしょうぼね》があって、独善的な奴、偉そうな奴、上から目線の奴が大嫌いだった。

どんな場面だったか忘れたが、私は二、三度、葉室さんが小さく「えっらそうに」とつぶやくのを聞いたことがある。

相手に聞こえないようにという配慮が半分、聞かしてやろうという負けん気が半分の「えっらそうに」だった。

誰に対しても優しく温かい配慮を欠かさなかった葉室さんは、そうではない無神経さや威丈高が許せなかったのだろう。

彼の小説を読むと、そうした気持が作品を生み出すモチベーションだったことがよく分る。

葉室さんから大きな感化を受けたのは、むろん私一人だけではない。

お別れの会に集まった人々を見ると、みんなが大きな精神的支柱を失った喪失感から立ち直れない様子だった。

中でも澤田瞳子さん、朝井まかてさん、村木嵐さんは、葉室さんとの思い出を語りながら号泣されるのである。

私はひそかに「葉室シスターズ」と名付けているが、まるで使徒のように葉室さんを慕っておられ、感化力の大きさに脱帽するばかりだった。

感化の現場はもうひとつあった。

私が学生時代を過ごした久留米市に「小鳥」という居酒屋がある。

葉室さんが新聞記者時代から通っていた店で、帰郷の折にふらりと立ち寄ってみた。

驚いたことにカウンターの正面に特製の棚を作り、葉室さんの著作が全部並べてあった。

彼に寄せる敬愛の度合いが如実に現われていて、何ともうらやましい光景だった。

さて、『星と龍』のことである。

この時代は私にとっても馴染み深い。

なぜなら私の母方の先祖は楠木氏の一門で、南朝の良成《よしなり》親王に従って戦い、相次ぐ敗北の末に奥八女の山中に逼塞《ひっそく》を余儀なくされたからである。

私も新田義貞の息子の義興をテーマにした小説で歴史作家の足がかりをつかみ、南朝と天皇の問題を生涯のテーマにしてきた。

つい最近、南北朝時代を描く安部版「太平記」シリーズの刊行を始めたばかりである。

だから『星と龍』が、まるで自分の作品のように身近に感じられた。

まず感じたのは二つ。

ひとつは葉室さんが、司馬さんの著述スタイルと吉川英治の『私本太平記』を強く意識していること。

ひとつは複雑怪奇な南北朝時代を、出来るだけシンプルに読者に伝えようとしていることである。

そのシンボルとして葉室さんが選んだのが、理想の象徴としての星である後醍醐天皇と、天に駆け昇ろうとする龍に見立てた楠木正成だった。

物語は南宋の宰相だった文天祥《ぶんてんしょう》が、獄中で元の皇帝フビライと対峙するところから始まる。

これは正成の夢の中のことで、南宋で生まれた朱子学の大義名分論に影響を受けていることを象徴的に示している。

ところが当の正成は「悪党」と呼ばれるアウトロー的な存在である。

しかも北条得宗家の命令を受け、同じ悪党を討伐することで地位の上昇をはかっている。

建武の新政が始まる十一年前。元亨《げんこう》二年（一三二二）のことである。

正成の父正遠は金剛山中の水銀を発掘し、それを売りさばくことで財を成した商人型の武士で、正成も商業、流通のことが身をもって分っていた。

正成は子供の頃、河内の観心寺で学び、無風という旅の僧から朱子学の手ほどきを受けた。

この謎の僧は夢窓疎石の弟子で、ある密命を受けて諸国を行脚していた。

このことが正成と後醍醐天皇を結びつけ、彼が倒幕のための戦いに乗り出していくきっかけになった。

正成の生き方は「生涯で正しきことをなしたい」という思いに貫かれている。

そして正しいこととは、大義名分論が説くように天皇中心の世の中をきずくことだと信じている。

この「正義の旗」をかかげて戦いに乗り出し、千早城に幕府の大軍を引きつけて縦横無尽の働きをし、ついに倒幕をはたすのである。

ところが難しいのはここからだった。

理想を信じて革命を成し遂げたまでは良かったが、後醍醐天皇が親政を始めると、理想と現実の間で多くの矛盾が噴出したからだ。

正成は大塔宮護良親王とともに戦ってきたが、天皇は第一皇子である護良に政治の実権が移ることを恐れ、護良を捕えて鎌倉に流罪にする。

天皇は律令制の頃の世の中に復《かえ》そうとして「皇地皇民」（公地公民）制を取ろうとしたが、所領を私有して地域の支配者となっていた武士たちの反発を招くことになった。

こうした不満を持つ武士たちに奉じられた足利尊氏が、やがて天皇に叛旗をひるがえすことになる。

こうした状況を、大義の旗をかかげてどう生きるのか。

そんな問題に直面していた時、正成は再び夢を見た。

獄舎につながれた岳飛《がくひ》が、南宋の皇帝にも宰相の秦檜《しんかい》にも裏切られ、毒をあおって自死する場面である。

これが正成の運命を暗示しているのか。

天皇と尊氏が戦ったなら、正成はいったいどちらに身方するのか。

物語が佳境《かきょう》にさしかかった所で、葉室さんは筆を擱《お》き、帰らぬ人となられた。

我々は開かれたままの物語の前で、この作品に込めた葉室さんの意図に思いを致し、自分なりの結末をつむぎ上げるしかないのである。

物語は分り易く読み易くシンプルに描かれているが、葉室さんの作家としての鋭い目は随所に光っている。

私がもっとも感心するのは、南北朝時代と正成のとらえ方である。正成は『太平記』に描かれたことで国民的英雄になり、その影響は明治維新や戦前の教育にまで及んでいるが、歴史的な実像については不明な点が多い。しかし葉室さんは歴史学の最新の知見を取り入れ、楠木一族が静岡県の出で、北条得宗家に仕えていたと書いている。また金剛山の辰砂《しんしゃ》から造った水銀で財を成し、悪党討伐で名を馳せたとも指摘している。

後醍醐天皇が律令制の復活をはたそうとし、皇地皇民制を取ろうとしたこと。朱子学や日元貿易の拡大が争乱の背景にあったことなど、これまであまり注目されなかった点にも目が届いている。

それはおそらく新聞記者時代につちかったジャーナリスティックな直感の故だろう。

葉室さんはなぜこの作品を書いたのか？

最初に提示した問題に入る前に、長い間南北朝時代に取り組んできた者として、ひとつだけ思うところを述べさせていただきたい。

南北朝の争乱を生む背景となった日元貿易と、それにともなう国内の経済構造の変化についてである。

日元貿易の拡大が商業、流通を盛んにし、従来の農本主義的社会から重商主義的社会への変化を生んだ。

そのために武装開拓農民であった鎌倉武士の生活は困窮し、幕府は借金を帳消しにする徳政令を乱発せざるを得なくなった。

そのあおりを受けたのが、楠木正成、赤松円心、名和長年などが率いる、商業や流通にたずさわって巨万の富をきずいていた商業型武士団だった。

彼らは幕府の徳政令を無視し、債権として差し押さえていた御家人の所領を武力によって守ろうとした。

こうした対立に目を付け、彼らを組織して幕府を倒そうとしたのが後醍醐天皇だったのである。


葉室さんが病を押してこの作品に取り組んだ最大の理由は、司馬遼太郎へのオマージュだと思う。

司馬さんの傑作のひとつである『竜馬がゆく』に肩を並べる作品を書きたかったのではないか。

庶民の側に立った国民的英雄で、坂本竜馬に匹敵する人物と言えば楠木正成しかいない。

しかも共に幕府を倒す立て役者となりながら、若くして非業の死を遂げている。だから正成を竜馬のように書いてみよう。葉室さんがそう考えたと思うのは、文体や著述のスタイルが『竜馬がゆく』とよく似ているからだ。

もうひとつの理由は、これから天皇制についての関心が高まるので、天皇とは何かという問題に取り組んでおかなければならないという、作家としての責任感である。

葉室さんが他界された年にはまだご譲位と改元は行われていなかったが、ご譲位と女系天皇についての議論はすでに始まっていた。

日本の歴史や文化の中心には常に天皇がいて、日本人はそのこととどう向き合うかで、生き方と国の形を決めてきたと言っても過言ではない。

であるならば、ご譲位と天皇制についての議論が起こるこの時期に、そうした問題に関わる作品を書いておくことは歴史小説家としての責任である。

ジャーナリストとしての目を持ちつづけておられた葉室さんは、そんな風に考えられたと思えてならない。

ついでに言えば、もうひとつの理由があると私はひそかに考えている。

読者諸賢は奇異に感じられるかもしれないが、それは安部龍太郎にエールを送ることである。

そんな馬鹿なと顰蹙《ひんしゅく》を買うことを承知で書かせていただくが、私と葉室さんは歴史について同じような問題意識を持っていた。

対談でも酒席でも、そうした共感があるので話は尽きることがなかった。

私が生まれた奥八女が南朝にゆかりが深いこと、そして私がその歴史と対峙することで歴史作家としての道を歩み始め、南北朝時代に材を取った作品を世に問いつづけていることを、葉室さんは知っておられた。

「あいつ、馬鹿だな」

そんな労多くして益の少ない仕事をするより、もっと本が売れるテーマを選べばよいのに。内心そう思っておられたことだろう。

しかし歌の文句ではないが、「ひとりぐらいはこういう馬鹿が、居なきゃ世間の目はさめぬ」ことも、小倉生まれの葉室さんは分っておられた。

近頃では、南北朝時代に取り組む作家は他にはいない。

それなら自分が参入して、この時代の面白さを多くの読者に伝えてやろう……。

葉室さんのそうした思いやりを汲み取りながら、私は『星と龍』を読んだ。

訃報に接して子供のように泣いたのは、こうした配慮を無意識ながら感じていたからだと、今は独《ひと》りで合点している。

しかし冷静になって慮《おもんぱか》れば、葉室さんが楠木正成を描いたのは、夢と希望を持ち、正義のために戦いつづける漢《おとこ》を書いてみたかったからかもしれない。

今や世の中は大変複雑になり、夢も希望も持てなくなっている。日々殺伐《さつばつ》としたニュースが流れ、多くの人々は身を守ろうと小さくちぢこまっている。

フェイクニュースやヘイト発言も飛び交っている。

こうしたご時勢だからこそ、夢と希望を持って快活に生きる漢を描いて、読者に楽しんでもらいたい。

葉室さんはそう願い、祈るような気持で一行一行をつむいでいかれたのではないだろうか。

文庫版解説

本郷　和人

戦前、楠木正成と後醍醐天皇は、日本史で五指に入るヒーローであった。とくに楠木正成は水戸学がその生涯を賞揚したから、水戸学に強い影響を受けた幕末の志士、明治の元勲たちは「われ楠木正成たらん」と願った。実証的な研究が不足していた時代であるからかえって、一人一人が「おれの楠木正成」像を作り上げ、行動の指針としたのである。

それでも明治初年には、議論があり得た。福沢諭吉は『学問のすゝめ』で一身独立して一国独立す、国民一人一人が学問して覚醒し、それを基礎として国家が自立することこそ、列強に取り囲まれた日本の、喫緊の急務であると説いた。同時にこの大目的から見たら、君に忠を尽くさんとむやみに腹を切るのは、命の使いどころを間違っている、主人に申し訳ないと首をくくる権助《ごんすけ》と変わらぬ、と指摘した。当時、君に忠を尽くした代表は楠木正成であったから、福沢は大楠公《だいなんこう》を権助と同じというか、との「楠公権助論」が広まって福沢は批判に晒《さら》されたが、もとより福沢に楠木正成を貶《おとし》めるつもりなどないことが理解されると誹謗中傷は静まった。識者の意見に耳を傾けるという姿勢は、確かにあったのである。

ところが天皇中心の国家作りが進み、二度の対外戦争に勝利し、軍部の発言力が高まると、もはや後醍醐天皇・楠木正成への尊崇は広く浸透して社会に定着し、うかつな異論を述べることを許さなくなった。実業家で政治家の中島久万吉《くまきち》は大正10年、ある折に足利尊氏と室町時代は再評価に値する、と感想文を書いた。その記事が雑誌に掲載されてから13年後の昭和9年、中島の感想文は議会で問題になる。当時中島は商工大臣を務めていたが、逆賊たる尊氏を評価するような者は大臣の職にふさわしくないと多くの議員・右翼勢力から厳しく糾弾され、大臣を辞職せざるを得なかった。

戦後になると天皇崇敬の精神を軸とする歴史観、皇国史観は排された。だが、子ども頃に受けた教育は、そう簡単には覆らない。唯物史観（マルクス主義歴史観）を奉じる歴史学者すら、実は感情的には後醍醐天皇に親近感を覚えているのでは、と思いたくなるような、妙な説明をしていることがしばしば見受けられる。日本を代表する知性といわれた小林秀雄も、日本史には三つの光がある。一つは大化の改新であり、一つは建武の新政であり、一つは明治維新である、というように、皇国史観にどっぷり浸かった歴史解釈を公言していた。専門の歴史研究者は流石《さすが》にそういうわけにはいかず、天皇個人というよりは、天皇が主導した建武の新政に着目し、三年もたずに崩壊したにもかかわらず、それは革新的な理念をもっていた、と評価した。

楠木正成については、改めてどう手を出したら良いのかわからず、新しい研究は本質的には進まなかったように思われる。ただし、出自については新説が出ていて、楠木氏がもともと駿河《するが》の御家人であり、ゆえあって本拠を河内《かわち》に移したこと、得宗被官であったこと、正成が幕府の命を受けて有力武家を次々と倒す功績を挙げていること、などが明らかになった。こうした理解は本書でも採用されている。だが、全体的に見て、正成の知名度は戦前に比べると、(当時は国民みなが知っていた)驚くほど低下した、と言わざるを得ない。

だが、それでも「忠臣・正成」への敬慕は水面下で脈々と受けつがれていたようだ。平成9年(1997年)に放映されたNHKの歴史番組『堂々日本史』は、悪党としての楠木正成を取り上げた。この悪党というのは後世のような「悪い奴」という意味ではない。戦後に研究対象として案出された社会的存在である。幕府の御家人ではないが、折から盛んになってきた商業活動に従事し、富裕となった武士階層を指す。主に畿内で活動した彼らは、幕府の指令を受け付けぬ故に悪党と呼ばれた。

この番組にはコメンテーターとして、正成研究の第一人者であったS教授が出演した。ところが番組が放送されるや、大楠公を悪党とは何ごとか、との批判が沸き起こったのである。この悪党とはあくまでも研究上の概念だ、正成を貶めるつもりは毛頭ない、と陳弁してもムダであった。終戦から50年。信じられないような話だが、正成はある種の夢幻の物語の中にまだ生きていたのである。S先生は辟易《へきえき》し、このあとテレビ番組のオファーを一切受けなくなったと聞いている。こうした状況下、まっすぐに楠木正成と後醍醐天皇を描かんとした葉室麟の覚悟は、まことに尊敬に値する。

本来、歴史研究者と小説家の仕事は性格を根本的に異にする。歴史研究者は事件や人物の輪郭を、外側から描写する。事件Aと事件Bのあいだに因果関係を見いだし、その脈絡を整理しつつ、歴史事実（史実）を踏まえた歴史像（史像）を復元していこうとする。小説家はズバリと事件や人物の内面に切り込む。実証の重視を唱えて史実と史実の間を右往左往する歴史研究者を尻目に、伸びやかに想像力の羽を広げていく。ただし、想像力は野放図に展開すればいいというものでは決してない。読者の共感を得るだけの説得力が必要になる。研究者の解析を凌駕《りょうが》する説得力と、それを支える時代を見通す観察力。葉室麟こそは、その両方を併せ持った作家であった。

小説家は、くり返すが、歴史研究の瑣事《さじ》にこだわる必要などない。だが少しだけ、研究成果も書いておこう。楠木正成については、前述のように、本格的な研究の前進は今のところ見当たらない。後醍醐天皇に関しては、私が新しい像を提案している。

1221年、後鳥羽《ごとば》上皇は幕府討伐を訴えて兵を起こしたが、関東勢の攻勢を受けて敗れ去った。承久《じょうきゅう》の乱である。敗北後、権威に傷のついた朝廷には、以前ほど円滑には税が納入されなくなった。そこで朝廷は「徳政」の名のもとに社会と向き合い、そこで生起する様々な混乱を静める努力を開始した。そうした社会への働きかけの最前線に立ったのが、上皇である。上皇は蔵人《くろうど》・弁官《べんかん》、すなわち朝廷の実務を担う官僚たちのサポートを得て、徳政を推進していった。この努力は広く人々の支持を得ることに成功した。

上皇のもう一つの課題は、幕府とうまく交渉することであった。第二の後鳥羽上皇の出現を恐れた幕府は、京都に六波羅《ろくはら》探題《たんだい》を置き、朝廷を監視した。また皇統を大覚《だいかく》寺《じ》統と持明院《じみょういん》統の二つに分割し、互いに牽制《けんせい》し合うように仕向けた。このため、両統の当主であるそれぞれの上皇は、次代の天皇を自陣営から出すべく、幕府の後援を求めた。武家の助力なしには、天皇は天皇たり得なかった。幕府との交渉が何より重視された所以《ゆえん》である。

この二つの課題をもっともよく遂行したのが、後醍醐天皇の父、後宇多《ごうだ》上皇であった。上皇は有能な実務貴族を抜擢《ばってき》し、幕府と融和的な雰囲気を醸成した。これに比して、この方法論に完全に背を向けたのが後醍醐天皇であった。天皇は即位するやいなや、倒幕の意志を表明したようだ。常識的で有能な実務貴族たちは、幕府の処罰を恐れて天皇から遠ざかった。天皇の傍らに残ったのは、それまでの上皇が用いなかった人々だった。いわばはみ出し者の貴族を率いて、倒幕に突き進む異端の天皇。それが後醍醐天皇だった。
悪党の世をつくる、と葉室・正成は言う。その彼が、建武政権すなわち後醍醐天皇とどう関係を築き、また別れを決意するのか。それを読めぬのは本当に残念である。だが葉室麟という偉大な作家の絶筆として、本作は誠にふさわしいとも言える。星を仰ぎ見る龍とは、楠木正成であると同時に葉室麟その人である。綺羅星《きらぼし》の如《ごと》き、すばらしい物語の数々をありがとう。葉室さんに心からの感謝を述べて筆を擱《お》く。

（ほんごう　かずと／東京大学史料編纂所教授）

初出　「週刊朝日」二〇一七年四月十四日号～十一月二十四日号